EX LIBRIS

刘绍铭

著

蓝天作镜

黄子平 编选

中华书局

图书在版编目(CIP)数据

蓝天作镜 / 刘绍铭著；黄子平编选. —北京：中华书局，2013.11
ISBN 978 - 7 - 101 - 09534 - 0

Ⅰ.蓝… Ⅱ.①刘…②黄… Ⅲ.散文集—中国—当代 Ⅳ.I267

中国版本图书馆 CIP数据核字(2013)第 171482 号

简体字版底本由中华书局(香港)有限公司提供
【香港散文典藏】顾问　刘绍铭　陈万雄　　主编　黄子平

书　　　名　蓝天作镜
著　　　者　刘绍铭
编 选 者　黄子平
责任编辑　焦雅君
出版发行　中华书局
　　　　　　(北京市丰台区太平桥西里 38 号 100073)
　　　　　　http://www.zhbc.com.cn
　　　　　　E-mail:zhbc@zhbc.com.cn
印　　　刷　北京天来印务有限公司
版　　　次　2013 年 11 月北京第 1 版
　　　　　　2013 年 11 月北京第 1 次印刷
规　　　格　开本 /880×1230 毫米　1/32
　　　　　　印张 11　字数 180 千字
印　　　数　1-8000 册
国际书号　ISBN 978 - 7 - 101 - 09534 - 0
定　　　价　39.00 元

目　录

III　走在我自己的国土

序——兀自燃烧

黄子平

　　爱读刘绍铭的随笔，读时每每羡慕，乃至嫉妒，他一篇又一篇，起得像这样的上好题目：《卡夫卡的味噌汤》、《番薯破腿多》、《驴乳治相思》……题目起得"响亮"（有声有色），文章已是做好了一半。貌似妙手偶得，匪夷所思，其实是读书极多，阅世极深，修行得来的功夫。最重要的是虽然读书极多，阅世极深，却仍然对人间百态有一份执着的好奇，仿佛总在守候那表面光滑的文本或现实，几时闪出一个"精彩的破绽"，立即兜住芸芸众生（包括自己）啼笑皆非的瞬间，顺手安放在妙趣横生的题目中，兀自燃烧。我把这种守候，这种执着，叫做"阅（世）"和"读（书）"的"专注"。

　　那又如何理解刘绍铭散文写作的"随"与"放"？譬

如，《老马和老萧》，你以为要拿"台湾地区领导人"说事了，却原来说的不是马英九和萧万长，而是南美作家马尔克斯穷途潦倒，到邮局寄他后来拿了诺贝尔奖的书稿《百年孤独》，和苏俄音乐家萧斯塔科维奇哆哆嗦嗦访问英国。此马萧非彼马萧，此马萧之间也是风马牛而不相及。又譬如，从晚清林纾高产的听译意译，扯到张爱玲上世纪五十年代在香港为美国新闻处辛苦的译作，你始终不晓得这和题目《为了吃一顿饺子》有何干系。直到结尾才点到内地作家莫言答记者问"走上创作道路之缘由"，方知笔耕皆为稻粱谋，作家的高产诚然是因了才情横溢，很多时却是"贫来驱我去"。你于是明白，笔墨游戏一如游戏人间，非"专注"而不能为。谁没有体会过参与游戏时忘我的聚精会神？从球赛紧迫盯人，到打牌凝神看牌，若不专注，就都别玩了。但像散文的写和读这类游戏，有如三五知己扫叶煮茶的"闲谈"，其放松的"专注"体现为对话题的关心，不是要操控话题，而是一起关心话题可能把我们带到哪里去。一种好奇，对闲谈本身的好奇。是"话题"，而不是"题目"，在要求我们的关心。题目只是"话头"或"话柄"，功能乃在于引出话题。所以很多时候题目并不"燃烧"，甚至故意平平无奇地起个《偶得》啦《偶得三则》啦，一样引起我们的关心。

刘绍铭随笔中最见功力的笔墨技巧是"转述"。"转述"与学术论文中的"引文"不同,"引文"乃援引权威(经典的、政治的、历史的)来支持自己的论辩,必须注释周详资料完备,使写作成为某种学问体系的一部分。随笔很少为"转述"注明出处(有炫学之嫌)。随笔作者凭记忆而引述或转述,不像论文那样对引文的三步一岗五步一哨步步为营。在随笔中,转述是作者跟他人的对话,不是提供知识权威的独断声音。正如蒙田所说:"我引述别人,是为了让我自己说得更清楚","我让别人替我说我自己不能说的话"。刘绍铭钻研中国古典说部多年,深晓话本演义舌灿莲花的本事。每用说书人口吻,转述的各色人等化身为说书场上的角色,绘声绘色,化高头讲章为乡风市俗,百姓闲谈。很多时经过刘公转述的内容比原文更生动,更好玩儿,更能显现其中的精彩。

刘绍铭关心的话题包罗万象,却也不是没有若干重点,"语言"就是其中之一。几十年做翻译,教翻译,评翻译,乃是风雨平生中的志业,含"英"咀"华",能不依依?人溺己溺翻译事,中英对译的可能与不可能,信和达和雅,难信难达难雅,牵连文化价值的比较、交流、沟通和跨越,最是为刘公念兹在兹的事情。《撒娇》说到了汉语中的"撒娇"在英语中没有对应的词,反过来,"make my day"非得依不同的上下文译作不同的汉语句子(《美言美语》)。既然世界经由我们的语言才呈现,改变了我们的语言就改变了世界,何况语言又与权力结构撕掳不开。"后现代呓语"(PoMo-babble)怎样摧残了文学教学(《文学自残的榜样》)?官僚语言这种陈腔滥调又如何从官僚体制中不可遏止地每日每时产生出来(《Gobbledigook 是怎样炼成的》、《鸡言鸭语》)?而余英时顶着 publish or perish 的压力,舍美国"汉学"英语论述的主流耸然而立,以中文著书立说,刘绍铭说,这就叫"量才适性,以身弘毅"(《英时校长》)。

刘公年轻时曾以"二残"笔名写过小说,经过夏济安师的点拨,发现散文随笔才是自家所长。这也是或一意义上的"量才适性,以身弘毅"了。法国的蒙田、英国的兰姆、美国的梭罗,他们写的这种叫 Essay 的文字引进中国,"五四"文人一时找不到对译的名称,鲁迅写"随感录",周作人作"美文",林语堂呼唤"小品",也有音译为"爱写"的。最后称之为"随笔",大约聚焦于这种文体的最重要特征:在现代公共空间发表个人的"思索",因而是一种启蒙和自我启蒙的文体。这就说到了"典藏"的意思了,因为我们业已处身于这样的时代,建立在印刷与阅读文化基础上的公共空间正在快速萎缩中。有人甚至说"低智商"社会已经降临，其标志是：自虐倾向（身处底层，利益每天都在被损害，却具有统治阶层的意识）、无脑娱乐（无文字阅读的图像消费）、词汇单一（识字的文盲）、盲从专家（权威人格）、弱智官员（不乏有高学位者）、下流语言（脏字流行）、犬儒意识（无厘头文化）、拿无知当个性（我是流氓我怕谁）。此时此刻，还会有谁，投身"玩儿字的玩艺儿"，咬文嚼字含英咀华？还会有谁，敏感于语言的多元歧路，琢磨文化沟通的艰难？还会有谁，以身弘毅，在官僚语言和后现代呓语的缝隙中守候新鲜的语词和话题？——幸好，我们还有"典藏"。

I

美言美语

天堂的滋味

"天国近了，你们应该悔改。"原本恋恋红尘，惯于吃喝爱玩，但要躲过地狱之苦，最好还是乖乖的听话。生为亚当夏娃子孙，逃也逃不了，一出娘胎就是罪人。后来在浊世打滚，不管你怎样正儿八经，有时也会明来暗往地犯下《十诫》天条。

"贪"，covetousness，最适当的翻译是非分之想。不是你的东西，如强占他人财产，这自然是"贪"了。"偷恋隔墙花"是想入非非，虽然有诗意，但正因是想入非非，所以是非分之想。贪的另一个花样是gluttony，"馋"也，"饕餮"也，明里说就是贪吃。因为贪，嘴里的东西还未下咽已忙着塞进第二口了。这些嘴脸，欲知其详，可到五星级饭店看看人家怎样吃自助餐、怎样置生死于道外地去吃回老本。

天国究竟是什么模样？地狱之苦，倒可想象，所见不是牛头马面，就是头角狰狞浑身是火的撒旦后人。有关地狱的文字记载，在敦煌变文《大目乾连冥间救母》可见一二。目连母亲青提夫人生前悭贪成性，不修善业，罪恶难排，死后堕入阿鼻地狱。孝顺子到地狱寻阿娘，只见她"身上下册（四十）九道长钉，钉在铁床之上"，成了饿鬼。目连讨得饭食喂她，食未入口，已变为烈火。青提夫人后化为饿犬，吃粪便充饥。《目连》是佛家的"福音"。儿子带领母亲住在五舍城中佛塔之前，七日七夜，转诵大乘经典，忏悔念戒，终于"转却狗身，退却狗皮，挂于树上，还得女人身，全具人扶圆满"。

与地狱遥遥相对的是天堂。地狱是苦海，天堂是乐土，这道理好懂，但"乐"在哪里？亚当夏娃被逐出伊甸园，字典说："那是一个美丽的地方，亚当和夏娃过着快乐的生活，他们不知道什么叫罪恶。"美丽的地方自然风景如画，这双男女吃什么喝什么都不愁污染。单凭这个就快乐么？英国学者和儿童文学作家 C. S. Lewis（1898—1963）生平写过不少为基督教"护法"的作品（apologetics），也曾勾画基督教理想国的蓝图，说过神迹，但有关天国的模样，因为不能瞎说，始终没有交代。

除非有死去活过来的人从天堂回到世上告诉我们天堂是什么样子，否则天堂的真相如何，永远是个谜。试问你教区的神父或牧师吧，看他们怎样解说。我们是凡夫俗子，盼望在天堂得到在人间不易得到的东西。为了升天，我们灵修了大半辈子，当然不想升天后还要过前世的生活。俗人的快乐，都来自 instinct 或"本能"的满足。"饮食男女"？别痴想了。难道你到了天堂还想吃鱼翅打麻将泡妞？

鲁迅小说《祝福》中的祥林嫂，一直缠着叙事者"我"问的问题是：人死后能否与家人重聚。她的宝贝儿子在襁褓时被恶狼吃了。对于这个苦命女子而言，人生的快乐不外是亲其所亲。由此我们联想到在天堂说不定会见到一些不得不打招呼的人物。天堂只合好人或悔改后的恶人居留。问题来了，拿了良民证的人不一定可爱。不说别的，语言无味的人就受不了。记得老顽皮马克·吐温说过，如果天国的族类个个言语像亨利·詹姆斯，他死后宁愿 make a detour，拐个大弯往地狱跑。

有关天国的联想，一不小心，易堕魔障。伊丽莎白·泰勒将来进天国，不知以何种面目示人。天姿国色时代的玉女，还是今天的"玉婆"呢？天国制度要尽善尽美的话，应该先让人家选择自己认为最风光的年纪出现。黄裳先生在《关于柳如是》一文说到，"三百年来，一切大小文士只要碰到与她有些牵连的事物，无不赋诗撰文一番。一张小像，一颗印章，一面镜子，一只笔筒，都是发泄幽情的好题目。……却完全不顾在辈分上说,她该是他们的祖母,曾祖母"。

　　不知痴念柳如是的多情种子有没有想到,这位贞节女子是自缢而死的。这正是为什么出现在天堂的各种历史面孔,都应在他们风华正茂的时期。中国文人有关仙境的想象,因为写的都是大男人,总与仙女结不解缘。传闻身系炸药的"圣战死士"(男的),坦然生死,因为他们最大安慰是相信到天国时将有多名女子等着服侍他们。不过正如前面所言,有关天国的联想,一不小心,易堕魔障,因此我们应趁此机会,及时悔改吧。

米老奇谭

林语堂的幽默小品"On Mickey Mouse"，作者自译为中文时，题目叫《谈米老鼠》。严格来讲，《谈米老鼠》不能看作是译文，因为内容虽然相同，但叙事策略却各有分寸，因为作者要考虑到文化背景不同的读者对作品认知的差异问题。《谈米老鼠》只能说是"On Mickey Mouse"的改写。张爱玲翻译自己的作品时，也有改写的习惯。

英文版一开头就说，各位有所不知，若要由本人向我的同胞解说，幽默这回事，本来就是生命的一部分，因此绝不可以摒之于严肃文学门外。对他们而言，此说之惊世骇俗，犹如宣称孔老夫子原来也是凡夫俗子一样不可思议。英国《泰晤士报》的社论偶然出现一两句俏皮话，读者眉头皱也不皱一下。中文报纸的社论如有样学样，那还得了，要作反了？

林语堂为老不尊，竟然对老鼠吹吹拍拍，真的要作反了。难怪他在中文版的《谈米老鼠》开头就说："就是因为民国遗少余孽不肯做这种题目，所以我偏偏来谈他一下。"他挺身而出，因为怕"现代的老成持重少年连欣赏米老鼠之兴趣都没有了，因为他们主张国是板面孔救的"。

　　林博士认为米老鼠降临人间，是上天的恩赐，有助拓展我们的视野和想象力。这种言谈，今天听来，想当然耳，但就上世纪三十年代的风气而言，这简直是"妖言惑众"。或曰：Mickey有什么了不起？语堂先生可以毫不含糊地告诉你：太了不起了！因为Mickey教我们开心，引我们发笑。对我们这个未老先衰的民族来说，这真是对症下药。你也知道，从前胆敢在人前咧嘴而笑的，只有像东方朔这种弄臣。因此米老鼠非要好好爱护不可，"若果真心灵只有一股霉腐龌龊之气，连米老鼠都要加以白眼，那末中国非亡不可"。

　　幽默离不开笑话。笑话是喜剧的养分。中国人有没有幽默感？当然有，但不是因王尔德或马克·吐温而知名的那类西洋幽默。我在王利器的《中国古代笑话选注》中看到这一则：

　　　　官好酒怠政，贪财酷民，百姓怨恨。临卸篆，公送德政牌，上书"五大天地"。官曰："此四字是何用意？

令人不解。"众绅民齐声答曰:"官一到任时,金天银地;官在内署时,花天酒地;坐堂听断时,昏天黑地;百姓含冤时,恨天怨地;如今交卸了,谢天谢地!"

　　由此可见中国人的"笑话"也不脱载道传统。依 Harry Levin 的说法,喜剧人物,可粗分两类:一是"煞风景"(Killjoy);二是"小泼皮"(Playboy)。在旧时社会中,前一类型的代表人物是诗云子曰的老冬烘。对,若拿《西游记》的角色做例子,Killjoy 这类型非婆婆妈妈的唐僧莫属。Playboy 呢,舍美猴王还有谁?虽然他只吃素,也不近女色。"煞风景"之能在喜剧中扮演角色,无非是他们的矫饰、虚伪行为,常是嬉皮笑脸的"小泼皮"嘲弄的对象。孙大圣在四十五回所撒的野,干干净净。好家伙!他掀起虎皮裙,毫不客气地瞧着羊力大仙奉上的花瓶,结结实实地撒了一把猴尿,让大仙"补身"!

　　比起徒弟老孙来,三藏实在是脓包,难怪他一张嘴说教,大圣不是反唇相讥,就是逃之夭夭。悟空这么任性,因为毕竟是猴子,我们既知他非我族类,就不会跟他斤斤计较。悟空如果是我族类,自然要守做人的规矩了,说不定最后自己也变了 Killjoy。可不是么,话本小说《错斩崔宁》开头就有此训示:"颦有为颦,笑有为笑。颦笑之间,最宜谨慎。"故事中人刘某开了一个自认为得意的玩笑，害两人枉死，自己也赔了老命。

二次大战期间，高克毅（乔志高）应一家美国报纸之邀写一幽默小品专栏，接下来后始知此差事不好应付，结果只好把古籍中像齐人有一妻一妾这类"笑话"搬出来充数，中国文学没有名副其实的童话，少见不着意言志的笑话。王朔小说《一半是火焰，一半是海水》里面一位小娘子指着她的男人鼻子说："我早就发现你是个乏味的人了。我最讨厌乏味的人！中国人怎么都那么德行，假深沉，假博大，真他妈没劲！"这条挨骂的汉子欠的就是看米老鼠电影的机会。

番薯破腿多

钱锁桥编选的《林语堂双语文选》跟中文大学出版社以往出版的中英对照双语文选有显著的分别。文选所收各篇原为英文，后由作者自己中译，内容虽然一样，但增删的地方不少，因此不是一般的英汉对照语文读本。

民国年间能用双语书写的文人学者不少，但在质和量都够得上"双语作家"这个称谓的，仅林语堂一人。中文是他的母语，英语是他的 acquired language，但到了他手上，却能呼风唤雨，比母语犹胜一筹。功力稍逊，也不会拿《美国独立宣言》的文字来开玩笑。他先把 H. L. Mencken 的俗语版译成中文的俗语宣言，然后再根据中文俗语译成比 Mencken 还要俗的英文。例句：We decided to self-stand and not look up to other people's nostril-breath。我们决定"独立"，不再"仰人鼻息"。

林语堂提倡"洋泾浜"英语，认为 Pidgin English 优点多多。譬如说你邀请某女士晚饭，她留话给你说"unable to come"，你心里总在疑心，她也许会改变主意而终于来吧。但如果她给你的答复是一个毫无转圈余地的"no can"，你就死心吧。

林语堂的洋泾浜文字，福至心灵时，每能叫人喷饭。"来讲克姆去讲哥，番薯破腿多，念四吞弟否，买办康不罗。"这算不算幽默？也不必计较了。总之，你若能猜出句子中的几个谐音，念着念着，自有一番乐趣。试解读如下："来讲 come（克姆）去讲 go（哥），番薯 potato（破腿多），念四 twenty-four（吞弟否），买办 comprador（康不罗）。"

《今译〈美国独立宣言〉》和《为洋泾浜英语辩》这类文章，虽然怪趣，但算不上"幽默大师"的代表作。"幽默"之说没有一家之言。且看辞书怎么讲：幽默"为英文 humor 之音译，为调侃之口吻而含有深刻讽刺之意者"。钱锁桥收选的二十五篇作品，每篇都多少带有"调侃"和"讽刺"之意。有些文章，其正言若反的意味，单看题目已知究竟。《上海之歌》开头就说："我歌颂这著名铜臭的大城，歌颂你的铜臭，与你油脸大腹青筋黏指的商贾。"

五六十年代的香港流行过一种叫"怪论"的杂文。称为怪论，因观点处处与主流价值取向背道而驰。其实怪论的祖师非辜鸿铭莫属。他认为男人三妻四妾，等于茶壶有多个茶杯配衬的道理一样。同辈皆以妇女缠足为华夏文化之耻，辜老独恋三寸金莲之异味。林语堂幽默小品的基调是 contrarian，可纳入怪论传统。叩头跟缠足一样，是再封建不过的"古礼"，没想到林语堂却拿来"幽默"一番。他在《叩头与卫生》一文说，"据兄弟私见，摩登姑娘，欲求苗条的身段，当以练习叩头为上策。与其倒卧地上两脚跷天乱踢，莫如学习叩头，日行三次，一起一伏，腹部之余脂剩油尽溶解矣"。

这些话，算不算幽默？若以笑料看，反不如"番薯破腿多"那么叫人绝倒。也许时代不同了，今天的读者实难认同叩头有益身心，更不用谈政治正确不正确了。就拿我自己说吧，读幽默大师作品，最过目不忘的是他为写 Pidgin English 而创造出来的句子。也许自己生来缺乏幽默感。

活 剧

Neal Gabler 近期在《新闻周刊》的一篇特写问读者，你有没有听过 Jaimee Grubbs, Mindy Lawton 和 Jamie Jungers 的名字？看过她们的照片？你不记得了？这也难怪。大名鼎鼎的"活老虎"（Tiger Woods）听来不陌生吧？那就好。这三位女子近来之所以在各体传媒上频频曝光，因为她们都沾了老虎的光。

Grubbs 说她对老虎付出了情感。Lawton 说红内裤对她特别有吸引力。Jungers 说她抽脂的费用是老虎给的。这三个女子并无什么过人之处。她们成为八卦新闻焦点，乃因勇于把自己私生活抖出来。私生活人人有，但除非你跟老虎有什么交情，你对男人什么颜色内裤感兴趣也不会引起狗仔队的注意。Gabler 把这类宝贝称为 modern celebrity，"现世名人"。

名人之所以为名人总得有些特殊地方，而且该是正面的。但若套入"现世"二字作界定，意义就不同了。Gabler引了《形象》（*The Image*）一书作者Daniel Boorstin的话说，"名人就是一个出名的人"。这就是Lawton之流成为名人的理由。因为她们的名字和照片上了报纸和电视。

Boorstin认为我们所处的是个价值"下滑"的时代。传媒的功能不断下滑，最后沦为"排污"工具（effulgence of trash）。美国百姓对传媒制造出来的现象看得如醉如痴，对现象背后的实情反而无心观赏了。上述三位"虎女"衍生出来的"新闻"，因此可目为"人为伪发事件"，全是传媒炒作出来的。说不定好事者今后由此推论男人红内裤是女人的春药。

"虎女"作为现世名人，仅是风光一时。同是名人，Michael Jackson的层次就高多了。这类艺人之受万众瞩目，不断有人记挂，当然因为造诣非凡，但他们跟"虎女"不可同日而语的关键是：他们的生命是一个连绵不绝的narrative。这个英文字，在这里姑作"活剧"解，但不含贬意。Jackson一生，台上台下，好戏连场。整容、吸毒、怪异的婚姻、跟小孩不三不四的行为，还有，不明不白的死因。他的活剧真的层出不穷。没有八卦传媒，就没有活剧。没有活剧，艺人成不了名。没有发掘不完的艺人"私隐"，传媒还有什么头条新闻？英女皇够出名了吧，但她不是什么"名人"，不因她是老太婆，只是因为她没演什么连续剧。媳妇戴妃安娜倒是活剧明星，她的一生太多彩多姿了。这个 narrative 至今余音不绝。

Neal Gabler 在文章结尾时说了一个另类"名人"故事。在银幕上穿 Prada 名牌的"女魔头"Meryl Streep，对狗仔队而言，不是"活剧"素材，可是就因演技超凡入圣，《洛杉矶时报》最近就在第一版报道她的影艺生涯，誉她为当今美国最为人称颂的女艺人。看了这则新闻，才知道艺人要成名，也不一定要找狗仔合作上演走火露点活剧的。

鸡言鸭语

奥威尔小说《一九八四》中的大洋邦，为了方便控制民众思想，创造了"新语"（Newspeak），把传统英语的各种规矩一一废除。新语通过"淘汰"与"改造"两步骤简化思想。百姓日常生活，只要有足够的单字表达吃喝玩乐的要求就满足了。"荣誉"、"正义"、"道德"这些观念，抽象得无从捉摸，合该在新语词典中一一删除。剩下来的就是像 eat、drink、walk 之类的实用词语。

在新语语法中，几乎所有词类（parts of speech）都可以互相使用。任何一个词，都可用作动词、名词、形容词或副词。Thought 这个字已从新语消失，因为 think 字一概包含。Think 的过去式是 thinked。其他动词的过去式和过去分词的变化都依随这个规矩，以 –ed 结尾。以前是 take, took, taken。现在是 take, taked, taked。思无邪是 goodthink。

反动意识是 crimethink。

《一九八四》成书于一九四八，因此有论者拿来当“预言小说”看。虽然近年常见英美有识之士慨叹儿孙辈的英语水平每况愈下，但堕落尽管堕落，至少今天他们还没有把“人”（man）或“牛”（ox）的双数写成“mans”和“oxes”。看来美国的情形比较接近灾难边缘。乔志高（高克毅）研究“谋杀英文”的案子有年，所举个案多多，不能尽录。在我看来，詹德隆说的一个例子，最见刀光血影。你在五星饭店晚饭已近尾声，侍者见台上碟子空空，上前客气地问：“Are you finished？”该怎么翻译？单从字面看，该说是：“你完蛋了没？”你用信用卡，柜台小姐回来带着几分歉意地说：“You are expired！”“阁下时日到了。”

大洋邦新语中有一个字，特别怪趣：duckspeak。我们的辞典当然没有载，但只要拆开来看，可知是“鸭语”，说话像鸭子一样地嘎嘎叫着，quack like a duck。说话的声音像鸭叫，内容自然含混不清。想不到 quack like a duck 的风气，曾一度蔓延到花旗国。乔志高在《高不低咯克》一文释题说：“‘高不低咯克’这个字有三种不同的拼法：gobbledigook, gobbledygook, goobledegook。火鸡啼声咯咯，英文有谐声字曰 gobble-gobble。‘高不低咯克’者，即满嘴叽哩咕噜不知所云之谓，尤指爱‘打官腔’governmentese，作‘官僚术语'bureaucratese。换言之，就是西洋'等因奉此'。"

官腔文字特色之一是化简为繁，故弄玄虚、装腔作势。"Gobbledigook"一词的原创者是 Maury Maverick（1895—1954），一位资深德州政客。他对衙门往来文件的"自恋狂"文体深恶痛绝。衙门的"文胆"癖好用源于拉丁语根的大字眼、含混不清的抽象名词、半瓶醋的专门术语。这种文字接触多了就会做恶梦，梦中恍惚看到家乡养的火鸡走路时那种趾高气扬、不可一世的样子。伸长脖子咯咯作声时，听上去就是"高不低咯克"的声音。Maverick 一词，意指"独来独往、我行我素"的作风。Maury 先生人如其名，觉得官腔之风不可长。1944 年 5 月 21 日在《纽约时报》发了"檄文"声讨。从此 gobbledigook 入了英文词典。

Gobbledigook 怎样"谋杀"英文？乔志高举了些单字的用法为例。譬如说"impact"（冲击）。在"古法"英文中，这是个名词，不作动词使用。令乔先生坐立不安的是，今天 impact 摇身一变化作动词，几乎取代了 influence 的地位。"How does this expenditure impact our budget?"（这项开支会怎样"冲击"我们的预算？）起初我以为这种用法只是美国人的恶习，谁料打开牛津高阶词典，始知原来英文一样受到污染。英国人今天也照样 impact 来"冲击"去，就像"大洋邦新语要义"所说的，所有词类的功能都可以互相交换。

"虚张声势"也是谋杀英文的一个常见手法。乔志高举了两个例子。"Urgency creates things that are unnecessary"。这句"高不低咯克",据他的了解,其实是成语"Haste makes waste"的意思,"欲速则不达"也。约翰逊总统当年要帮助黑人"脱贫",口号是"War on Poverty"(向贫穷宣战),英文干净利落,可是这句话一落在衙门师爷手里,变成"Equal Opportunity Program",机会平等方案是也。机会平等就可以"脱贫"?

　　除了乔先生提供的资料外,我自己也找了一些旁证。在陆谷孙的《英汉大词典》找到这一条,作为 gobbledigook 书写恶习的例子,堪称楷模:"Please cause an investigation to be undertaken with a view to ascertaining the truth."《词典》没有附上中译,不妨试译成"高不低咯克"中文如下:"在此恳请成立一调查专案用意在找出真相。"这句话如用未受污染的英文来表达,三个字就够了:"Please find out."

　　短短的几则引文,已可看出"Gobbledigookers"说话以"转弯抹角"为能事。《一九八四》大洋邦的"领导"上台致词,内容空泛(因可用词汇已删剩无几),加上他们的语言都用喉音传达,不需通过脑神经,因此听来就像鸭叫。摆着"War on Poverty"这么漂亮的英文不说,改为"Equal Opportunity Program",听来就像"鸡言","chicktalk",跟"鸭语"互相辉映。

乔志高所引的"范例"中，最能显出 gobbledigook 书写"脱裤放屁"雅趣的是以下一段引文。乔老没有译出来，我也不敢造次。原来罗斯福总统生平最恨衙门官员所用的"weasel words"（鼬鼠字眼），即躲躲藏藏，说话闪烁其词之意。有一次，日军偷袭珍珠港后不久，总统开记者会，提到防御空袭，灯火管制的问题。他宣读了一封主管机构的公函道：

Such preparations shall be made as will completely obscure all federal buildings, and non-federal buildings occupied by the federal government during an air raid for any period of time from visibility by reason of internal or external illumination...such obscuration may be obtained either by blackout construction or by terminating the illumination.

罗斯福念完后，有记者发问：这是不是等于说要我们"把所有的电灯都关掉"？此语一出，哄堂大笑。起草这份"高不低咯克"公文的，是最近投身政府机关服务的哈佛大学法学院院长。

时移世易

接美国旧同事来信，说年来学校中国语文课程的学生剧增。他说一二十年前，学中文的学生一直只是学日文学生的三分之二左右。今天形势已完全倒过来了。其实美国大学修读日文的学生远超学中文学生的现象早在上世纪七八十年代出现。那年头日本经济气势如虹，作为在海外宣扬大和文化的 Japan Foundation，就在那时候应运而生。

英、法文化协会，德国的 Goethe Institute 和美国的USIS（美国新闻处）这类机构，都可以犬儒地看作帝国主义政经霸权的伸张。这种"文化侵略"少一个钱也办不来。就拿美新处的活动来说吧，直接策划出版的美国经典文学名著翻译的项目已经不少，间接资助的"大众文化"书报刊物相信更多，这就是刘以鬯先生所说的"绿背文化"的具体例子。

文化霸权的伸张得从语言文字入手。一般美国人心目中的外语，不是法文就是德文。如果不是太平洋战争的带动，中文和日文这两种 outlandish languages（化外之文）绝不会在花旗国开枝散叶。早年学中文的美国人，要不是传教士，就是长春藤大学里的"蛋头"。日文在美国大学从七十年代开始比中文"吃香"，绝对与 Japan Number One 的神话气势有关。

日本基金会对日文教学略有规模的大学注资扩充发展。对有意开办这种课程但经费不足的学校，基金会义无反顾地给予人力物力的支援。这是日本语文教学在美国本土所做的"基建"工夫，对象是大学生。研究生和专业"日本研究"的教授更是基金会争取的对象。只要你能在 *Japanese Studies* 这范围内提出一个具体而又有新意的研究计划，总有机会拿到 Japan Foundation Fellowship 到扶桑境内做一两年实地"考察"。

一般美国大学生都以法文为外语首选。你要他们一一列明原因，道理可多着呢，但就我当年在美国所看到的资料而言，他们绝少会为了"经济效益"而选修法文的。选修日文的学生在这方面就实际多了。他们不是为了看富士山而学日文的。只有学界中人才知日本基金会的存在。草根阶层（特别是西海岸）所认识的"日本势力"，是以

Toyota, Honda 和 Sony 这类跨国超级大财团为标记的。这些公司公开招聘管理阶层员工时，都说明通晓日文者会优先考虑。

六七十年代中国大陆"竹幕"低垂。就学习的诱因而言，教中国语文的老师拿什么去跟日文老师较量？中美关系处于"冷战"时代，宣扬中国文化"源远流长、博大精深"的老师，一直是惨淡经营。一般州立大学给予"另类课程"如中日文的预算，多以"人头"多寡为本位。人数少于某个数目，那门课就开不成了。这也是说，系内教中文的老师经常受到裁员的心理威胁。以今视昔，中国语文的课，学生人数只少于日文的三分之一，实在是个奇迹。那些教导美国大孩子牙牙学语的老师，都想一一出尽浑身解数。

本文以"时移世易"为题，因为要说的是"大国崛起"后与"文化输出"的相关问题。有关"孔子学院"的各种活动，所知非常零碎。我的一位现在香港任教的德国博士生，论文写刘恒，年前应孔子学院之邀到山东作专题演讲，因此我猜想孔子学院的宗旨，大概类同上述的各种文化协会。最近在《上海书评》看到一篇题为《由孔子学院想到的》读者回应，里面说到"国家汉办的大手笔也屡屡令国人乃至洋人咋舌。从大办孔子学院到斥巨资请全球学者翻译'四书'、'五经'，甚至动辄花费百万欧元资助国外研究机构，现已渐渐形成了洋学者来中国赚外快之风"。这么说来，应中国"盛世"之运而生的孔子学院，倒有几分 Japan Foundation 的气象。

这位署名"上海行知路　华迪阳"的读者，面对中西文化霸权转移，兴奋之余，禁不住出了一些"恶声"。他说根据联合国 2007 年发布的资料，法国、德国和日本等国的国民识字率，高达 99%，而中国大陆有近 10% 人口是文盲。国家用在孔子学院作"文化侵略"的经费，该不该先在国内用以"扫盲"？看你站在什么立场说话吧。我想在国外教中文的老师，一定喜见孔子学院牌楼处处开。

美国的哈英族

　　"Anglophile"在辞典上的中译是"亲英"。看来亲英是一种相当普遍的情绪，因为一般案头辞典都有收录。不翻历史旧帐，西方国家值得一"亲"的除不列颠外，应该还有法兰西，因为"恋法"行为最少有两个说法："Francophile"或"Francomaniac"。亲德或亲意呢？在我手上的几本辞典都找不到。美利坚合众国也算是西方国家吧，"崇美派"又不乏人，照理说总有一个类同"Anglophile"这样的一个专有名词。可是我偏偏就找不到"亲美"这个英文字。"仇美"反而赫然在目："Americanophobia"。

　　叫"Anglophile"亲英派或亲英人士没有什么不对，只是听来太近政治取向。为了反映草根思维，香港传媒经常创新词，其中一个是"哈日族"。依我看到的报上资料猜想，"哈日"是对东洋饮食潮流、衣着时尚的追慕。当然，追捧日本流行小说、情迷日本电影，也是"哈日"所为。

回到话题。如果一个国家、一种文化或一个民族被"哈"，多少与船坚炮利有关的话，那么世上被"哈"的对象应该还有美利坚合众国。但可能是美国人的车马炮太气焰迫人，人家一想到美国，总与铜臭有关。相对而言，英伦的风采予人的印象就情深款款。董桥在《伦敦的夏天等你来》如怨如慕地说："住过伦敦的人一辈子忘不了伦敦的夏天：悠闲的堕落，慵懒的征服，温暖的消极。满桌欢笑的晚饭叨的是公园外那抹彩霞的光；青青斜坡下的野餐，冰镇白酒等不到读完八页小说，竟然暖暖濡湿了高高的玻璃杯。"

大英联邦的成员如加拿大、澳洲和新西兰，号称跟英国人同文同种，"哈英"是很自然的事。今天美国的人口，虽然不再是盎格鲁撒克逊白人天下，但历史留下来的"哈英"情结，尤其是在东部 New England 那些前度名门望族心中，依然绵延不绝。不然 Joe Queenan 不会写出"America's Nitwit Anglophiles"这篇刻薄文章在《时代》周刊发表。题目可译为："美国的白痴恋英狂"。文章一开头就说，恋英狂好比色情物品，除非你亲眼看到，否则不易解说。下一句话出奇狠毒，难以译为得体的中文。Queenan 说 vague 和 amorphous 的威廉王子和看来 unemployable 的 Kate Middleton 百年好合的典礼成为各媒体的头条新闻后，"哈英族"的嘴脸在世界各地一览无遗，特别是在"星条旗"飘扬的国土。"vague"已是"模糊"，"amorphous"更是"不成形"。新娘呢，看似 unemployable，其实说的是"一生待业"。好了，一待这对"平庸得恐怖"（diabolically bland）的夫妇交换过婚戒后，美国东西两岸的"哈英族"马上得到千载难逢的向皇室屈膝下跪、湿润舌头、噘起嘴巴（pucker up their lips）争相献媚的机会。

可能自觉话说重了，Queenan 马上修正说他心目中的"哈英"行为，指的不是崇拜英国人或英国文化本身。他说的恋英狂狂恋的对象是英国皇室和古董瓷器。还有他们一听到英女皇或 BBC 的英国口音就浑身发软的骚态。恋英狂无不希望自己的宝贝儿子他日长大会步爱德华八世的后尘，再轰轰烈烈地上演一出"不爱江山爱美人"的历史剧。

"哈英族"从心底里就瞧不起自己的同胞。他们认为美国人爱吵爱闹，粗野不文，品味庸俗，单为这一点就远远比不上英国人。英国人的行为即使拿最差劲的一面来说，顶多亦只能说他们"傲慢无礼"（cheeky）而已。不错，有些美国人真的爱吵爱闹，粗野不文，品味庸俗，但你不妨找一个星期六的晚上到伦敦的 Leicester Square 去遛遛，亲自去看看两万多名英国醉鬼、色鬼、娼妓、流氓怎么招摇过市，到时再下定论英国人是否比美国人优秀吧。Queenan

忍不住自己抢先说了："Cheeky, my ass." 如果照字面译为"傲慢无礼，我的屁股"，那等于 Queenan 亲自示范美国人多粗野不文。但"my ass"在陆谷孙的《英汉大词典》的解释是："才不呢！"听来娇滴滴的。用大男人的口吻来说，可以是："傲慢无礼，你真会开他妈的玩笑！"

Queenan 说"哈英"一点也没有什么不对，因为自己的太太也是英国人。他已经"哈"了她三十四年了，做丈夫的有的是机会细细认识太太老家乡亲父老的真面貌。先说英国人最好的一面：坚毅、足智多谋、极富幽默感。你别误信谣言，英国人也会烧吃的！不是光会做 fish and chips。英国人坏的那一面呢？俗气、阴沉（dim）、粗鄙和全无用处，像因爱吃喝玩乐买名牌而负了一屁股债的约克公爵夫人 Sarah Ferguson。如果你有过跟英国人相处一室的经验，或者你的"另一半"是英国人，你就会明白为什么英国国旗一度无落日。他们百折不挠，谁敢在太岁头上动土谁就遭殃。希特勒在 1940 年的大不列颠之战中就吃过苦头。

Queenan 承认他是因为在太太身上找到英国平民百姓所有的优点才娶她的。这些优点在英国的上流社会极少见，在饱食终日的英国皇室众卿家身上更从没见过。Queenan 说为了相同的理由，如果他是个终日留连皇家赛马会或游艇会的纨绔子弟，太太也不会看上他。她爸爸是一家"滚珠轴承"（ball-bearing）工厂的工人，跟上流社会拉不上风马牛的关系。

"哈英族"最教英国有识之士气不过的是该哈的东西他们没有哈，不该哈的他们却哈得如醉如痴。他们对英国成为伟大国家的成因懵然不知。英国给了美国许多美好的东西，如司法制度、莎士比亚、新教改革，但这都不是"哈英族"珍惜的遗产。"哈英"是一种神魂颠倒的拜物狂，庙堂是王孙公子经常出入的哈罗兹（Harrods）百货公司。

今年是"哈英族"双喜临门的年头。皇室大婚前先有奥斯卡报喜：《皇上的演辞》（*The King's Speech*）得了大奖。当年说话结结巴巴的皇上，以坚毅不屈的精神克服了语障，在电台发表演说振奋民心，在精神上领导英国人战胜纳粹。美国媒体对英国皇室的鸡毛蒜皮事本来就兴致勃勃，难得现在皇上亲自上演了一出振聋发聩的教化剧，无不兴奋得像哈巴狗一样在地上打滚，有关报道因此盖地铺天而来。《皇上的演辞》得奖的消息可说是皇室大婚的前奏，一个春天下来威廉和凯蒂的婚事就包办了"哈英族"的话题。

Queenan 说他太太有位名叫 Gordon 的叔叔在二次大战时是英国皇家空军一名指挥官。取名 Gordon，是为了纪念在苏丹喀土穆（Khartoum）战役中英勇殉国的戈登将军

（General Charles Gordon, 1833—1885）。二次大战时在英国天空出生入死的戈登叔叔，七十岁后丢了双腿。他从没抱怨过上帝对他多么不公平。He had the very stiffest of upper lips，牙关咬得紧，是条汉子。英国就是靠这类汉子造就了灿烂的文明。这种汉子，没有几个会在皇室大婚典礼上出现的。

文学自残的榜样

就我所知，文学作品虽然吹了多年的"淡风"，中文著作尚未见有以"文学的死亡"或"文学的末路"作书名的集子出现。英文倒有不少。菲德勒（Leslie Fiedler）的一本文集叫 *What was Literature*？可译作："那种从前叫文学的是什么东西？"文学既成过去式"was"，谈文说艺的作者亦相应成了"古人"。这本文集第一篇就自我殒灭："Who was Leslie A. Fiedler？""那个从前叫 Leslie A. Fiedler 的家伙是什么东西？"

菲德勒（1917—2003）在"觉今是而昨非"前的全名是 Leslie Aaron Fiedler。那种从前叫文学的东西在他眼中是专供学界清玩的"孤芳"作品，如詹姆斯后期的长篇小说《奉使记》。他引了马克·吐温传闻说过的话："我宁愿堕落约翰·班扬《天路历程》的天堂，也不要看他的东西！"

那么在菲德勒眼中,"今天的文学"是什么东西?简单地说,就是通俗读物,如《飘》(*Gone with the Wind*)。菲德勒这家伙当年是美国学界老顽童,"the wild man of American literary criticism",说话疯言疯语惯了,大家也就见怪不怪。

教我们认真看待的倒是普林斯顿大学讲座教授克恩南(Alvin Kernan)写的《文学的死亡》(*The Death of Literature*, 1990)。单从市道看,文学命若游丝是事实,但毫无保留地说是寿终,实有点过分。最少在《纽约书评》这类刊物上我们还经常看到新书广告和评论文章。这位荣休教授用了"外忧"和"内患"两个角度来分析文学面对的危机。"外忧"的成因再明白不过。新世代读书人的口味早为各种影视艺术所取代。此中因果本是老生常谈,在此不赘。不如说说"内患"。

依克恩南的说法,所谓内患,实因若干六十年代兴起的"后现代"批评学派,二三十年来不断"瓦解"西方文学传统经典著作之余,还蓄意"谋杀"作家。这就是说此派论者把文学作品仅是看作语码的组合,作者是谁无关宏旨。文字本身游离不定,意念自然飘忽,难以捉摸作者的"中心思想"。道德判断得从实证论出发,若为相对论取代,是非善恶就失去标准。由此看出克恩南的观点跟《闭塞的心灵》作者布鲁姆（Allan Bloom）相似：尼采在美国学界阴魂不散，虚无主义思想大行其道。

看来反权威、反建制的表述不限于文学范围。艺术品"自甘堕落"的倾向更令人瞠目结舌。试看 Robert Mapplethorpe 展出的一张照片：一个黑人在白人口中尿尿。比他更惊世骇俗的一位摄影师是 Andres Serrano。他在一帧作品中把代表耶稣的十字架泡在自己的排泄物中。

后现代派文评家虽然处处反制，倒未见有人跑出来焚国旗、毁圣像。据克恩南的分析，今天的文学批评之所以玄似天书，可说是铤而走险的结果。设在大学的专门科目，如医、理、法、工、农，其"实用价值"早有定论。既属专门科目，自有一套言之成理，但门外汉难以消化的行话。我们听不懂，只能怪自己无知。因为"实用"，所以这些科目公认有存在价值。

文评家是文学的解人，可惜文学的功用无法量化。今天在美国专业研究文学的人，绝大多数是大学的受薪阶级。历史这门功课，早已成为社会科学的一环，但文学不是。文学和哲学的地位一样，属于人文"学科"，沾不上"科学"的边。跟校园内的科学家同事聊天，如果还老黄卖瓜地向他们解说文学追求真善美，有助净化人类心灵这类老掉大牙的话，语言就不像专家的 discourse 了。因为文学研究既然是专门学问，老生常谈是大忌，应有像医生或工程师那种别人不知就里的行话穿插其中。拉丁文在这方面很派用场。奇形怪状的数学符号有时也管用。行文于是"夹杠"（jargon）连篇、"罕词"（neologism）满纸，好像非如此这般就不可以把文学提升到"科学"的境界。

后现代文评的风格与文字不断向"科学"靠拢后，出现了什么面目？且看：

It is the moment of non-construction, disclosing the absentation of actuality from the concept in part through its invitation to emphasize, in reading, the helplessness—rather than the will to power—of its fall into conceptuality.

文长三十六个单字，在文法上只是 one sentence。作者 Paul H. Fry 是耶鲁大学英文系教授，引文出处是他写的《诗辩》（*A Defense of Poetry*）。这句子虽然长得教人喘不过气来，但最少没有什么特别的"科学"术语，一般英语为母语的美国大学生，不用翻字典也应该明白每一个字的含义，虽然这句话究竟讲了什么，他们会像我这个英语非母语的外国人一样摸不着头脑。对名牌大学崇拜有加的读者，看了这种"天书"，茫无头绪之余，总先会责己，怪自己学养不足或悟性偏低。人家耶鲁大学教授写的文章嘛，哪有不通之理？

偏有人不信邪。*Arts and Letters Daily* 的网上编辑 Dennis Dutton 毫不客气的指出，Fry 在《诗辩》上用的语言，像 absentation of actuality 这些怪胎，卖的是野狐禅，目的在让人听来有物理学家吃力把哥本哈根学派对量子力学诠释作"俗讲"的模样。后现代文评在文字上玩的花样，极尽"奇技淫巧"之能事。肯塔基州 Louisville 大学的 Aaron Jaffe 教授，注意到特务 007 在一部电影中突然要换换马丁尼的口味，吩咐酒保用另一个牌子的伏特加调酒。Jaffe 认为这涉及效忠对象以及领土主权的易位问题，决定给我们解码道：this carries a metaphorical chain of deterritorialized signifiers, repackaging up and down a paradigmatic axis of association.

黄灿然曾在《明报》译介过 Robert Fulford 痛批"后现代呓语"的文章。难为他把这些"PoMo-babble"的样板都翻译出来。以下是 Jaffe 呓语的译文："此举带动了一条非领土化能指的隐喻之链，上下重新包装一个含有多种联系的范式轴心。"你喝了一辈子 Smirnoff 伏特加酒，一天晚上心血来潮，要转用 Grey Goose 来调马丁尼，Jaffe 教授看在眼里，猜想这可能是你由崇俄到恋法政治情意结的一个"非领土化能指隐喻"的转移。

在"PoMo-babble"歪风出现以前,我们奉为经典的文评书写,不是 Matthew Arnold,就是 T. S. Eliot 或 Lionel Trilling 这等人文主义大师的著作。他们的论述条理分明,绝不"矫情镇物",文字本身就是一篇篇亮丽的散文。

克恩南说,今天除了在大学的文学系外,严肃文学作品早已跟外界绝缘。因为除了不断"文字自残"外,后现代文评还经常各拥山头,以意识形态挂帅,排除异己。女性主义者(其中不少是男士)读经典,总以检举"沙猪"为天职。"沙猪"就是 chauvinist pig,大男人主义的猪猡。"新左派"看书,各有自己关心的议题。关心动物权益者对 Herman Melville 的小说《白鲸》口诛笔伐,因为 Ahab 船长追杀鲸鱼的手段凶残。"山头主义"的学说,只有在学院才有市场,但文学市场的运作,得靠"the common reader"维持。追捧《飘》和狄更斯小说的,是"一般读者"。上 Paul H. Fry 课的学生,虽然视 PoMo-babble 为异端邪说,为了考试过关,只好发挥动物求生本能,在堂上装出趣味相投,如醉如痴的模样。"the common reader"才不管你这一套。受不了还强忍下去,就是自虐。"狂人"菲德勒以讲授文学为生,竟然说出"那种从前叫文学的是什么东西"这种话,看来他也是受不了。

克恩南说美国的文学市场还可以惨淡经营下去,因为国内四年制的大学约有一千六百多间，二年制的社区学院也近此数。问题是主修文科的学生日见减少，即使选上了这一科在堂上也被"呓语"吓走。残喘还能苟延多久？克恩南悲观得很。美国大学生近二十年来的文字表达能力，已式微到半文盲的阶段。传统的补救方法，是规定他们到英文系开办的补习班去接受写作训练。但现在这种规定为时势所迫，作了修订。现在不少学生只消选些传播系的"沟通"课就可以过关。哪些课呢？克恩南举了个例子：Hello, then, what？说完哈啰后该怎么办呢？该说些什么话呢？这类课程没有规定一定要用文学作品做教材，因此既不必接触苦闷的象征 Henry James，也不用知道海明威是谁。"哈啰，你是子虚大学毕业的呀？可怪呢，我弟弟也是！"能够跟陌生人打开话匣子，"沟通"就成功了，学生的"弱点"也因此"补救"了。

文学会不会有起死回生的一天？依克恩南看，沉疴已久，回天乏术。"外忧"已锐不可挡，更不幸出了"内奸"自毁长城，七宝楼台，已破碎得不成片段。他老人家话说得悲痛："从未看过一个行业，在埋葬自己衣食父母的行动上，表现得这么积极的。"

老马和老萧

哥伦比亚作家马尔克斯（Gabriel Garcia Marquez, 1928—）在 1966 年完成《百年孤独》时，这位两个孩子的父亲也快到四十岁了。小说的打字稿四百九十页，要寄到阿根廷首都 Buenos Aires 一家出版社。邮局职员量重后，告诉他邮资八十二比索（pesos）。马尔克斯太太把钱包里的铜板悉数倒出来，只得五十比索。但稿件不能不如期寄出。马尔克斯只好请邮局职员帮忙，像拿熏肉（bacon）似的一片一片地从那叠文稿取下来，先寄出五十比索的份量。

回家后，夫妇二人把电暖炉、吹风筒和其他可变卖的东西拿到当铺，凑足邮资再到邮局寄出第二份文稿。在《百年孤独》前，马尔克斯出版过三部中篇小说，出版社不见经传，出版后自生自灭。《百年孤独》于 1967 年出版，后经英、法、德等文字的翻译，使作者名满天下。在此之前，他识尽穷滋味。1955 年在巴黎，服务的那家报纸 *El Espectador* 突然给政府关掉，使马尔克斯的生活顿失依靠，逼得到街上收拾空瓶子和旧报纸，拿到回收店铺换零钱。一天，他得坐地下铁到一个地方去，苦无车资，涎着脸向路人乞讨。一个法国人解囊前，对他羞辱一番。马尔克斯是 1982 年诺贝尔文学奖得主。

牛津大学颁给俄国大作曲家萧斯塔科维奇（Dmitri Shostakovich, 1906—1975）荣誉音乐博士学位的典礼在 1958 年 6 月 26 日举行。老萧不谙英文，幸好学校派史学家以赛亚·柏林（Isaiah Berlin）夫妇在他访问期间做他的东道主。老萧离开后的第二天，柏林给老友 Rowland Burdon-Muller 写了长信，报道有关所见所闻。以下是这封长信的节录。

老萧已经离开了。苏联大使馆好像要跟英国文化委员会对着干似的。委员会隆重其事地为老萧在周一安排了一个音乐会，但大使馆的头头却不要老萧跟委员会搭上任何关系。骂街也没有用。特别为老萧张罗的音乐会就是不见老萧的踪迹。谢天谢地他终于在星期二现身，正好赶上我们为招待他而准备的节目。

先进场到我们客厅的是一位年轻大使馆官员，长得还算清秀，但举止拘谨得几乎目不斜视。他开言道："我来介绍自己。我名叫 Loginov。作曲家萧斯塔科维奇就在外面的车子里。我们知道你们预定他四点钟才到达。现在是三点钟。你们要不要他留在车上等？或者另有指示？"我们欢迎老萧马上进来。

出现在我们眼前的老萧，个子细小。差怯怯的，紧张得不得了，面上肌肉颤动不停。我这辈子从未见过一个如此惊慌、如此惶惶如丧家犬的人。他给我们介绍两位跟他一道来的大使馆官员说，"这两位是我的朋友。我的好朋友。"但这两位官员离开后，他不再用"朋友"称呼他们了。他们是"外交家"。

要好好地招待老萧，非得先打发"外交家"走路不可。我对他们说学校耽会有专人接待他们先吃饭，后观剧。老萧自有学校的安排，他们放心好了。"外交家"听后，交换了眼色，点头同意。老萧的面上突然开朗，但为时极短，不久又回复常态。他看来像个大半生躲在暗角生活的人，时刻都有狱卒看管着。

客人陆续抵达。法国作曲家（Francis Poulenc, 1899—1963）对老萧恭维备至，让他开心了一阵。晚饭后，大家移座到客厅，老萧快步走到最近自己的一个角落，像刺猬一样地蜷缩坐着（sat there, contracted like a hedgehog）。只有在老萧手指按着琴键时我们才看到他真正的面目。他好像完全换了一个人，充满自信、浑身流泻着激情，再不是羞怯怯、惶惶然如丧家之犬的萧斯塔科维奇了。

学校的"专人"把两位"外交官"带到 New College 去参加一个本科生的晚会，然后再到 Exeter Ball 去跟后生小子大吵大闹一番。"外交家"玩得很开心。看来他们人还是不错的，虽然手上可能沾过匈牙利人民的鲜血，但本质上却是纯朴的农民。当然，只要长官一声令下，取人性命也绝不手软。

凭老子高兴

德国波恩大学汉学家顾彬（Wolfgang Kubin, 1945—）
2006 年 11 月在"德国之音"有关二十世纪中国文学的发言吹皱一池春水。他说中国当代文学是"垃圾"（trash）——随后修正说这是传媒误导，他原来是说"美女作家"卫慧和棉棉的作品才是垃圾。

"修订版"减低了杀伤力，但整体而言，他对中国现当代文学的评价不高。他认为 1949 年前的作品还可以，最少民国时代的作家还懂一种外语，因此意识到外边世界的存在。现代作家中得到他全无保留认同的仅鲁迅一人。记者问：那么高行健呢？他答道："Don't joke about this，别开玩笑了。"为什么顾彬对我们的诺贝尔奖得主全不卖账？因为他拾人牙慧。为了相同的理由，他对 1985 年冒起的"先锋"小说也没有几句好话，觉得他们大部分的作品读来像是从外文翻译过来的。阿城？他说他都看过了，"但不知道为什么我都不喜欢。我觉得他写得太传统,那种风格我受不了。"《狼图腾》？"在我们德国人看来,这是一本宣扬法西斯思想的作品。"

"德国之音"记者问顾彬,如果一定要你对中国作家提些什么"宝贵意见",你会怎么说？"They should learn to master their mother tongue well,把母语学好。"语文能力薄弱,再加上要赶"货",写出来的东西就像一位拉丁美洲作家说的,"如果一个作家不折磨他的句子,就是折磨他的读者。"他认为中国小说家写稿操之过急,少在"句子"上下工夫。

这位陈平原眼中的"外来和尚"最近接受了盛韵访问（见《上海书评》第十五期）。盛韵问他怕不怕说错话,他说不怕。这篇访问的内容给"德国之音"的版本作了些补充,值得注意的是他承认自己有"修正主义"的倾向,"以前一点都不喜欢冰心,现在非常喜欢。"这么说他将来也可能会喜欢阿城的。他一定也喜欢张爱玲,不然不会在九十年代初把她最有名的小说都译成德文。"虽然我们翻译了不少,但是都没有成功,这我得承认",他说："到现在我还会说我读她1949年以前的作品有困难,很难真正了解她,因为她的文笔很细,她的汉语我不太明白,她的女人世界我很难接受。"

文字是张爱玲的颜色。就是这种颜色把她的"妇人之言"提升到一个"可信"的艺术世界。我们母语是中文的人，实在看不出她的"汉语"有什么难懂。顾彬教授反过来劝母语是中文的中国作家 master their mother tongue，会不会像陈平原说的，有点"越界了"？

陈平原说："假如一个做德国文学研究的中国学者，到处说德国文学不行，德国人会有什么感受？"这问题是不会有答案的。如果我们的作家没有"出口转内销"的打算，不为投西方读者所好而创作，心中不存诺贝尔杂念，那么"外来和尚"爱说什么就让他说什么吧。顾彬的言论算不算"惊世骇俗"？不见得吧。韩寒就抱怨过新中国以后的中国文学了无文采，老舍、茅盾、巴金等人的文字差劲透了，冰心的东西简直读不下去。就让大家各说各话吧，反正我们喜欢谁，凭老子高兴就是。

卡夫卡的味噌汤

　　林行止在《笑话笑话》一文说，他外游时，若手边有"笑话"之类的书籍，必随身带着以供旅途消遣。人在路上，难静下心来埋首大部头著作。笑话书写，少者三言两语，多者也不过二三百字，阅读时可以随时告一段落，确是旅途理想读物。

　　林先生一次旅行时带着的笑话集是 J. Holt : *Stop me if you've heard this—A History & Philosophy of Jokes*（《请叫停如果你听过(这则笑话)——笑话的历史及哲理》)。美国"脱口秀"式笑话开玩笑的对象，多是大家熟悉的知名公众人物，特别是政客。像林先生引的这一则："白雪覆盖的白宫草坪上被人用热腾腾的尿液浇了几个大字：'我恨死奸狡的尼克松'（ I Hate Tricky Dick ）。尼克松下令特工调查，一周后 CIA 回报：'尿液来自基辛格，字迹出自第一夫人之手。'"

"笑话"自然是"闲书"的一种，除非你要做研究，那就得正襟危坐对付了。原来林行止"闲时"读的闲书，除笑话外，还有文学史的"外篇"，其实就是"八卦"。美国大小说家亨利·詹姆斯（1845—1916）本是 New Yorker，三十一岁定居伦敦，放弃美籍，一般论者认为这是英国绅士气派的亨利，受不了家乡之粗俗浅薄习尚所致。但林行止一次抱小恙，在床上休息读闲书时却另有发现。他读的是曾任伦敦书院大学现代英国文学教授萨特兰（J. Sutherland）写的《文学奇珍》（*Curiosities of Literatures*），内有一节跟亨利老了不还乡的事因有关。亨利眷恋英国，虽说是文化上"亲其所亲"的认同，事实上还有一个更"迫切"的需要。原来亨利从小便秘，药石无灵，父亲觉得转换水土也许有帮助，便鼓励儿子到英国去走走。事实果然如此。英国的水土和食物终于把亨利的顽疾"医"好了。

　　此一"秘闻"，是林行止在《自苦自遣——闲话闲书》一文所收录的一条。因为萨特兰的书名突显了"奇珍"二字，内容千奇百怪亦寻常事耳。林行止说第二章收了不少文学作品中有关脑、心、肺及肠的描述。"肠"的部分，多涉"屁"事。内有一条："据说伊丽莎白女皇游泰晤士河时突然放了一个响屁，众人默默、面面相觑，撑船的老大看风驶帆，马上向众人道歉，自认屁主，免了女皇的尴尬；女皇'感恩'，马上册封老大以骑士衔，是为和风橹夫爵士（Sir Bargeman of the Gracious Wind！），时人有诗赞曰：'后屁薰风过，船夫当爵爷！'"

最近好友赠我 Mark Crick 写的 *Kafka's Soup: A Complete History of Literature in 17 Recipes*。看题目，当知这是不必当真的闲书。世界文学史怎能在十七个食谱中交代出来？但既然是闲书，自然不必计较。先看原文这一段：

K.认识到如果一个人不处处提防保护自己这种事就会发生。他打开冰箱，里面除了一些蘑菇几乎空空如也。他把蘑菇切成小片。客人已坐在餐桌前等着开饭，只是看来他实在没有什么东西可以奉客。他们究竟是不是自己请来的客人还是不请自来的不速客实在难以弄清楚。如果客人是应邀而来，那么他该生自己的气，因为招待客人吃饭得请个厨子来帮忙的才够体面。但从客人注视他的目光看来，他在他们眼中不过是个下属，正因为他失职无能，才害得他们这么晚还要挨饿。不过如果他们在这个时间不请自来，那就不应指望有什么东西吃了。

水壶里的水烧开了，他的注意力回到食物的问题时，看到一瓶味噌粉剂和一块豆腐，大概是房东太太留下来的吧。他量了三匙味噌倒在锅上，再注入三"品脱"（pints）热水，一直小心不让那"小组"（panel）的人员看见。他居然把这些来人看作小组成员，想着自己也生气。他们没有告诉他来访的目的，而到现在他还不知道他们个别的身份。从他们的态度看来，这些人可能是高官，但亦有可能自己是他们的上司。他们来访不过是要讨他欢心而已。

K. 突然想到自己什么饮品也没给客人喝，觉得难为情极了。但他转眼一望，看到台上已放着一个已拔去塞子的酒瓶，客人早已开怀畅饮了。他实在受不了他们这么喧宾夺主，招呼也不打一声就自斟自酌。不过他也想到这几个人如此傲慢无礼，可能事出有因。K. 决定羞辱他们一下。"酒还可以吧？"他大声问道。可惜效果适得其反。"如果有东西伴着吃，一定会更好"，他们异口同声说，"但既然你连为我们穿上整齐的衣服吃晚饭的礼貌也没有，我们怎敢有非分之想？"K. 这时才注意到自己也难相信的事：他只穿着衬衫和内裤！……

Mark Crick 笔下的 K. 故事未完，为省篇幅，只能简单介绍一下原文没有结局的结局。味噌汤微沸时，他把豆腐、蘑菇和若芽（wakame）放进锅里。他望出窗外，看到邻居一个长得不错的女孩子，但一想到她可能只是隔岸观火似的看着他，不觉气冲心头，但立刻把怒火压住，因为这女孩可能跟审讯小组有关，说不定还会影响聆讯结果。他用恳求的目光看她，但她已经转身走了。味噌汤烧好后，他在锅里掺了点酱油。饭桌旁的四张椅子，一张已被移走，但看来审讯的法官没有请他入座的意思。K. 在家里招待人家吃饭，自己的感觉却像是个外人。

　　Kafka's Soup 封底引了英国《独立报》（*Independent*）的评语："Marvelously, the recipes actually work, but the real joy of this little work is Crick's ear for literary parody." 这句话没错，但讲究饮食的人是不会买这本书去学做味噌汤的。Crick 的一技之长是善于模仿别家的文体。涉猎过西方文学的读者一看就马上会认出 K. 就是卡夫卡（Franz Kafka, 1883—1924）小说《判决》（*The Trial*）主角 Joseph K. 的现代版。在《判决》书中，Joseph K. 一天醒来，发觉自己成了犯人。在平常的日子里，每天早上八时房东的厨子都会给他送来早餐，但今天却看不到她的影子。原来厨子确送过早餐来，只是已给两个陌生人抢先吃了。陌生人是来拘捕他的。他究竟犯了什么罪？他不知道，他们也没告诉他。此事发生于他三十岁生日那天。他三十一岁生日前夕晚上

九时，四个穿着长礼服、高顶大礼帽的男子突然现身，扭着他走到一个采石场，一个扳着他脖子，一个朝他心脏就是一刀，跟着还扭动了两下。

跟卡夫卡的 Joseph 比起来，K. 的日子也不好过。俗语说晴天霹雳，志怪小说所记的"乌白头、马生角"，发生在K. 身上的就是这种咄咄怪事。卡夫卡以 Joseph K. 的遭遇暗喻现代人荒谬的处境。Crick 通过了味噌汤的泡制过程给这个寓言故事一个新版本。不过他模仿的功夫的确了得，原型人物性格、文体特色都掌握得极有分寸。悲情的调子中偶然还会见到一闪的黑色幽默。

此书其余的十六个"食谱"，"大厨"都是名家。我特别欣赏的还有《傲慢与偏见》作者奥斯汀泡制 Tarragon Eggs 的手艺。Crick 把英国"上流社会"势利人家的嘴脸活生生的给我们重现眼前，堪称妙品。若要真的享受"闲书"乐趣，应读此篇。卡夫卡的味噌汤，不尝也罢。

Gobbledigook 是怎样炼成的

  Gobbledigook，陆谷孙的《英汉大词典》解作："浮夸、冗长而费解的语言（或文字），官样文章（如以"Please cause an investigation to be undertaken with a view to ascertaining the truth"代"Please find out"），拟火鸡叫声（？），系美国会议员 Maury Maverick（1895—1954）所创。"

  乔志高（高克毅）先生多年前以《高不低咯克》为题的文章，就是从模拟火鸡的叫声"gobbledigook, gobbledigook"得来。文内列举多个例子说明"高不低咯克"式的文体，是"谋杀英文"的头号凶手。最教人意想不到的是，gobbledigook 书写之流行，竟然跟《帕金森定律》（Parkinson's Law）的关系密不可分。这里说的帕金森，跟在 1817 年发现神经机能障碍的英国外科医生 James Parkinson（1755—1824）并无关系。《定律》的作者 C.

Northcote Parkinson（1909—1993）也是英国人，曾任新加坡大学历史系讲座教授。代表作"Parkinson's Law"（1955）最先发表于 *The Economist*，提纲挈领的一句话是："Work expands so as to fill the time available for its completion,"工作量会适应时限而自我膨胀。用乔老的话说，"工作有伸缩性——同样的一份工作，时间少也做得完，时间多则工作涨，结果在增多的时间内也不过刚好做完。"

《定律》假设一例证。一位老太太要给侄女写一张明信片，前后可能要花上一整天的时间。找明信片，一个小时。找眼镜，一个小时。找出侄女的地址，半小时。执笔书写，一小时十五分，最后还要用二十分钟作决定：究竟要不要带雨伞出门呢？邮筒就隔一条街。这种工作，若由一个大忙人来做，顶多花三分钟。

就机关部门的运作情形而言，人手的增加并不一定是因应工作量的需要而作出的决定。人手多了，并没有职员因此闲着没事做，或者大家可以早点下班。《定律》告诉我们，"the number of officials and the quantity of the work to be done are not related to each other at all"，工作人员多少与工作量多少并无直接关系。这怎样解释呢？乔先生制作的图表，应有帮助。

```
                    A
                   / \
                  /   \
                 C     D
                / \   / \
               /   \ /   \
              E    F G    H
```

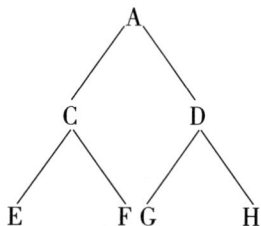

　　A君是某机构的主管，老是觉得自己工作"过劳"。过劳的原因，可能因为精力衰退，反正这是中年人的征象。姑勿论真正的原因是什么，就他目前情形来看，可行的办法有三:(一)辞职;(二)请一位叫 B 的同级同事分劳;(三)增聘 C 和 D 两位下属帮忙。

　　不用猜测，A 君最后选的，一定是第三条路。辞职不干，损失退休金。请官位同等的 B 帮忙，怕的是自己的上司 W 君终于退休时，平添一个"力争上游"的 B 做对手。增聘 C 和 D 两位下属的情形就不同了。把工作分成两部分让他们分别负责，而自己是唯一懂得他们工作性质的人。再说，部门的人手越多，自己越有气派。

　　A 要减轻自己负担，不能光请 C 或 D 来帮忙。理由是如果单是 C 来分担他工作，就等于请他跟自己平起平坐。这不正是"引狼入室"么？当初没有考虑请 B 帮忙，还不是为了同样的理由？下属必须成双成对，方便互相制衡。

不久 C 也抱怨工作过劳。A 的解决办法也简单：派两名副手去做他的助理。D 的地位跟 C 对等，为了不显得厚此薄彼，避免磨擦，理应给 D 同等待遇。如此一来，机关平添了 E、F、G、H 四位"帮办"。现在七个人一起做以前一个人的工作。《定律》中第二环节讲过的情形马上出现。衙门中七位大小官员都忙着给自己和对方创造工作，A 更因此显得比以前更忙。我们不妨趁机窥探一下，"gobbledigook"是怎样炼成的。

　　上头一份文件下来，需要七位师爷过目。E 看后决定这应该是 F 的分内事。F 因此拟了一份回信草稿，交给上司 C 披阅。C 在草稿上一一"斧正"后再拿去征询官衔对等的 D 的意见。D 转手指派 G 负责处理。不巧 G 因事要请假，把档案交给 H 接手。H 据此写了一份备忘录，说出自己的意见，交直系上司 D 批示。D 签过名后交还给 C。C 认真参考了各人的意见，在原稿的文字上一一作了增删后才呈顶头上司 A。

　　文件送到 A 台上时，A 正忙得透不过气来。现在已知道，明年 W 退休，自己已内定是接班人。那么自己现在的位子呢，C 与 D 之间应由哪一位来接任？G 请事假，他不能不签准，但其实为了健康理由，该请病假的是 H 才对。他近来面色有点苍白，看来不单是因为家里出了问题。F 呢，一直吵着要加薪。E 觉得自己怀才不遇，最近要求外调到别的单位。对了，A 君还听到小道消息，D 跟一个有夫之妇的女书记"有染"。也教 A 烦心的是，G 和 F 现在见面也不打招呼了，谁也不知道究竟发生了什么事。

本来，作为主管的 A，看到 C 交上来的修正本，在上面签个名确认不就成了？可不是吗，这几个宝贝给他和他们自己制造出来的问题，已经够烦了，何必再为一份公文的用词伤脑筋。但 A 是个非常有责任心的人。他把各版本的文稿小心看了一遍，把 C 和 H 加上那些画蛇添足的字句删除，冗词赘语消失后的稿子竟然跟 F 所拟的原稿最为接近。说实在的，F 虽然常常闹脾气，但也最有才气。A 看来看去，觉得下属交来的这份文件，文字沙石实在太多。他责无旁贷，只好自己动手一一改正（"none of these young men can write grammatically!"）要是这份文件当初由 A 自己草拟，大概也不比眼前的集体创作失色吧？

Parkinson's Law 的文字极尽讥讽之能事。这一环节结尾时，我们看到太阳快下山了，A 手上的工作还未完。掌灯时分，他终于从办公室走出来，低着头，两肩下垂，嘴角挂着一丝难明所以的笑意。大概他认识到，超时工作和早生华发，是取得成功必付的代价吧。Parkinson 教授没有在《定律》中给我们一些官僚集体创作如何"谋杀英文"的实例。本文开头时引了陆谷孙辞典的一个例子。我们以此跟进吧。先假定 "Please cause an investigation to be undertaken with a view to ascertaining the truth" 原来是《定律》中工作小组 C 君手笔，文件到常"闹脾气"，但最有"才气"的 F 手上，他看后皱着眉头把句子改为："Please conduct an investigation to find out the truth"，减了五个字，但意思不是一样？修订稿最后到了 A 那里。A 觉得 F 改得中规中矩，但还可以再"瘦身"，于是拿起朱砂笔一挥，留下三个字："Please find out"。

从以上的文字相貌看来，C 说话和书写都有"避轻就重"、转弯抹角、装腔作势的习惯。摆着口语 "find out" 不用，偏说 "ascertain"。F 实话实说，本可把 C 的草稿改得更精简，但 C 终归头顶上司，应该给他留点面子。A 拍板定案的三个字，就等于在文件上划上 "bottom line"，"底线"。他有权力排众议，因为他是主管。如果他是工作小组第三线的小喽啰，他敢？由此可见权力与书写的密切心理关系。

乔志高在《高不低咯克》一文提供了好几个 gobbledigook 文体的例子，长短都有。其中一条与中国有关，堪作 "Gobbledigook" 之范例。话说美国"老罗斯福"（Theodore Roosewalt, 1859—1919）总统一次要接见清廷派来的大使呈递国书。国务院幕僚给他草拟的答谢词，其中有一句总统先生初看时以为自己眼花，除下眼镜擦干镜片后再看，真的没看错呢："I accept it with quite exceptional sentiments as a message of special friendship, I receive it with the more profound sentiments in that you bring it now no less from the emperor."

Teddy 脾气不好，看完稿子后咆哮道："什么叫'quite exceptional sentiments?'这笨蛋连普通英文都不会写？"

乔老说要用中文来表现西洋"等因奉此"和外国语文的"之乎者也"绝非易事，普通的翻译技巧不敷应用。乔先生因此没有把连 Teddy 也看不懂的句子译出来。我也不敢造次。看来 Teddy 总统幕府的运作，也一样受到 Parkinson《定律》所支配。这答谢词应该怎么改？ Teddy 大可实话直说："Thanks for your expression of friendship. Have a good day!"看来也实在没有什么不对。不过只有他老人家才有这种权力拍板。

身份悠悠

《时代》周刊专栏作者 Nancy Gibbs 说，差不多每天她都会遇上"身份存疑"的时候。她申请国际驾驶执照，表格上"身份"一项要填上"小姐"（Miss）、"太太"（Mrs.）或"女士"（Ms.）其中一个称谓。本来这不是什么智能测验，应该随手圈上一个就是。但她居然举棋不定。

她说她不少已婚的女性朋友也受到同样的困扰。就拿她自己说吧。写专栏的 Nancy Gibbs，是"女士"。带女儿上学或去看医生，她是 Mrs. May。但在她两三岁时就认识的一些朋友看来，她是 Nancy 小姐。她交往的朋友中，日常用夫家姓，但电邮地址却是娘家姓。

Nancy 认为如果美国有像法兰西学院那样一个机构管治语文，就不会出现这种无政府状态。学院内四十位院士，等同"太上老君"，一言九鼎，拒绝把 e-mail 这个字纳入法语词典，但对汉堡包这个充满"美帝"风味的外来语，却不抗拒。今天法国人饿了，为了方便，也会跑到麦当劳要un hamburger。

《纽约时报》不是法兰西学院，但对"标准"英语的执着，一向当仁不让。虽然如是，执法部门也有打盹的时候。据《时报》的报道，大选后奥巴马夫妇到白宫拜访布什总统和夫人，Mrs. Bush 亲迎于门前，但一转身，只见 Ms. Bush wore a brown suit。布什太太变为穿褐色套装的布什女士。竞选总统提名期间，Hillary Clinton 在一个句子的空间变了一个两种不同身份的女人：Miss Clinton 和 Ms. Clinton。

其实早在 1952 年美国的行政管理局已正式建议采用"女士"这个称谓，用以避免妇女婚姻状况的混淆。二十年后，《女士》杂志隆重登场，发刊词"旗帜鲜明"宣称："'女士'是不愿依靠与男士的关系来建立自己身份的独立女性。"同年美国政府的 Printing Office 正式批准 Ms. 列入政府的公文中。

但《纽约时报》的编辑部继续负隅顽抗。在《女士》面世的同年，一篇报道文章如此标题：IN SMALL TOWN, U.S.A., WOMEN'S LIBERATION IS EITHER A JOKE OR A BORE。翻译过来，可以这么说：在美国的小镇中，"妇解"这回事，不是笑死人，就是闷死人。报道文内还把女权分子、

《女士》杂志创办人称为 Miss Gloria Steinem，无视人家在发刊词说了什么话，分明撩是斗非。

刚辞世不久的语文大家 William Safire 看在眼里。审时度世一番后，劝告《时报》说："投降吧！"《时报》没听他的。他们的解释是，虽然报社不时考虑到这问题，但因一来"女士"的称呼并不普遍。二来这个不带母音（vowel）的 Ms.，读来也不容易，似嫌矫揉造作，不利新闻书写。

局外人难知《时报》最后顺应潮流的决定是出于哪种考虑。也许正是顺应潮流吧。总之在 1986 那年，《纽约时报》向《女士》投降了。Ms. Gloria Steinem 编辑部众女生给《时报》的大男人送上鲜花。

照理说，既有统领女身的 Ms.，"小姐"和"太太"大可休矣。看来并非如此。我们的《时代》专栏作者 Nancy Gibbs 及时加上按语。她指出进化生物学家认为，如果已婚妇人用夫姓，未婚女儿用父姓，这个关系男人会对她们比较关心。这也是说，如果你以 Ms. 的姿态过活，那你得处处自求多福了。Nancy Gibbs 又说，历年调查所得，一般人对 Ms. 的印象是：她们欠了一点女性温柔，也不是称职的母亲。她们浑身是劲，教育程度也高，就是不太讨人喜欢。

Nancy Gibbs 在文末告诉我们她为什么一直没解决"身份"问题。理由简单极了：因为这问题已变得无关重要了。

她觉得她孩子的朋友称呼她 Ms. Gibbs 也好、Mrs. May 也好，她毫不在乎，因为两种身份都是对她的一种尊敬。驾驶执照申请表格所列的三种身份都属于 Nancy。到外边世界"屠龙"时，她是 Ms.。与亲人共处时，她是 Mrs.。在家里躺在被窝作白日梦时，她是 Miss。Nancy Gibbs 最后怎样在申请表格上交代自己的身份？她就是不让你知道。

"玩儿字"的玩艺儿

　　儿童文学专家杨茂秀替张华的《挖开兔子洞：深入解读爱丽丝漫游奇境》写序，说到俞大维 1922 年在哈佛大学念书时，看到赵元任，就把一本 *Alice's Adventures in Wonderland* 送给他，请他译成中文以饷读者。

　　《奇境》是牛津大学数学家路易斯·卡洛尔（Lewis Carroll, 1832—1898）为朋友的三位女儿编写的儿童故事。据张华引赵元任《早年自传》资料看，赵元任在留美期间得 W. A. Hurwitz 教授的指引，迷上了"奇异国"丛书，一发不可收拾。究竟是俞大维还是 Hurwitz 最先给赵元任介绍爱丽斯的呢，实在不必深究，但从"适才量性"的角度看，《奇境》能由语言学大宗师出手翻译，端的是"天作之合"。

　　《奇境》情节荒谬怪诞，语言似是而非，但处处看出卡洛尔给小妮子讲的虽然是童话，骨子里学究本性难移。爱丽丝在兔子洞里看到一块很小的蛋糕，上书"吃我"（EAT ME）二字。爱丽丝说："好吧！吃就吃。吃了变大，就拿得到钥匙；吃了变小，就可以从门下钻过去。反正怎样都可以到花园去，管他变大变小。"

这几句话，简单明白不过，但张华看出卡洛尔话里有玄机。在译文后落了一条长注给我们导读："卡洛尔在书中有意无意地灌输基本的逻辑思考观念与辩论技巧，以《奇境》的怪异思考方式彰显推理谬误，最常出现的是'思想三律'，依出现顺序是'排中律'、'矛盾律'和'同一律'。首先出现的是'排中律'，也就是思考时不能遗漏中间地带。例如考虑'黑'与'非黑'，才可以涵盖全部问题。假如只考虑'黑'与'白'，便遗漏了灰色地带。以吃蛋糕的变化作例子，变化方式应有变大、变小和不变三种可能。爱丽丝没把第三种可能性考虑进去，下文'平时吃块蛋糕本来就不会有什么变化'说明了这种错误。"

赵元任译《奇境》是"天作之合"的一个理由是译者的兴趣跟作者极为相似。他在 1915 年 9 月 7 日的日记说："读卡洛尔传记，发现与我极为相似，如数学、爱情、逻辑、诡论、内向等。"除此之外，两人还有一个共同的爱好。用赵元任的话说："喜欢玩儿字。"

据研究《奇境》翻译有年的赖慈芸教授所言，"赵译《阿丽思》是中国翻译史的名译……最为人津津乐道的，自然是书中那些打油诗和文字游戏，后来的译者在这一点上几乎都无法超越。"赵元任译双关语、暗喻、谐拟（parody）和打油诗，维肖维妙，不是自少喜欢 play with words，不会这么得心应手。试看他译的"体面汤"：

Beautiful soup, so rich and green,

Waiting in a hot tureen!

Who for such dainties would not stoop?

体面汤，浓又黄，

盛在锅里不会凉！

说什么山珍海味，哪儿有这样儿香。

赵元任翻译的取向是，尽量口语化和本土化。"Who are you?"他不会译为"你是谁？"他会问："你这个人是谁啊？"She very soon finished it off，说的是她很快就把汤喝完。但赵元任的译文却把喝汤这回事说得有声有色："所以一会儿工夫就唏哩呼噜地喝完了。"他翻译求的是 dynamic equivalent。民国初年，语体文还在摸索阶段，许多名词，还未定型。我们今天的"童话"，那时叫"仙人传"。

若不是刘半农及时在 1919 年"发明"了"他"、"她"和"它"这类代名词，真不知赵元任翻译《奇境》时如何处理书中角色的身份。

　　杨茂秀在序文里说张华原本是个木讷的工程师，一生痴恋爱丽丝，谁跟他提到 Alice，他双眼马上发光，滔滔不绝的缠着你说个不休。他断断续续地花了三十年的工夫搜集一切有关《奇境》的资料。除了用我们今天的语体文重译《奇境》的文本外，张华最大的贡献是为译文所作的注释。幸好有他的提示，不然我们又怎知爱丽丝吃蛋糕时居然犯了逻辑错误？

恨得其乐

　　一天，我在铺上了地毯的房间内看到一只蜘蛛亡命向我奔来。小畜牲一看到前面的黑影就立时停下，一时拿不定主意该继续向前还是回头。它打量我一番后，见我没出手动粗，就昂然继续上路，虽然看来还是有点怯怯的。它跑到我身边时，我掀起了地毯一角让它好走。送走不速客，不亦快哉！但也因此变得惶惑。

　　一百年前，任谁看到这样一条小爬虫都会置之于死地。我对它倒无恶意，但看它的样子就受不了。我虽然没有一脚踩死它（那太野蛮了），但心中的敌意却无法消除。要我们消除对这种讨厌东西的偏见，转而以人类"奶样的仁慈"看待它们，得依赖圣贤花上百年的功夫教诲我们吧。

　　看来狠毒之气充塞于天地之间。如果没有一点什么东西去恨，思想的泉源就会干涸，做事就没劲了。人的一生，如果不是因一时的利益冲突而引起的纠纷，或情不自禁招惹的麻烦，就会变为一潭死水。人性本恶，有幸灾乐祸的倾向，不然哪会有万人空巷看杀头？村上来了疯子，或衣衫不整的癫婆子，马上成为调戏取乐的对象。善行变了例行公事时，得变个花样，加点刺激才成。爱心有时而尽，憎恨绵绵无穷。可不是么，孩子处决苍蝇，用的是凌迟手段。我们在报上读得津津有味的新闻，黄赌毒外，就是暴力血腥。火警一起，大家围观冲天的火焰，火势渐灭时就觉得意兴阑珊。

仇恨带来的快乐像有毒的矿物，不断瓦解宗教的博爱精神，化为一股偏执的愤怨，因此我们借着爱国之名在人家的地方干着打家劫舍、杀人放火的勾当。陈年的友情像经年桌上吃惯了的肉食，冷冰冰的、面目可憎，看到就反胃。要么是因为相处太久，生了厌倦之情，要么是因为相隔了一段时间再见时不再"依然故我"，大家都变了。我差不多跟我所有的好朋友都吵过架。他们可以说我脾气坏，但他们之间不是也一样闹翻过么？我把人性之恶看得这么透彻，应不应该也憎恨自己、瞧不起自己？事实上我的确憎恨自己、瞧不起自己，主要因为我对这世界的憎恨还不够透彻。

以上是英国散文家哈兹里特（William Hazlitt, 1778—1830）"On the Pleasure of Hating"的节译，删的不单是篇幅，还包括字句的调整。如果全文译出，不但要落近百条的注释，篇幅也增十倍。题目的中译，可以是"恨之入骨的快乐"。但亦可易"自得其乐"一字称为"恨得其乐"。哈兹里特跟兰姆（Charles Lamb, 1775—1834）同期，那年代杰出英国散文家辈出，但一般外国读者谈到英国的 familiar essay 时，最先想到的是"面带忧戚笑容"的 Gentle Lamb，而不是脾气暴躁、毫无风度（graceless）的 Hazlitt。

Familiar essay 亦称 personal essay，相当于中国的小品文或随笔。民国时代的中学散文教材，离不开许地山的《落花生》、朱自清的《背影》和夏丏尊的《白马湖之冬》这类"温柔敦厚"的样本。除了"文革"时期"反动分子"被迫写成的"自白书"，中国现代散文的传统鲜有差堪与《恨得其乐》比拟的例子——那么恣无忌惮，那么勇于自暴其短。梁遇春在《"春朝"一刻值千金》说的是反话，事实上他是个很用功的人，绝不贪睡。但哈兹里特说自己脾气不好，常跟至亲好友闹翻却不是说着玩的。兰姆跟他交情最深，也最欣赏他的才气，一样成了他"the pleasure of hating"的对象。

西方小品之一大特色是作者毫不忸怩地把读者拉近身边瞎扯一番。"扯"些什么？《恨得其乐》是一例。法国的蒙田（Michel de Montaigne, 1533—1592）在《谈读书》一文居然一点也不难为情地跟我们说，他不会为读书而伤脑筋，因为他是为了要快快乐乐地度过余生才看书的。"阅读遇上困难时，我不会跟问题纠缠不休。试求解答一两次还不得要领的话就拉倒，不再看了，如果还搂着不放，既损失时间，也难为自己。初看不得其趣的读物，越看越觉乏味。我性急，索然无味的事我从来不干。絮絮不休、针锋相对的言论使我迷惑、消沉、判断力磨损。……如果我手上的书看不下去，转看另一本就是。"

　　Phillip Loparte 在他编的《小品文的艺术》（*The Art of Personal Essay*）的导言认定小品文跟 formal essay（议论文之类）的一个分别是小品文的作者习惯把读者引为知己，是个可以倾诉、抱怨或忏情的对象。若是作者对自己的能力、抱负或性格的缺憾偶然自我矮化一番，说自己多窝囊多窝囊，亦是小品文的本色。蒙田爱读书，不求甚解，他从实招来，或可视为 the art of self-belittlement 的一个例子。Abraham Cowley（1618—1667）在《浩然说》（"Of Greatness"）这篇教人不胜翘企之情的文章中，偷偷向我们泄私隐："不妨告诉你吧，几乎所有小小的东西我都喜欢。小小的庄稼园、小小的房子、小小的朋友圈子、小小的饮食聚会。如果我再陷情网（因为要花不少气力，此生望能幸免），对象只要是个眉目清秀的姑娘就成，断断不要倾城倾国的大美人。"

小品文作者用闲话家常的腔调向读者倾诉自己的弱点和缺陷，读者会听得下去的，说不定还会感同身受，因为人性有许多共通点。临阵退缩是本能的反应，因此如果你认为自己在某一场合没有挺身而出是丢脸的事，说出来好了，读者推己及人，他们会宽恕你的，犹如他们宽恕自己过失的道理一样。依 Phillip Loparte 研究所得，爱自吹自擂、自以为是、自我感觉良好的人是不合写小品文的。

中国通琐言

　　"China Hand"这名词不易找到适当的中译。或有译为"中国通"者，其实不通。如要名实相副，此"通人"应对中国语文、国法人情、医卜星相、天文地理无所不通。世间何来这种动物？"China Hand"难有中译，因为指涉的范围太笼统，太不着边际。英国传教士雅理各（James Legge, 1815—1897）除布福音外，穷其一生翻译诸如《论语》、《孟子》、《老子》、《庄子》这类经典。如果我们只把他看作 a "China Hand"，那不但是对他本人，也是对他从事的行业一种莫大的侮辱。他是汉学家（Sinologist），牛津大学第一个中文讲座教授。

　　"中国通"这个称谓，原指于十九世纪长期在中国通商港口做买卖的生意人。在一个地方待久了，对当地人的衣食住行自然会有粗浅的认识。中文动词无时态，中国人吃饭不动刀叉，名字是"姓名"，因此个人的"名"放在"姓"之后。这些规矩，有别于西洋习惯，因此办"华务"（有别于"洋务"）的人回到"祖家"，从未见过世面的乡亲父老围着请说 Cathay。任何原乡父老从未之闻也的事物，经这位还乡子弟细细道来，煞有介事得像一门新兴学问。在那年代、那场合，谁在刀叉银器白餐布的桌上只靠两根 chopsticks 就轻轻地把沙律盆上的菜蔬送进嘴里，谁在众人的眼中就是一名"China Hand"。

在中国长大、以小说《大地》(*The Good Earth*) 成名的赛珍珠 (Pearl Buck, 1892—1973) 大概受够了"中国通"的胡说八道，一直鼓励林语堂出书以正视听。林氏《吾国与吾民》(*My Country and My People*) 1936 年出版后，一纸风行，正是赛珍珠催生的结果。这是一本专以洋人为对象的入门书。作者坚持实话实说，不因自己身份而刻意替"吾国与吾民"护短。他意料到自己的"异见"一定会招惹自己同胞中的卫道者的攻击。他说自己爱国不落人后——只是格调不同。"我可以说实话，因为我不像其他爱国同胞，我不以自己的祖国为耻。我不讳言中国百孔千疮，因为我并没有失去希望。中国比那些'小爱国'(little patriots) 伟大得多了，没有需要替她粉饰门面。一如既往，她总有一天会走上轨道的。"

《吾国与吾民》这本为洋人而写的入门本书，其内容对"有识之士"来说多是老生常谈，当年如是，今天亦如是。入门书没有条分缕述的空间，顾此即失彼，粗疏自难免。"中国人"（"The Chinese People"）一章畅论大江南北百姓之特质。语堂先生认为北佬受苦寒天气影响，生活艰苦、思想单纯（simple thinking）、高头大马、精力充沛、爱吃洋葱、性格开朗豪爽。北地是河南"拳匪"和山东响马的老家。

　　江南子弟，耽于逸乐，脑筋灵活但体能衰退（mentally developed but physically retrograde），好风雅、慕奢华，男子发育不全，女子神经衰弱。南人喜啖燕窝汤，爱吃莲子羹。做生意，精明伶俐，吟风月，得体到家。但江南子弟在战场上一听见号角声就滚在地上叫妈妈（to roll on the ground and cry for mamma）。

　　说过江南后，林语堂说广东，"Where people eat like men and work like men"。语堂先生英文流水行云，当然不会辞不达意，只是 eat like men 和 work like men 这两句话的"意"究竟如何，实不好解。大杯酒大块肉男儿本色的吃相？"Work like men"更不好猜。像男子汉大丈夫那么刻苦耐劳？可以肯定的是，粤人有进取心、肯冒险犯难，但同时也以性情暴躁、好勇斗狠知名。粤、越相通，广东人嗜蛇，想是百越先民遗风。

语堂先生点评的省份除广东还有湖北和湖南。依他说，湖北人骂街震天价响，又爱"耍手段"（intrigue-loving）。湖北人是外省心目中的"天上九头鸟"。九头鸟因是九命鸟，所以永不言败。他们嫌辣椒不辣，非得先用热油煎炸一番才入口。湖南人呢？湘家子弟兵，勇字当头，见者披靡。语堂先生说总体而言，历代王朝成霸业的开国之君，大多是吃面条的北佬，吃米饭的南人忙着做生意，懒得动粗，因此没几个登上 dragon throne，穿上龙袍。

　　用英国人的话说，粤、湘、鄂三地的同胞看到林博士对自己的家乡出言如此轻佻，would not be amused。林语堂的学识跟"不知有汉，无论魏、晋"的"中国通"当然不可同日而语。究竟"中国通"是什么一个模样？且听林先生道来。中国通的"正身"，或为传教士之苗裔、或为船长、或为领事馆秘书、或为只把中国看作沙丁鱼和 Sunkist 水果交易场所的商人。他们不一定都是胸无点墨辈，有些可能还是出色的新闻从业员。缺憾是他们全是中文文盲，事事依赖别人给他翻译。

　　留在神州境内的"中国通"最大的考验是因公非得在稠人广众的街道亮相，迫他们忍受千百双异教徒的眼睛贼亮亮的睨视。他匆匆地打量一下眼前一浪接一浪的人海，虽然中国人不像漫画书描绘的那样，每个人都长了懵猪斜眼，但他们会不会背后捅你一刀呢？"中国通"生活于恐惧中。他出门时一定坐上自己的汽车。关好车门、摇上窗玻璃，马上就回到安全明亮的文明世界，跟车外的人海划清界线。

我们"中国通"的家离办公室只有三英里。他在中国二十五年，这一段汽车旅程也走了二十五年。他回英国老家度假或退休时是绝不会跟乡亲提到怕面对人海这回事的。给伦敦《泰晤士报》写通讯稿时，他署名"An Old Resident Twenty-Five Years in China"，突显自己留华二十五年的经验，虽然他从没有在中国人的家作过一次客，虽然他拒绝光顾中国餐馆，虽然他没有读过一行中文报纸，或说过一句"你好吗"。

外行人充内行、一窍不通却强作解人，林语堂笔下的"中国通"，其实是骗子，怪不得他描述他们的嘴脸时用词刻薄，尽讥讽之能事。那年头的"中国通"是时代产品。传教士和领事馆职员也许需要懂一些皮毛中文来点缀，但来华销售沙丁鱼和Sunkist水果的商贾，交易时只要有华人"买办"在场，实在也不用学中文。那年头，正如林语堂说的，the true Europeans in China do not speak Chinese, and the true Chinese do not speak English。那年头，留在中国的"正宗"欧洲人不说华语，怕华语说得到家时难免染上一些华人习尚，看在自己欧洲人眼里，总是"怪怪的"（queer）。华人英语说得太漂亮容易"数典忘祖"，士大夫之耻也，因此"正宗"华人羞说英文。你不干、我也不干，华"夷"双方各有顾忌，用英文给 Cathay 做解人的，就剩下我们的"Old China Hand"。蜀中无大将，幽默大师说，你只好"put up with"他们了，包涵包涵一下吧。

撒　娇

郑树森教授转来陈苍多先生《撒娇没有中译?》一文，载 8 月 8 日台湾《联合报》。陈先生说："我看过刘绍铭先生一篇文章中的一段，大意是说'撒娇'并无适当的英译，因为美国女孩子只会撒野。"

从前我认定"撒娇"没有英译，今天依然如是。《现代汉语词典》把"撒娇"解作"仗着受人宠爱故意作态"。这不正是"恃宠生骄"么？失宠只好撒"野"。撒野是放肆、蛮不讲理。撒娇多从"嗲"字开始。因此撒娇有先天的年龄与性别限制。大男人不"撒娇"。女人到了刘姥姥的年纪，也少见嗲声嗲气。因此嗲得似模似样的只有童音未失的小女生。

我在威斯康辛大学教书时有同事 Robert Joe Cutter，掌上明珠刚好到了说话娇滴滴的年纪，爱撒娇，但更会一把眼泪一把鼻涕地撒野。一天我在同事家作客，饭后坐在客厅聊天，娇娇女跑进来，爬到父亲坐的长沙发上，搂着老爸的脖子，吻着他的耳朵说："Daddy, can I have more ice cream please?""Ask mom.""Mom won't let me.""Well then, no more ice cream.""Daddy, please, please, pretty please!"

Daddy 再无招架之力，跑到厨房去替女儿求情，乖女终偿所愿。我一直没有放弃为"撒娇"一词找英译的意念，眼前既有现成的"语境"，机不可失，乃问 Cutter 刚才女儿在他面前的所作所为，中文叫"撒娇"，英文该怎么说？他想了好久好久，毫无把握地说："会不会是 wheedle?"

我们到他书房翻字典。照字面的解释，wheedle 是：to persuade someone to do something or to give you something by saying nice things。依此说法，saying nice things 该是"甜言蜜语"，或等而下之，"花言巧语"。The little girl wheedled her father into getting her more ice cream，小女孩用甜言蜜语使她父亲为她多拿了一些冰淇淋。

Wheedle 不可取，因为在 *The Oxford Thesaurus* 中这个字隐隐然有"con"（诈骗）的意味。Cutter 女儿向父亲"撒娇"，不单用 please pretty please 这种"甜言"，还有搂脖子亲耳朵那套"身体语言"。父女之间，"撒娇"是不含诈骗成份的。Wheedle 的字义负面太多。"献媚"也是其中一种手段。我在辞典上找不到"诈娇"一条，但这句广东方言倒最接近 wheedle 的意境。"撒娇"不应是小女孩专利，小情人情到浓时要男朋友陪她去拜望未来丈母娘，说不定要 pretty please 一番他才勉为其难。欢场女子要恩客送 Gucci，过了撒娇年龄，只好"诈娇"以博欢心。

陈苍多先生的文章还引述一位李佳颖小姐的短文《填充题》，说她为了向友人讨教"撒娇"的英译，只好自己叙述举例，加上出手表演，友人听说和"睹状"后，"给了我一个词 coy……但她认为 coy 有'害羞'、'装有礼'、'忸怩'作态等涵义，是有点儿撒娇的味道，但又似乎不止如此。"

看来"撒娇"英译只好继续悬空。童元方教授在《丹青难写是精神》一文说，在翻译上最难处理的是文学语言，因此类文字"常是歧义横生，常是言在意外，常是触类旁通，常是指桑骂槐，常是烘云托月，常是临水照花"。

说来说去，我们不得不承认这个事实，文字确有可译与不可译的，中译英如是，英译中亦如是。闵德福（John Minford）译金庸《鹿鼎记》时，为怎样翻译各好汉口中的"江湖"、"江湖上"的口头禅害得茶饭不思。中医口中的"虚火上升"，也是碰不得的翻译大忌。杏花、春雨、江南。"江南"一义也不是 River South 两字解决得了的。外语教学与研究出版社的《汉英词典》把"撒娇"译为：act like a spoiled child; act spoiled。可惜惯坏了的孩子撒起野来没有几个是可爱的。

美言美语

American English 这词儿，一般不会出现在以 British English 为宗主的出版社出版的辞典中。美国老牌 Merriam-Webster 旗下的出品对这名词的解释是：一种通用在美国本土的英语，跟 British English 虽然有别，但实际上是同一语言。

虽然同属一种语言，但你寒窗十年苦修英语，却不一定能懂"美语"。乔志高的《美语新诠》在三十多年前出版，一位书评作者这么招认：

> 美语中俚语俗语用得之多，向来叫人吃不消。望文不能生义，字典的解释和内中的含意相差何止十万八千里。一般中国人打从初中就读 ABC 起，整整十年学下来，碰到个老美，说出来的话全不是课本里

读过的，也没有照书上文法说，先就傻了一半。哪怕不是和洋人"短兵相接"，看两本美国小说，也要费煞疑猜。看国外来的电影或电视影片，也必须自己懂得"察言观色"。

其实，"英语"学生初遇"美语"时最不易吃得消的，除电影电视外，还有传媒刊物。英文已被美国通俗文化"污染"多年，因此许多源出新大陆的用语今天在像牛津和朗文这样的辞书一样可以找到。"美语"中一个望文生义、谬之千里的好例子是 shrink。这本是动词，作"收缩"、"退缩"解。可是你读报，得悉某某知名艺人，近年患了抑郁症，经常去看 shrink。好生生一个精神病患科医生怎会"收缩"？但这就是"美语"。

在电影 Sudden Impact 中看到由 Clint Eastwood 饰演的警官 Dirty Harry 对坏人说 "Go ahead, make my day!" 这句话时，听不懂就要请乔志高指迷津。据他的《最近通俗美语词典》的解释，"make my day"有正反两义。在 Dirty Harry 口中，这等于说"来吧。今天成全我吧！"没说出来的话是："小子，你敢轻举妄动，我一枪毙了你！"

我们还是看看"make my day"旖旎的一面好了。乔志高说《华盛顿邮报》不时在内页刊载一些软性新闻。他看到的那一篇讲的是在风和日丽、樱花盛开的季节，午饭时间总有一伙男人偷空在市区小坊场的板凳上闲坐，眼睛不停地欣赏来来往往的女人。女记者挑了其中的一位做采访对象，报道那汉子的话：Watching women, "sharing" his impression of how they look, "makes my day". 他说。

乔志高的翻译是："他说在街头上看女人，并跟朋友交换意见、评头论足，也是人生一乐。"由此可见像 make my day 这样的俗语究竟要讲的是什么，得看上下文才能定夺。英文说的 the living speech 就是"活的语言"。要知语言的"生态"，得贴身观察。像《美语新诠》这类书写，既是作者个人兴趣的寄托，也是一个新闻从业员有关"美语"流变的"日知录"。

老前辈 George 辞世后，够资格承传他衣钵的是傅建中。他出任台湾《中国时报》驻华盛顿特派员长达三十一年，一天到晚为了访问新闻人物往白宫、国务院、国会和国防部跑。这些年他真的活在 the living speech 中。台湾的《商业周刊》刊登他的"英文无所不谈"专栏，风格类同《最新通俗美语词典》。乔志高希望他的读者除用此吸收新"美语"知识外，更得到阅读的乐趣。傅建中亦步亦趋，也常常在解释字义后，加添一些八卦逸闻作 dessert。

"香草性事"（"Vanilla Sex"）一条如此说："美国冰淇

淋好吃闻名全球，因其口味繁多，有一家叫 Baskin Robbins 的连锁冰淇淋店，不是号称有 31 flavors（31 种口味）吗？其实冰淇淋中最普通、也最受欢迎的是 vanilla ice cream。Vanilla 和 sex 是怎样扯上关系的？ Vanilla sex 是什么样的 sex？"

依辞典的解说，vanilla 淡而无味，plain and dull，以此形容性事，vanilla sex 说的正是周公之礼，因此不必细表。那有什么 dessert 呢？原来 1971 年中国刚进联合国时，代表团从团长到司机每天的零用钱都是美金一元。那年头在美国京城买 ice cream，约为五毛钱一个 scoop。傅建中从章含之的回忆录得知，这位"才女"最爱吃 vanilla ice-cream，可惜贵为外长乔冠华的夫人，她每天尽其所有，也只能吃两个 scoops。

脱口秀

英语文字，历史上引用最多的是 *The King James Bible*。其次该是莎士比亚了。第三位是谁，没有统计，很难说得准。无论如何，丘吉尔总会名列前茅就是。一本作品，或一个人说过的话，值得引用，当然得有别具一格的地方。话说得风趣轻松、机智幽默，即使不含什么"哲理"，亦有可能传世。同样，喻世明言式的警句如 "A penny saved is a penny earned"（省了的一毛钱就是赚了的一毛钱），亦会流传，因为这话极有"启发"作用。

丘吉尔文采，脍炙人口。二次大战时他在 BBC 电台发表告英国同胞书："We shall fight on the beaches, we shall fight on the landing grounds, we shall fight in the fields and in the streets, we shall fight in the hills." ——我们会在沙滩上作战、在降落场作战、在田野作战、在街上作战、在山头

作战。

演辞是预先准备好的。要看他怎么机智过人、才思敏捷的一面，得看他的现场反应。话说首相大人有一天如厕，离开时忘了结上裤子钮扣，有好心人告知。首相先生不慌不忙地答道："Dead birds don't fall out of their nests."用中文来说，相当于"煮熟了的鸭子，飞不了的"。

恃才傲物的人总盛气凌人。在他所处的时代，没有"政治正确"这回事。不过，依丘翁为人的作风看，什么规矩也形同虚设。他本性难移说话就是百无禁忌。有一天他遇到一位手抱婴儿的母亲。这位妈妈大概是首相的"粉丝"，只见她讨好地对他说自己的儿子多么多么像他呵这类话。你猜首相怎样回应？他说："夫人，天下的婴儿都长得像我啊！"

丘吉尔式的幽默，不是自谑，就是虐人。懂得拿自己开玩笑的人最怕遇上 a stiff bore ——语言无味、思想冬烘。且说丘翁一次到加拿大演讲，在接待的酒会上，坐在他旁边的是一位道貌岸然的牧师。这时负责酒水服务的小姐来了，笑盈盈地捧着盛满一杯杯的"雪利"甜酒的盘子走过来。首相接过，该是牧师去拿时，只见他突然把脸一沉，扬声道："我宁犯通奸罪，也绝不沾上一滴有酒精的饮料！"自谑虐人惯了的丘老头一听，连忙举手请小姑娘慢走，对她说：

"小姐！小姐！请回来！我不知道除喝雪利酒外，还有别的选择！"

丘吉尔这类"一点正经都没有"的不文笑话着实不少，上引的几则，出自 Dominique Enright 编的小本子：*The Wicked Wit of Winston Churchill*，或可译为《顽皮丘吉尔言行录》。英国文学史上不乏幽默作家，但像他这样有急才、能出口成章做"脱口秀"的，实在没有几人。以《不可儿戏》（*The Importance of Being Earnest*）一剧传世的王尔德，也以急才见称。詹德隆有一篇文章说到王尔德过美国海关时，官员问他有没有什么东西要报关，大才子应道："Nothing except my genius！"——"舍天才外再没有什么东西要报关的了！"

王尔德狂妄自大、目中无人的本性，短短一句话就可看透。詹德隆附带说到，可能这句话太精彩了，有好事者忍不住仿效王尔德的口吻，杜撰了一个类似的笑话。王才子有澳洲行，在悉尼过境时移民官员循例问他："Do you have a criminal record?"——"你有没有犯罪记录？"王尔德一面懵懂，问道："Is one still required?"——"到今天还要这个？"

詹德隆郑重告诉我们，这则"笑话"，听过就算了，千万别在澳洲朋友面前开玩笑，"否则可能朋友都无得做。"为什么？你翻翻澳洲史，早期从大英帝国"移民"到 the

Down Under 去的，是什么人物。杜撰这则"笑话"的无名氏，是高手，因为"Is one still required?"这句话，尖酸刻薄得无以复加，极吻合王尔德说话的格调。John Bartlett 编的 *Familiar Quotations* 收了好些王尔德的"警句"，大部分是从他的剧本或诗作引出来的，脱口秀篇幅不多。以下是几个样本：

A poet can survive everything but a misprint. ——诗人天不怕地不怕，只怕"手民之误"。

There is no such thing as a moral or immoral book. Books are well written, or badly written. That is all. ——世上没有道德正确或道德败坏的书。书只有写得很好，或写得很坏。如此而已。

The only way to get rid of a temptation is to yield to it. ——消除诱惑的唯一方法就是欣然就范。

We are all in the gutter, but some of us are looking at the stars. ——"我们全都沦落在沟渠,但总有人眼中望着星星"。（詹德隆译文）

In this world there are only two tragedies. One is not getting what one wants, and the other is getting it. ——世上只有两种悲剧。一是好梦成空；二是心想事成。

No woman should be quite accurate about her age. It looks

so calculating. ——女人自报芳龄时千万别说得一清二楚。这样看来太工心计了。

狗狗万岁及其他

（一）怪事

林语堂《吾国与吾民》的英文原著，说到百年前的 China Hand。"中国通"虽身在神州大陆，却一直避免接触华人社会的人间烟火。他喝的是 Lipton Tea，绝不涉足杂碎餐馆，又因中文上下不分，每天只能捧着 *North China Daily News* 去分析外边世界的天高地厚。He rides a distance of three or four miles from his home to his office every morning, and believes himself desired at Miss Smith's tea.

《吾国与吾民》有中文版，我看到的是台北远景出版社没载出版年份的版本。此书原作 *My Country and My People*（1936）。既为英文，中文版要么是作者自己的翻译，要么是另有高明。先看上面那段英文的中文版本。中国通"每晨从寓所上写字间，则驾一辆跑车，疾驶三四英哩，然后自信有光顾史密司夫人的茶点之需要"。

这不会是林语堂的文字。即使他翻译自己的作品时，有随意改写的习惯，也不会把 rides a distance 说成"驾一辆跑车"的。辞典上有关 ride 的用语习惯，清楚说明 ride 是驾脚踏车或摩托车。从家居到办公室只有三四哩之遥，居然要开跑车？更难以置信的是把"相信 Miss Smith 会欢迎自己到她家去喝茶"误解为"有光顾史密司夫人的茶点之需要"！

幽默大师不可能是这种文字的作者或译者。英文原句显浅明白：For one either loves or hates China. 中文版竟然是："固不问其人本为爱中国者抑为憎中国者。""one"在这句子中大可译为"你"："因为你不是爱中国，就是恨中国。"

远景版的《吾国与吾民》版权页上清清楚楚地写着"著者：林语堂"。把"驾一辆跑车"的账算在林先生头上，不但陷他于不义，更有损他"双语作家"的清誉。

（二）俎上肉

老舍的传世之作《骆驼祥子》，1936 年开始在杂志连载，三年后出了单行本。1945 年二次大战结束，《骆驼祥子》

的英译本 *Rickshaw Boy* 也刚好在这一年出版，译者是 Evan King。外国文学的翻译市场一向冷清，*Rickshaw Boy* 显然是个例外，既入选"每月书会"（Book of the Month Club）推介的作品，又上了畅销书排行榜。

Rickshaw 是人力车、黄包车，也叫"洋车"。祥子从乡下来到民国时代首善之区的北平拉包车，三年省吃俭用，存够了钱买一部自己的洋车。"那辆车也真是可爱，拉过了半年的，仿佛处处都有了知觉与感情，祥子的一扭腰，一蹲腿，或一脊背，它都就马上应合着。"不幸自当老板才半年多，祥子就不明不白地给军队拉去当苦力，连车子也跟着赔了。

祥子从军营逃出来时，顺手牵了三匹骆驼，慌慌张张地在市场卖了三十五元。他决定要存钱再买辆洋车，因此工作加倍努力，但他也开始堕落了。他可以为偷骆驼找借口，因为自己的车子也是被人偷去的。但现在廉耻之心尽失，竟然堕落到跟年老的车夫硬抢客人。这是他以前不屑做的事。

自此以后，祥子遭受到一连串的打击。跌倒多次，每次都勉强爬起来，希望能改过自新，再过有尊严的自给自足生活。他的邻居有个叫小福子的女孩子，为了养活酒鬼父亲和两个弟弟迫得卖淫。祥子生病时，幸得这位苦命的姑娘照顾。他孤苦一生，很想讨小福子为妻，可是一想到这等于要养活她一大家人，就吓怕了，终于离开她搬到别处。

他还是对小福子念念不忘。生活一有着落后，就到妓院去找小福子。鸨母告诉他，姑娘在树林中上吊，死了。"摘下来，她已断了气，可是舌头并没有吐出多少，脸上也不难看，到死的时候她还讨人喜欢呢！"

失去了活下去的唯一凭借后，祥子变得自暴自弃，他偷东西，出卖朋友，因再无气力拉车，只靠人家结婚或出殡时打旗伞或举挽联讨些铜板过活。"他低着头，弯着背，口中叼着个由路上拾来的烟卷儿头，有气无力的慢慢的蹭"。

这些场面，在 Evan King 的英译本是看不到的，删了。葛浩文（Howard Goldblatt）在他的 *Rickshaw Boy* 新译本序文指出："the translator took it upon himself to rewrite portions of the novel, delete others, and move sections around in ways that quite frankly, make little sense."

译者兴之所至，对原著随意删改，是鱼肉作者的行为。Evan King 的改动，对原著解读影响最大的地方，是他把小福子救活过来："夏夜清凉，他一面跑着，一面觉到怀抱里的身体轻轻动了一下，接着就慢慢地偎近他。她还活着，他也活着，他们现在自由自在了。"（庄信正译文）

这种改动，也许出于译者的"软心肠"，但老舍原意，是通过祥子和小福子这些人物的不幸，让我们看到旧社会怎样把人变成鬼的例子。若要鬼变人，除非日月换了新天。

（三）狗狗万岁

陪审团各位先生，你在世上最好的朋友说不定有一天与你为敌，成为你的敌人。你尽心抚养成人的儿女到头来也许不知感激父母养育之恩。跟我们亲近的人、受我们许托终生幸福与名誉的人，到头来可能背信弃义。个人财物，难保不失，说不定在你最需要的时候不翼而飞。一个人的名誉可能因一时失足尽毁于一旦。

那些在我们得意时卑恭说尽好话的人，在我们失意时落井下石的可能正是他们。

在这浇漓的世界中，一个人能够拥有的朋友，一个对你忠心耿耿，不离不弃，绝不忘恩负义，绝不心怀鬼胎的朋友，就是你的狗狗。

陪审团各位先生，你或是富贵中人，或一贫如洗；或身体康泰，或百病缠身，这都没关系，狗狗不会离开你。

冬天风雪交加，只要能伴着主人身边，它哼也不哼一声就倒地睡在冰冷的地板上。你伸出去抚摸它的手，即使没有食物，它一样会亲个不停。它会不断地舐吻着你因跟在外边野蛮的世界打拼而留下来的伤痕。即使你穷得像个讨饭的，狗狗也会像守护王侯将相一样地看顾你。

主人的亲朋尽舍他而去时，狗狗会留下来。主人钱财散尽，或声名狼藉，狗狗对他的爱，温暖恒久一如太阳运作之无休无止。

设假主人命蹇时乖，一旦沦为贱民，亲朋莫顾，无家可归，狗狗将视护主退敌为自己的特权。主人大限到时，尸体长埋黄土，亲友各散东西，你在墓前总会看到这条义薄云天的狗狗，头埋在两只前爪之间。狗狗的眼睛虽然哀伤，但依然警觉，依然忠诚，依然无怨无悔。

此 eulogy 的作者是 George Graham Vest（1830—1904），美国参议员，有口才，善辞令。当年在密苏里州当律师时为一条被枪杀的狗狗上庭。狗主由地方法院打官司一直打到最高法院。终审时，Vest 代表当事人朗诵这篇 eulogy，陪审团诸君子（成员中没有女子）深为感动。Vest 赢了官司。"Eulogy for a Dog"可译为《狗狗的颂词》或《狗狗的礼赞》，在凉薄的社会中，义薄云天的狗狗应该特别表扬，因三呼"狗狗万岁！""狗狗万万岁！"

II

冰心在玉壶

人溺己溺翻译事

张爱玲的《色，戒》，有 Julia Lovell 的英译：*Lust, Caution*。译笔流畅，病在中文理解能力不足，每见失误。有些失误倒不是因为译者看不懂原文，而是差了一点考证的功夫。Lovell 把"霞飞路"译为 Hsia-Fei Road（拼音是 Xiafei）。租界时代的上海，洋标帜很多。"霞飞"是第一次世界大战法军总司令 Joseph-Jacques-Césaire JOFFRE（1852—1931）的音译。《色,戒》的英译,理应把"霞飞路"还原为 Avenue Joffre。

霞飞路在英文翻译作品中不能音译，如同香港的"弥敦道"是 Nathan Road，不是 Midun Road 的道理一样。香港的浅水湾酒店在张爱玲传奇《倾城之恋》扮演了月老的角色。对上了年纪的老香港说来，The Repulse Bay Hotel 是一份残存的浪漫记忆。浅水湾酒店因此不可以是 Shallow

Water Bay Hotel，更万万不可音译为 The Qianshuiwan。

陈一白在 2011 年 1 月 9 日《上海书评》写的《谈谈〈老人与海〉的三种译本》，立论中肯，极有见地。难得的是行家文笔平易近人，少以行话或"夹杠"（jargon）炫人。陈先生选的三个译本依出版的时序是：余光中、张爱玲和吴劳。陈先生用了最大的篇幅讨论余光中教授的译文。据单德兴《翻译与脉络》所引资料，余教授翻译《老人与海》时，还在念大学，1952 至 1953 年间在台湾的《大华晚报》连载刊出。陈一白引用的是 2010 年 10 月译林出版社印行的简体字本。余光中在此书的译序上说新版本曾大加修正，改动的地方达一千处以上。

修订本显然还有不少疏漏之处。陈一白在第二页就找出问题。老人没有什么朋友。偶然跟他聊聊天、照顾他一下的是个男孩。这一天孩子要请老头喝啤酒："Can I offer you a beer on the Terrace and then we'll take the stuff home."

余光中的译文："我请你去平台上喝杯啤酒，好不好？喝过了，我们再把这些东西拿回去。"

小写 terrace 是平台、阳台。T 字大写的 terrace 就成了名词。陈一白说，书中用了大写的"平台"，其实是 La Terraza 酒吧，今天已成观光热点，许多游客都到那里缅怀海明威。余光中在这地方看走了眼，引起了故事中一系列连锁反应。试看以下这段译文：

> 男孩把这些食品盛在一个双层的金属盒子里，从平台上带来。他袋里装了两副刀叉和汤匙，每副都用纸做的餐巾包好。
>
> "谁给你的？"
>
> "马丁老板。"

如果男孩来自"平台"而不是酒吧，哪里来的食品和用餐巾包好的刀叉？陈一白认为特别突兀的，莫如"马丁老板"这一句。张爱玲和吴劳都把这句话译为："马丁，那老板。"这样读者就不会摸不着头脑，知道马丁就是露台酒吧的老板。

把大写的 Terrace 看成"小楷"，这种失误，谁也不敢说自己不会犯错。为了配合陈先生的文章，《上海书评》特意把《老人与海》中露台酒吧的原型照片印制出来。海明威当年如果让孩子说请老人到 La Terraza 喝啤酒，一来这两个字的第一字母是大写，二来 terraza 是西班牙文，不管译者怎么不小心，也不会译为"平台"。但海明威写的是小说，不是旅游指南，在处理人物的身份和地点的名称上，没有必要实事求是。

陈一白在余光中译文找出的纰漏，我们只能选些有标示性的来讨论。原文："I'll back when I have the sardines, I will keep yours and mine together on the ice and we can share them in the morning."余译："我弄到了沙丁就回来。我把你的和我的一同冰起来，明早就可以一同吃。"

陈先生说余光中显然没有斟酌上下文，才会把 share 解作"同吃"的。在这句子中，沙丁鱼是用来作鱼饵的。

Critic——文评家、剧评家、译评家，他们的本份是说三道四，指点江山。这些专爱在人家泡制出来的食品中找碴子的人，究竟会不会下厨？厨艺如何？陈一白先生大概想到，自己说了余光中半天不是，如果不作些"示范"，实在说不过去。先看原文：

He saw the phosphorescence of the Gulf weed in the water as he rowed over the part of the ocean that the fisherman called the great well because there was a sudden deep of seven hundred fathoms where all sorts of fish congregated because of the swirl the current made against the steep walls of the floor of the ocean.

对海明威文体有研究的读者不难发现，这样一个用四个 clauses 构成的长句，非海明威本色。他破例写了这个没有标点的长句，一定别有用心。先看余光中的译文："他划过渔人所谓巨流的洋面，看到水里'湾草'磷磷闪光；该处海床陡降七百英寻，湾流撞在海底的峭壁上，形成漩涡，所以各种鱼类都在此汇集。"

拿原文跟余译比对，马上察觉到的是句子的次序经过调整了。原文叙述一气呵成，译文用了一个"分号"（semi-colon）。用陈一白的话说："于是这可由双重原因状语从句构成的复合句不再层次分明、环环相扣，而是变成两个前后看不出有任何联系的分句。"

余光中把 Gulf weed 译为"湾草"，其实应是"马尾藻"，陆谷孙的《英汉大词典》有载。Great well 译为"巨流"，其实是"大井"。海明威行文布局，处处顾虑周详。陈一白这样解读说："老人出海时天尚未亮，所以他不可能看到 Gulf weed，只能看到 phosphorescence（磷光）。身为当地久经风浪的渔夫，老人看到磷光，当然知道是马尾藻发出来的，而马尾藻的出现，则意味着他把船划到了'大井'这片海域。老人知道'大井'有许多鱼，但他却决意到远海去抓大鱼，这强化了全书的悲剧色彩。"

陈先生因此肯定地说，phosphorescence, Gulf weed, great well 和 all sorts of fish 是四个关键词，次序不容更改，否则会与书中的构建现实相悖。依陈先生看，海明威这个长句子有特定作用：通过文体的变化来强化作品中的某种气氛或人物的情绪。海明威虽然没有描写老人的心情，"但这个复杂的、信息密集的句子如同一阵急促的战鼓，成功地传达出大战在即的紧张氛围，真可谓'不着一字，尽得风流'"。

该让陈先生给我们"示范"了。他的译文是："他看见磷光闪闪，那是水中的马尾藻，此时他划到的这片海面，被渔夫称为'大井'，因为这里突然变得很深，有七百英寻，各种各样的鱼儿因为水流冲击海底陡峭的岩壁形成的漩涡而聚集在这里。"

果然，陈先生的译文顺应了四个关键词的出现次序：磷光、马尾藻、"大井"和各种鱼儿。如果我们继续对余光中的译文挑眼，那么可以说他把 the part of the ocean that the fisherman called the great well 译为"洋面"有点怪异。Ocean 通常译为"海面"。但在我看来，最值得讨论的是"所谓"的说法。我们细看原文，the fisherman 是单数，因此这个"渔人"就是"老头子"本人。"所谓"是 so-called，表示对所称存疑，或有保留。这片海面被老头称为"大井"，对他而言，这就是大井，没有什么所谓不所谓的。

陈一白先生的译文，调配有度，堪称范本。难得的是，他译文保持了原文的 syntactic sequence（句法组合的次序）：phosphorescene Gulf weed great well all sorts of fish。前面说过，

海明威这个信息密集、急如战鼓的长句，是用四个 clauses 构成的，全句没有一个标点。中文如要在格式上亦步亦趋，只有用"意识流"的句法。但这句子虽然结构复杂，内容却不是老人的独白或思绪。用意识流的文体翻译，那就像俗语说的牛头对马嘴那样不相称了。因为中文和英文在结构上存在本体的差异，现代汉语没有相同的表达形式，所以陈先生不得不用断开的短句来传递原文长句子的讯息。张爱玲和吴荣的译文，也无法突破这种语文结构的限制。

陈一白的长文重点讨论的是余光中的译本。张爱玲和吴劳的译本，可能是为了篇幅关系，落墨不多。陈先生指出余光中对 share 沙丁鱼的误解后，这么说："余先生曾任台湾中山大学外文系教授达十五年之久，以他的英文造诣，绝对没有可能看不明白这层意思，他何以会这样译，真是让人百思不得其解。"其实这并不难解，译者一时大意，没有细看上下文来决定 share 在这 context 上的意义。

译文的水准，与译者的"江湖地位"并无关系。译坛名宿 Arthur Waley 把"赤脚大仙"看成 redfooted immortal，可能是匆匆取了"赤"字在辞典上的第一义。这种失误如"君子之过也，如日月之食焉，过也人皆见之，更也人皆仰之"。翻译工作，没有谁可以"君临天下"，这也是说谁都可能犯错。本文以"人溺己溺翻译事"标题，听来有点不伦不类，但我是想到自己翻译的几本小说，行家若拿到手术台上解剖，准会找到好些"大可商榷"的地方。"人溺己溺"不外是要跟大家 share 翻译工作之风险，认识到自己的译作，随时有失手之可能。

说到翻译的风险，陈先生给了我们一个现成的例子。《老人与海》的第一句：He was an old man who fished alone in a skiff in the Gulf stream and he had gone eighty-four days now without taking a fish。陈先生说这句话，"以中文写作在海内外文学爱好者中享有教母般声望的张爱玲居然译为：'他是一个老头子，一个人划着一只小船在墨西哥湾大海流打鱼，而他已有八十四天没有捕到一条鱼。'"

陈先生认为这是一般初学翻译新手的毛病：时刻不忘将不定冠词译出来。海明威惜字如金，对赘词深恶痛绝。依陈先生的意思，此句中译，大可把"一个"、"一只"和"一条"删掉，简化为："他是个老人，独自划着小船，在湾流中捕鱼，八十四天来，他没打到鱼。"陈先生的话有理，中文的习惯的确如是。我想张小姐若不是在看原文时把"一个"、"一只"和"一条"盯得这么紧，她不会写出这么啰嗦的中文。翻译工作一不小心就自损其身，此是一例。这也就是上面所说的风险的一种。张小姐当年若不为稻粱谋而"下海"翻译，就不会写出这些半洋化的句子。不过话说回来，就目前老人的境况来说，我倒觉得如果说成"八十四天来，他没打到一条鱼"——加上"一条"，效果更能托出老渔人可怜的处境。这家伙连一条鱼都抓不到！真的，一条鱼都抓不到。

补注

我读了陈一白先生在《上海书评》发表的《谈谈〈老人与海〉的三种译本》后，以《人溺己溺翻译事》为题作了回应。老朋友郑树森教授看过后来电指出，我引文中出现的"渔人"是单数 fisherman。他比对上下文后，觉得这里的"渔人"应该是复数。为了求证，他找出了 *The Old Man and the Sea* 的英文本来看看：果然"渔人"是 the fishermen，不是 fisherman。郑教授明察秋毫，特此再致谢意。

我当日引陈一白先生的引文，是"照引如仪"，因此找出他在《上海书评》的旧文来看，看到记录的"渔人"确是单数："He saw the phosphorescence of the Gulf weed in the water as he rowed over the part of the ocean that the fisherman called the great well."

在这里 fisherman 的单数或复数要用翻译的语言

来识别，倒也简单。如是单数，"He"下面带出的fisherman 就是本书主角"老人"自己。如是复数，那么把"the part of the ocean"称为"the great well"的是所有在那海湾捕鱼的"一众渔人"。陈一白先生文稿上的单数 fisherman 明显是个手民之误。

天朝通事：买办英文

　　不能否认，以两国当时的军事力量来说，英国在鸦片战争取得胜利，几乎是绝对肯定的事实，但在缺乏合格和受信任的译者的情况下，中方无论在战争情报以及谈判过程中完全处于被动的位置，这实际上也影响了战争的成败以及后果。相反，假如清廷能认识到翻译在战争和外交中的重要性，他们又是否会这样的一败涂地？

　　上面引文，出自王宏志论文《第一次鸦片战争的译者》，收在王宏志主编的《翻译史研究》第一辑，复旦大学2011年出版。王教授这篇文章是标准的学报著作。一般来讲，学报文章因应规矩总要在引文上三步一岗、五步一哨的落注释，亦往往因此令人望而生畏。令我自己也觉得意外的是，这篇长达三万余字的论文我竟然读得津津有味。有些段落还会"追"着看。我想这是因为王宏志巧妙地把"国家兴亡"和翻译之"为物"这两回事相提并论的缘故。"假如清廷能认识到翻译在战争和外交中的重要性"，中英对峙的局势，会不会改观？即使最后还逃不了割地赔款的命运，也不会因对敌情的无知而害得自己在战场上不堪一击。

受命到广州去禁烟的林则徐（1785—1850），虽然知道"时常探访夷情，知其虚实"对厘定制敌先机的重要，可惜给他翻译的通事没有一个是受过训练的专业人员。王宏志提到 1839 年 10 月有英国三桅船 The Sunda 号在海南岛附近遇风浪沉没，林则徐接见的幸存者中有一位喜尔（Dr Hill）医生。据喜尔事后的报道，这些通事在口译时说的是"广州英语"，"含糊不清，十分紧张，以致他们在理解上有很大困难"。

王宏志在脚注引了喜尔记录中的"广州英语"："This not all same one other day. Today yumchae all same emperor, all that mandarin have come, all that hong merchant, must crook foot litty."这两句英文真不好懂。王教授没有给我们解说，他只根据喜尔医生的记录告诉我们，原来这是"其中一位通事要求他们见到林则徐时必须下跪的说话"。根据这个场景，我们或可将这两句广州英文的首句解为"今天不同往日"？或者是"今天是个特别日子"？第二句中的yumchae如果是粤语"钦差"的音译，那么"today yumchae all same emperor"该是"今天钦差大臣位同皇上"。"all that mandarin have come"是"所有的大官都来了"？"all that hong-merchant"，这里的"hong"想是"行"的音译，是一种"行业"，如香港人店铺中的"南北行"。"must crook foot litty"？"下跪"的普通说法是"kneel"广州通事改称"屈膝"，倒也传神。至于"litty"这个字，辞书未见载，不知是什么东西。

我看完王宏志这条注脚后，心里暗叫"天佑中华"！两国交锋，双方的通事，各为其主地搜集情报，翻译过来给自己的阵营参考。鸦片战争爆发前，林则徐收到一些消息，说英国人可能会发动战争，但他从看到的译文资料理解情况，确信"夷兵涉远而来，粮饷军火安能持久，我天朝水师劲旅，以逸待劳，岂不能制其死命"。

想不到"英夷"不知好歹，犯我神州，鸦片战争爆发，但林则徐认定英国人只善于水战，一踏上陆地就变得手足无措。且看他1840年7月10日在奏折上怎样得意洋洋地说："'英夷'一至岸上，则该夷无他技能，且其浑身裹缠，腰腿僵硬，一仆不能复起。不独一兵可手刃数夷，即乡井平民亦尽足制其死命。"经两广总督这么一说，中国老百姓有一阵子真的相信"英夷"因腰和腿裹缠得紧紧的，只能挺直腰板走路，一仆跌倒，再也爬不起来。

老百姓给糊涂通事误导，也就罢了，但负责保家卫国的朝廷官员把通事的情报信以为真，后果就是丧权辱国。闽浙总督颜伯焘没想到要在陆上迎战"英夷"，完全相信厦门的炮台及石壁能抵挡英舰的炮火，没想到英军从两侧偷袭登陆，没有出现"一仆不能复起"的现象。天朝水师一接触，迅即溃散。作为最高统帅的道光皇帝，一直要看到颜伯焘的奏折才知道"英夷"士兵是水陆两栖动物，"今福建厦门之役，该夷竟敢登岸，夺据炮台，伤我将兵"。

王宏志列举多条有关清廷闭塞迂腐的资料，有些看了令人痛心疾首，有些呢，教你吃惊。1840 年，天朝跟夷人交手也两年了，道光还要朝廷大臣打听英吉利国地方周围几许、所属国共有若干、至回疆各部有无旱路可通、俄罗斯是否接壤，有无贸易相通。又问："英吉利国距内地水程，据称有七万余里，其至内地所经过者几国？"看来道光对"夷邦"迟来的兴趣还包括维多利亚女皇的身世。他还知道"该女主年甫二十二岁，何以推为一国之主？有无匹配，其夫何名何处人，在该国现居何职？"道光最后总算问了一个关乎宏旨的问题："该国制造鸦片烟卖与中国，其意但欲发财，抑或另有诡谋？"

难怪后来编辑《海国图志》的魏源明显针对天下事不知不觉的道光皇帝这么评说："则一旦有事，则或询英夷国都与俄罗斯国都相去远近，或询英夷何路可通回部……以通市二百年之国，竟莫知其方向，莫悉其离合，尚可谓留心边事者乎？"

看了王宏志的文章，深感"天朝"对办洋务从来没有认真过。所谓"通事"，就是喜尔医生口中的"linguist"。他们要不是曾在"夷地"居留过一阵子的"海员"，就是广东洋行的"买办"。即使他们通一点"夷语"，也不一定懂"夷文"。从王宏志引用 Granville G. Loch 的一条资料知道，这些"linguists"的口语能力也好不到那里，"一名由伊里布派遣到英阵营传递消息的通事，由于没法准确表达，几乎被英兵所射杀"。

在王宏志列出的通事名单中，"疑为汉奸"的鲍鹏的"夷语"应该比较体面了，可惜在英方一名军事人员的记录中，这厮形象猥琐，一副小人得志的嘴脸从他的买办英文流露出来。事缘他在琦善一次和英方代表义律（Charles Elliot）的谈判中当了"通事"。后来他回到澳门探望老主子鸦片烟商颠地（Lancelot Dent）和旧日的佣工同事。旧同事拿他"士别三日"后的身份来开玩笑。他马上跳起来，伸出右臂，紧握拳头，破口大叫道："You thinkee my one smallo man? You thinkee my go buy one catty rice, one catty foul? No! My largo man, my have catchee peace, my have catchee war my hand, suppose I open he, make peace, suppose I shutee he, must makee fight." 作者 J. Eliot Bingham 在引文后加了按语：此公形态，难以言传，欲知真相，只能目睹。It loses much in relating: the fellow's manner must be seen to be understand。

鲍"通事"的几句话，有齐思和的中译："你们以为我是一个小人物吗？你们以为我去买一斤米，一只鸡吗？不是，我是大人物啊！我的手中抓着和平，抓着战争，要是我打开它，那就和平，要是我合上它，一定打仗！"

说不定 thinkee, catchee 和 shutee 这种"尾巴"英文有故意丑化的成分，但话说回来，如果鲍鹏的口语不是这么烂，Bingham 也不能光靠想象虚托出来。

鸦片战争输了给"英夷"，割让香港，辟五口通商，接受了长达十三条条款的《南京条约》，开我国与外国订立不平等条约之先河。不过王宏志指出，此条约的签约还有一处不平等的地方，"一直以来没有人提及过，那就是在整个谈判以至签约过程都是在中方没有懂得英语的翻译人员的情形下进行的"。

琦善因有"通敌"之嫌被道光革职抄家后，接替跟英人议和的责任落在耆英和伊里布身上。因为一来道光曾下旨要他们"断不可轻身前往"，二来他们身边亦没有随员可胜任翻译的工作，所以一直没有出面跟"英夷"沟通。他们辗转找来了伊里布"家人"（即家仆）中有"抚夷"经验的张喜跟"英夷"周旋。身为"家仆"，又不是朝廷正式派来的代表，张喜凭什么资格跟英方的代表谈判？

王宏志这篇文章分上下两篇。上篇集中讨论中方译者的背景、能力、局限和他们在跟英方"谈判"时扮演了什么角色。这正是我写《天朝通事·买办英文》引用资料的来源。王教授的下篇还未出版，但从他写的"摘要"知道，下篇将以讨论英方的"通事"为对象。因为"他们所担负的任务远远超过一般的翻译和沟通工作，而是积极地介入实际的战事，且直接参加和负责双方的和平谈判，在整个战争的过程中举足轻重"。

代表英方跟"天朝"交涉的有翻译大行家如马儒翰（John Robert Morrison, 1814—1843）。他从小跟传教士的父亲马礼逊（Robert Morrison, 1792—1834）学中文，在马六甲的英华书院上过学。他在未参加和谈工作前的几年，曾替在广州的英商做翻译。1834年继他父亲出任英国东印度公司的 Chinese Secretary。1840年联同三位教会朋友中译《圣经》。除马儒翰外，懂中文的参加谈判的英方翻译人员还有郭实腊（Charles Gutzlaff, 1803—1851,《圣经》的译者之一）和罗伯聃（Robert Thom, 1807—1846）几位。他们在开战前协助英方搜集情报、谈判时差不多在整个过程中都有参予。

以下我抄录王宏志文章有关签订和约实际情形的一段："更要强调的是，就是整个谈判过程中最重要的问题：《南京条约》条文的草拟和确定，也是英方所担当的。不要说条文的英文文本，就是中文文本也是由马礼逊根据英文原来条款翻译出来，……。"（注：这里可能是王宏志的笔误，因为马礼逊是 John Morrison，早于1834年逝世。王教授说的，应是他儿子马儒翰，John Robert Morrison。）

《南京条约》的中文文本居然是由英国人根据自己拟定的英文文本翻译过来的，匪夷所思，莫此为甚。在仪式正式开始前，英方代表还得将条文一条一条地向中方宣读和解释。天朝代表的买办英文，即使觉得条约极不"平等"，也病于有口难言，无法讨价还价，近三千万两白花花的银子连同香港就这么断送了。

两军对峙，对敌情之虚虚实实也弄不清，怎可轻举妄动？把训练有素的英兵看作"浑身裹紧，腰腿直扑，一跌不能复起"的病夫，天朝败象已见端倪，"丧权辱国"是早晚的事。外语人才是一国外交之本，我们且看被美国人亨特（William Hunter, 1812—1891）誉为"英文造诣很

深"的袁德辉写的是什么英文："For the managing opium on
the last spring being stopped trade for present time till the opium
surrendered to the government than ordered to be opened the
trade the same as before".

　　这是称为"来自中国方面第一份用英文书写的文件"
的第一句。请注意上面引文"before"的后面是没有标点的。
通篇都是 without punctunction! 不过，即使"英夷"拿出我
们读线装书的耐力去读袁德辉的英文，也会一样不知所云。
王宏志在脚注上说"有人以英文公告回译成中文，题为《为
重开贸易晓谕外商告示》"。买办英文，各有千秋，但无论
外交也好，贸易也好，处处因缺乏外语人才而受制于"夷
敌"。琦善初到广东，还没有跟英人正式议和前，便有广东
道监察御史高人鉴奏参他"以懦怯之词轻宣诸口，惑人听
闻"，把"蠢尔小夷视为劲敌"。当年清廷在鸦片战争中的
失误，就是没有好好地把"小夷"视为"劲敌"。

上帝的性别

拿今天的"政治"眼光来看经典古籍,难得有几本是"正确"的。中外情形如此。性别歧视是通例。孔老夫子一本正经地断论"唯女子与小人难养也;近之则不逊,远之则怨"。这种话,当时男人会视为"共识"。女人听了,不服气也只有闷在肚子里。

在父权当道的社会,性别歧视的语言是普遍现象,否则"妇人之仁"、"妇人之见"之说不会成为谚语。但男尊女卑的思想,历来却有不少女性充作男子的代言人。东汉的班昭,身为女子,却在《女诫》宣扬三从四德。古时女子读的诗书,多是男人的手笔。他们所处的权力社会都由男人主导。在这种内外因素潜移默化的影响下,她们对"妇功"的认识,离不开"专心纺织,不好嬉笑,洁齐酒食,以奉宾客,是谓妇功"。

今天读来，恍如隔世。上面说过性别歧视的历史，中外皆然。西方最早的经典是《圣经》。《创世纪》中的伊甸园故事，大家耳熟能详，但在上世纪女性主义阅读一时蔚为风气前，未闻有学者公然提出造物主从亚当身上取肋骨做女人是性别歧视的论证。依这种性别思维的路线推论下去，那不但上帝犯了男尊女卑的偏差，乐园中那条花言巧语的蟒蛇一样思想不正确。那番话为什么不对亚当说？是看中了女人"虚荣心重"、"意志薄弱"这些弱点？

从女性主义的角度看，《圣经》无疑是充满男性沙文主义观点的著作。这得从头说起。据 Nicola Denzey 在《女人与〈圣经〉》（"Women and the Bible"）一文所说，女人与《圣经》之成为话题，是由英国圣公会在 1888 年出版的《圣经》新译本引起的。这是自"钦定本"（1611）面世以来最重要的一个修订本，可是负责审核文稿的《圣经》学者成员竟无一个是女子。

十九世纪中叶，美国女权运动开始萌芽。最先引起大家注意的是 1848 年在纽约召开第一次妇女权益大会的斯坦顿（Elizabeth Cady Stanton, 1815—1902）。像她这样一位热心公益的公众人物，是不可能对英国圣公会修订《圣经》新版本时"不把女人放在眼内"的恶例视若无睹的。果然，她因应召集了一班对《圣经》有自己看法的女学者组成了一个 Reviewing Committee，集中讨论和注疏经文中有女人出现的段落。成果是划时代之作：《女人〈圣经〉》(*The Women's Bible*)，在 1895 和 1899 年分上下两册出版。

斯坦顿和参加此计划的同事深深地了解到，西方文学中没有一本书比《圣经》对女人的影响更大的了。两千年来《圣经》上的话不断被引用作为妇女日常生活的指标。谁稍一越位马上就受到社会的指责。斯坦顿的"查经小组"不但晓得《圣经》一直是男人的专利品，更没有放过这本经书的作者全是男人的事实。这些男人一致声称跟上帝关系密切，为的是要利用这关系伸张男性权力来压制女人。斯坦顿在《女人〈圣经〉》开宗明义地说：

> 我不相信有任何人见过或跟上帝说过话。我不相信摩西律法的灵感来自上帝。我不相信史家记载的有关上帝对女人的所作所为出自上帝的指示。世上所有宗教都贬低女人。女人如果一直默认男人指派她们的地位，她们一辈子也不会翻身。

依斯坦顿看，女人被轻视的一个原因是由于英译本《圣经》在民间享有至高无上的权威地位。她说："希伯来文或希腊文版本的《圣经》写的是什么是另外一回事，但在浅白的英译本中你却找不到称颂女人或让她们觉得有尊严的记载。"

这位女运先驱"查经"的态度非常现代，也相当灵活。首先，她认定《圣经》并非上帝自己的语言，而是人的书写，反映的是人的思想和欲望。既然如此，《圣经》再不是一本绝无错误、不可质疑的经文。只要细读经文中歧视和压制妇女的部分，你就可以找到《圣经》是男人手笔的证据。既是人手书写的成品，《圣经》因此可以任由我们质疑、分析和解说。在这方面，斯坦顿跟另一位妇运先驱的立场相同。Mathilda Joslyn Gage 认为每个女人都有自己解读《圣经》的权利。这也是《女人〈圣经〉》最大的特色：把历来解释《圣经》的特权从"权威"学者的手中收回，归还给因他们的诠释受害至深的妇女信徒。在"查经小组"工作的人员并不是训练有素的《圣经》学者，但她们却是经验老到的读者，熟悉隐喻、寓言和象征在文本上运作的功能。

大概是《女人〈圣经〉》的观点太离经叛道，书出版后一直不受重视，等了半个多世纪，斯坦顿寂寞的呼声才听到了回响。以女性主义观点读《圣经》的第二位先锋人物是《女人与宗教》(*Women and Religion*, 1964) 的作者 Margaret Brackenbury Crook。她一落笔就说：

当米里亚姆（Miriam，摩西的姐姐）举头气愤愤地问"难道上帝只通过摩西向我们说话么？"男人垄断宗教势力的历史已经开始。从此以后，发源于以色列土壤的三大宗教——犹太教、基督教、伊斯兰教——的男人所制订的教义、所建立的对上帝的崇拜规矩，留给妇女对宗教的想象空间少之又少。

《圣经》"叛读"的风气一开，后来者要居上，会变本加厉。1973 年美国妇运激进分子 Mary Daly 带头批判充塞于《圣经》中的大男人沙文主义思想。有好事者问她：如果《圣经》的沙文语言和男人至上的意识形态——经过"净化"后，这经书对女人还有用得着的地方么？ Daly 冷冷地回答说，好啊，你不妨告诉我，一本父权"去势"后（depatriarchalized）的《圣经》还会剩下多少骨肉？

Daly 在 1985 年出版的 *Beyond God the Father: Toward a Philosophy of Women's Liberation* 大可译为《跨越天父：向妇解哲学迈进》。她不但否定《圣经》的大部分内容，同样值得注意的是她用的语言给英语规矩作了翻江倒海的颠覆。她鼓励女性主义者寻找一种"后设语言"（metalanguage）去思考和讨论她们跟上帝的关系。譬如说，难道称呼上帝一定要叫"天父"么？

在 Daly 的"同路人"不断地"颠覆"下，杰斐逊（Thomas Jefferson, 1743—1826）总统如果今天执笔撰写美国《独立宣言》，用词遣句恐怕也得遵守"政治正确"的规矩。名句 We hold these truths to be self-evident, that all men are created equal 大概要改为 all human beings 或 all men and women are created equal。林肯总统的《葛底斯堡》演辞一样犯了男性沙文主义的错误：Four score and seven years ago our fathers……。应改说 our fathers and mothers。

创造"后设语言"的一个可行办法是创新词。美国宪法上的"我们的祖先"，our forefathers，依女性主义者的眼光看，是"以偏盖全"。如果不用 forebears，应该创造 foremothers 这个字。正确的话法因此是 our forefathers and foremothers。

日常英文书写的习惯也为了符合"正确"的需要改头换面。历史，"他的故事"history，虽有激进分子私下改为"她的故事"herstory，但情形并不普遍，只能说是"偶发事件"。但碰到"某订户要把杂志送到府上"，今天的英文大概会这么说：If a subscriber prefers to have his or her magazine delivered to his or her home address。不说 his or her，可用 his/her。英文的文体家对这种"政治趋向"怎么看？二十多年前我在美国看到一本文学批评论文集，作者是男的，他在前言郑重其事地说，为了读来文字通顺，他决定不用 he or she 或 he/she 这种累赘的公式。在他文集内出现的人名，不论是 John 还是 Jane，一律以女身 she 和 her 称呼。他相信这种做法不会引起误会，因为一般人名性别分明，看到 Frederick 或 Alexander 不会误认他是女身。偶然遇到较冷僻而又性别难分的名字，他会用括号注明身份。说来说去，在性别问题上，中文比英文文明多了。我们说"祖先"或"先民"，当然包括阴阳两性。"艺人"就是演戏的或唱歌的，不用 actor, actress, songster, songstress 像楚河汉界那么分清楚。

在因《圣经》引起的性别问题上纠缠下去，最后难免碰到这个终极点：上帝究竟是男身还是女身？我们前面引述过的《女人与〈圣经〉》作者 Nicola Denzey 自己不作评论，只说：对大多数人来讲，答案太显明了，上帝当然是男的。希伯来人称呼耶和华所代表的品质，都有古代近东男性神祇的特征：耶和华是君主、战士，辨是非、明善恶的仲裁者。他更是拯救族人于水火的领袖。这些特点都符合传统近东男子的形象。当然，Denzey 马上补充说，这类角色也不一定非要男人才能扮演。她还说《圣经》某些描写上帝心态的笔墨也有些近乎女性的。她举了《依撒意亚》(Isaiah 42:14) 一句："Groaning like a woman in labour, panting and gasping for air." 且引 "思高本" 一段译文作补充：

> 上主出征有如勇士，激起怒火如战士；他要高喊呼叫，对自己的敌人显出他的英勇。"我已缄默好久，安静自抑；然而现今我要像待产的妇女，呼喊、呻吟和哀叹。"

在《圣经》内这类可以助长上帝是女人的描述绝无仅有。Denzey 也说得对，即使能够多凑合一两则，也无法改变长久以来上帝在信徒心中的形象。Denzey 还跟着补充说，《圣经》的女性主义读者虽然不少，对经文的看法却没有几个像 Daly 那么偏激、那么叛逆的。女性主义 "圣经学" 的主流批评家一再促请信徒读经要持 "疑古" 态度、抱 "批判" 精神，认清《圣经》是男人的手笔，反映的是古代男人的心意和欲望，跟现代的世界有一大段的距离。更应该注意的是，在《圣经》出现的女人，并不是那个时代的 "历史女人" 真面目：她们只是古代男人认为古代女人 "合该如是" 想法一厢情愿思维的产品。在男尊女卑的社会中，女人有口难言，有苦难伸。Denzey 要我们细看《马太福音》（Matt:1:18-2:23）这段文字去了解古时女人的处境：

耶稣基督降生的事记在下面：他母亲玛利亚已经许配给约瑟，还没有迎娶，玛利亚就从圣灵怀了孕。她丈夫约瑟是个义人，不愿意当众羞辱她，想要暗地里把她休了。正考虑这事的时候，忽然，主的使者在约瑟梦中向他显现，说："大卫的子孙约瑟，不要怕，把你的妻子玛利亚娶过来，因为她所怀的孕是从圣灵来的。她将要生一个儿子，你要给他起名叫耶稣，因他要将自己的百姓从罪恶里救出来。"这整件事的发生，是要应验主借先知所说的：

　　必有童女怀孕生子

　　人要称他的名为以马内利（Emmanuel）（以马内利翻出来是"上帝与我们同在"。）

　　约瑟醒来，就遵照主的使者的吩咐把妻子娶过来；只是没有和她同房，等她生了儿子，就给他起名叫耶稣。（《新约全书》和合修订本。）

Denzey 觉得，拿现代人的眼光看，这段福音非常不近情理。她套用文学批评的术语说，玛利亚这角色是"扁平"（flat）的，没有深度。她在整个事件中没有说过一句话。怀胎的是她，但她没有"话语权"。她只是"acted upon"，给人"裁夺"。她年纪轻轻，冰清玉洁，却突然有了孩子，此情此景，一定有很深的感受，但她没有说出来，她的"代言人"也没有替她说出来。我们更不应忽略的是，天使在梦中给约瑟报福音，玛利亚全不知情。后来约瑟遵命娶她为妻，却没跟她"同房"。不难想象的是，一直不知就里的玛利亚要等到生理出现变化时才知道自己快要做母亲。

以上是女性主义者以现代人的眼光解读《圣经》的一个范本。其实以常情来说，玛利亚的处境固然不好受，约瑟的生活又何尝好过？有些脑筋灵活的"解经"人，深知《圣经》不少角色有苦难言，采取了"推演"的方法把他们的潜质以评议或小说的形式发掘出来。因此我们可以说，女性主义学者读《圣经》的步骤，已由"评介"（critiquing）、"分析"（analyzing）演进到"创造"（creating）的层次了。Anita Diamant 的"创作"*The Red Tent* 就以"推演"（amplification）的逻辑把 Dinah 和其他"圣经女人"救活起来，让她们说出想说而没有机会说出来的话。

美国钞票上印有 In God We Trust 字样。这是一个非基督徒或非天主教徒难以竞选总统的国家。像 Mary Daly 这种"亵渎"《圣经》的异端分子，是"原教旨"（Fundamentalism）主义者的眼中钉。原教旨人士坚信圣灵受孕、耶稣复活升天、世界末日时重临审判罪人。他们跟"疑经派"Daly 女士最大的分别是：他们相信《圣经》字字是上帝真言，绝无商榷余地。原教旨主义信徒当然也是极端派。本来信者不疑、疑者不信，在有宗教信仰自由或不信宗教自由的国家他们应该各适其适，相安无事才对，但事实并不如此。极端原教旨主义分子常用暴力手段压制"疑经派"的言论，但此非本文讨论范围，题外话不多说了。

如不用大写，god 是民间信仰诸神之一，希腊神话中多的是。如果是女神如 Diana，那就是 the goddress of hunting 了。但如果 god 前面无冠词而 G 又是大写的话，那就是"上帝"、"天主"、"真主"。"帝"是男身，"后"是女身。为了政治正确，本文的题目应叫"造物主的性别"才对，但出于文体上的考虑，不再计较了。少年时念的《天主经》是这么开头的："在天我等父者，我等愿尔名见圣。……"我不想为了"表态"改为"在天我等造物主"。

随笔说夏公

任谁拿夏志清先生做文章，都不会有"话不知从何说起"的困扰。无论从为学、或做人的角度看，夏公的一生极不寻常。他在美国大学教了三四十年书，至今高龄九十还住在大学的公家宿舍。他课余不玩股票，无钱搞房产，幸好他年轻时约会的女朋友没有以有房子"揸手"为前提跟他论婚嫁，否则他今天还是王老五。拿夏公做文章，交情越深，越难压不吐不快的冲动，总要在文内夹带说一些有关他风趣任诞的"逸事"。随笔不是五行一注、十步一疏的 academic paper。随笔可以随心所欲。若非如此，早应删节，再作别论。

1991年5月4日志清先生在哥伦比亚大学荣休，我从鸟不生蛋的 Madison City 飞到歌舞繁荣之地去参加盛会。第二天同门师兄庄信正兄嫂做东，在哥大附近一家江浙馆子招待午饭。客人到齐后，座位不分主客，我有幸坐在夏公旁边。上菜时，其中一道是红烧黄鱼，夏公突然心血来潮，在别人还没有机会下箸时，连忙举筷暗叫一声"起"！半截鱼尾巴已滑入我的盘中。

"来，刘绍铭，吃这鱼屁股，这是上品！"夏公得意嚷道。把鱼尾巴说成鱼屁股，用字之险，得未曾有。夏公平日言谈举止，每见六朝遗风，像是个《世说新语》跳出来的人物。难得的是，他拿你开玩笑，你也可拿他开玩笑。他从不在晚辈面前摆出巍然长者的嘴脸。

志清先生要过几个月才满九十岁，王德威却预先在纽约安排了一个"庆生会"让他跟旧雨新知热闹一番，会上给他呈上台北联经出版社10月份出版的《中国现代小说的史与学：向中国文学评论巨擘夏志清先生致敬》作贺礼。这本五百多页文集的作者，有夏先生在哥大的门生，有他哥哥夏济安先生向他"托孤"一直受他照顾的台大外文系旧生，有他的私淑弟子和跟他时相往来的大陆、台湾、香港等地的杰出学人。收到书后，我先翻阅苏州大学季进教授的《夏志清访谈录》。季进的博士论文是研究钱锺书的。行家访问行家，总比不是同行的采访记者提问题到家。夏公在这篇访问里，真是"呼之欲出"。杨绛的《我们仨》出版后，夏公认为写得不好，在《中国时报》写了篇书评，副本寄给杨绛，杨先生看了 not at all amused。看了访谈，可以猜想到夏先生当年在上海大学时是个风头很健的人物，因为有朋友怂恿他追求杨绛的妹妹杨必。杨小姐的父亲是上海滩有名的大律师。杨必刚大学毕业。夏先生说自己穷书生一名，"哪敢追啊！要是现在，倒也门当户对了，哈哈。……如果当年杨必跟了我，那简直就是天下第一对，绝配！苏州人跟无锡人结合本来就是最好的啦。可惜我那时没有钱，也没有她漂亮。哈哈，开个玩笑，开个玩笑。我这个人很可爱的，对不对？我比钱锺书可爱吧？"

"我这个人很可爱"和"我这个人真伟大"是夏先生的口头禅。这两句话虽然是说着玩的，但也是实情。"可爱"，因为他平易近人，扶掖后进，不遗余力。"伟大"，因为他在论述传统和现代中国小说的领域上做了开天辟地的功夫。上世纪六七十年代在美国大学讲授中国小说，如果没有杨宪益、戴乃迭夫妇的英译作教本，开不成课。如果没有夏公的《中国现代小说史》和《中国古典小说导论》作导读，让我们做老师的，解读传统和现代经典作品时，借此向学生介绍一些不但是崭新的，而且可以说是革命性的看法，有时真不知话该从何说起。

中国现代文学当然得由鲁迅讲起，夏先生也不例外。不同的是，夏先生着紧推敲的，是鲁迅作品的文学本质，而不是他"民族英雄"的形象。在《小说史》中,他指出鲁迅神话是制造出来的。"大体上说来,鲁迅为其时代所摆布,而不能算是他那个时代的导师和讽刺家。"这些见解,放在半个世纪前的历史情景看,简直是离经叛道。

夏公在《小说史》以最大的篇幅给张爱玲定位,推许她为"今日中国最优秀最重要的作家",不但是离经叛道,更是骇人听闻。其实夏先生看鲁迅、张爱玲,用的是类同的标准,着眼的是作品的文学本质,the intrinsic literary value。钱锺书、沈从文、张天翼、吴组缃,这几位在大陆主流评论中颇为冷落的小说家,因受到夏公的品题,赢得"后八股"时代的读者对他们另眼相看。祝寿文集的编者王德威长文《〈中国现代小说史〉的意义》,用了近二万字的篇幅细说此书在"史"与"学"上的成就后,得此结论:"世纪末的学者治现代中国文学时,也许碰触到许多夏当年无从预见的理论及材料,但少有人能在另起炉灶前,不参照、辩难、或反思夏著的观点。"

王德威的"学长"李欧梵也有长文:《光明与黑暗的闸门——我对夏氏兄弟的敬意和感激》。志清先生的哥哥是夏济安,四十九岁英年早逝。另外一篇追忆济安师的文章是庄信正写的。饮水思源,我们几个台大旧生,当年要不是打着济安老师的招牌求见,也无缘认识志清先生。欧梵在文内提到，"夏志清先生所有的文章里最具争议的文章应该算是《今日中国古典文学的研究》"。其实夏公有关传统文化的论述，自 1968 年的 *The Classic Chinese Novel: A Critical Introduction* 出版以来，因立场极不"爱国"，将中国文化的阴暗面一一指陈出来，卫道者不原谅他"家丑外扬"。志清先生读"替天行道"的《水浒传》，只看到哥们儿互相称道的"义气"，"人者仁也"的善心却荡然无存。各英雄捉到仇家，动不动就破腔剖腹，面前烧着炭火，用尖刀割一块、炙一块来下酒。"反贼"黄文炳，就是这样被宋江、晁盖、李逵等汉子 barbecue 的。

夏公在《人的文学》带引我们重访《三国演义》。第十九回说刘备匹马逃难，借宿少年猎户刘安家：

> 当下刘安闻豫州牧至，却寻野味供食，一时不能得，乃杀其妻以食之。玄德曰："此何肉也？"安曰："乃狼肉也。"玄德不疑，乃饱食了一顿，天晚就宿。至晓将去，往后院取马，忽见妇人杀于厨下，臂上肉都割去。玄德惊问，方知昨夜食者，乃其妻之肉也。

夏公认为，传统中国文学跟文艺复兴以来的欧洲文学相比，最显著的差别是欠缺人道主义和人文精神的支撑。

传统诗人的世界多以自我为中心，努力追求的是自我感觉良好的满足，可惜他们的调调多听就腻，甚至厌烦。

在黑白分明的界线上，我们的夏志清教授往往宁为"异端"，也争着要讲实话。他在外国教中国文学讨生活，照理说为公为私，总得替自己的本行说一两句好话吧。但他没有。他假想一个大学本科生向他讨教，请他提供该主修哪一种国家文学的意见。他对小朋友说，主修俄国文学吧。你仔细去读托尔斯泰、陀思妥耶夫斯基、契诃夫的作品吧，他们让你认识人生，知道什么叫救赎，过后你会 profoundly grateful for having read the masterpieces of Russian fiction。反过来说，你读过的中文小说中，有哪一本让你"感恩"的？相逢恨晚的？甚至因此改变自己人生的？看来夏公为说实话不惜出"恶声"。

驴乳治相思

　　现代中国文学史上，兄弟二人性格相近、文学趣味相似、做学问又能互相扶持，我相信夏济安（1916—1965）和夏志清两位先生是个明显的例子。上世纪五十年代中，我在台大读书，常到台北温州街教职员单身宿舍去看济安老师。那时老师在美国教书的弟弟写的《中国现代小说史》尚未出版，但习惯把各章节的打字稿寄给哥哥听取意见。有一天我到他房间时，他正阅读着一份英文稿。吩咐我坐下后，他有点激动地说："志清论张爱玲，石破天惊。见识不广、功力不足，不敢定论。只是我老弟说她是今日中国最优秀、最重要的作家，恐怕会在江湖掀起千层浪。"

　　济安师爱读武侠小说，言谈间"江湖"常挂口边。老师的话，说对了。志清先生把一个在"正史"上不见经传的"鸳鸯蝴蝶"女作家供奉于文学殿堂，彻头彻尾颠覆了一个载道传统，哪能不备受争议？《中国现代小说史》面世已五十年，半个世纪以来有关张爱玲其人其事的议论，无休无止。绝不寻常的是，即使论者的立场或因意识形态有异而各持己见，但几乎一致对《倾城之恋》作者的小说艺术推崇备至。张爱玲研究近年已成"显学"。志清先生当年识张小姐于微时后为"要还她一个公道"所作的努力，可说 fully vindicated。

济安师把志清先生寄给他的初稿中译，分为《张爱玲的短篇小说》和《评〈秧歌〉》两部分先后在《文学杂志》发表。老同学庄信正在《追忆夏济安先生》一文提到，有一次老师对他说："中国近代文学可分两派，一派是革命文学，一派是买办文学，我属于买办文学。"看了钱锺书《围城》的读者想必记得买办的嘴脸多教人反胃。信正当然知道，老师以买办自况，显明是自嘲自讽。买办的看家本领，就是办洋务。老师英美文学出身，审度文学的眼光，顺理成章地会受到西洋标准左右。"革命文学"主题先行，意识形态主导。张爱玲一来跟胡"逆"兰成有过雾水姻缘。二来作品手势苍凉，跟"革命"沾不上边。如非志清先生在作家的取舍上，全以文字的得失为依归，谅不会看中张爱玲。由此可知夏氏昆仲在文学价值的认知上是"同路人"。他们兄弟深厚的情谊，一生维系不变，靠的除血亲关系外，还有那份难得的 intellectual affinity，那份识见的投契。

老师英年早逝。"雁行折翼"这句话难以描述做弟弟的的伤痛。志清 1947 年拿到奖学金到耶鲁大学深造。老师因患肺病未能出国。1949 年老师到了香港，待了一年后应台大之聘在外文系任教。兄弟二人自 1947 年开始即有书信往还。1959 年老师到了美国，给志清先生写信的习惯却不因此而中断。志清在给陈子善编的《夏济安选集》写的"跋"上说，他哥哥二十年来给他的一大束书信，"实在比那本假以年月可能写成的长篇是更好的生活实录，更可以为传世的文学作品"。

这里说的"可能写成的长篇"，是因为老师曾对弟弟说过，他在抗战期间有过写英文长篇小说的念头。如果他不是未到五十岁就逝世，凭着弟弟对他的鼓励和美国安静的学院生活，说不定可以得偿所愿，写好这个长篇。

为了工作的需要，老师在美国不时要发表学术论文。后来结集成书的有 The Gate of Darkness（《黑暗的闸门》），五篇专论中以论《鲁迅作品中的黑暗面》对"鲁迅学"的影响最为深远。李欧梵在《光明与黑暗的闸门——我对夏氏兄弟的敬意和感激》一文这么肯定地说："通观《黑暗的闸门》，读者不会看见艰涩的理论术语阻碍夏济安先生行云流水的文笔，或者遮蔽他的原创洞见。"欧梵在文中承认他博士论文《浪漫作家的一代》在《黑暗的闸门》出版后一年能够顺利完成，"要说夏先生是我论文的灵感和导引一点也不为过"。

老师认为研究现当代中国文学，除文学理论外，应汇同传记文学的考证和历史的感觉去看问题。志清先生称这种"三合一"的方法为 cultural criticism。在老师"文化批评"的目光审视下，受钱杏邨（阿英）吹捧为"中国最伟大的作家"蒋光慈，作品实在一无是处。老师对蒋光慈的评价用了史笔：他浪漫激情的革命创作是一种反面教材，让人看清主题先行、无产阶级革命文学是可以写得这么坏的。"His worth is found in his worthlessness."

老师以教学和研究为职志，但他一生对文字的 passion 是写小说。我在台北跟他相处那段日子，常听他说他最佩服的知识界中人是大小说家，如陀思妥耶夫斯基、狄更斯、巴尔扎克。1955 年春天，他以"交换生"名义到印第安纳大学英文系就读，选了"小说习作"这门课，完成了《耶稣会教士的故事》和《传宗接代》这两篇小说。离美返台前他把《耶稣会》交给志清先生，请他代为投稿。志清寄了给极负时誉、由名批评家 Philip Rahv 主编的 *The Partisan Review*。教兄弟二人惊喜的是，小说不但如期在同年秋季刊出，而且排名还在"头条"的位置。同期还有 *Lolita* 作者 Vladimir Nabokov 的作品。老师的最高学历是 1940 年上海光华大学英文学士。但他 1949 年前在西南联大和北大当过老师。由此可见,他一手漂亮的英文和深厚的学养是自己苦学修来的。李欧梵说《黑暗的闸门》文笔如"行云流水",不是随便说说而已。此书的第一章论瞿秋白,我引开头的一段:

It is in one capacity that a communist is generally known—as a tough, dedicated fighter. His individuality is often lost in the mass movement. Whatever private concerns he has, his tastes, sentiments, and worries are beyond our ken. Living dangerously and always on guard against enemies both outside and inside the party, he cannot afford to be other than secretive.

老师熟读维多利亚时代的散文大家如 Thomas Carlyle 和 Matthew Arnold。他"师承"得来的文体,隐然有古风。讲究声韵、字与字和句与句之间的配搭与均衡。老师中英文的造诣,因课题太专门,不是三言两句交代得来,因此我在这里回到前文。前面说过夏氏兄弟自 1947 年起一直有书信往还,也提到志清先生打算有一天把信件整理出版。现在这些信件中的一部分已经刊登。在 1957 年 11 月 22 日给志清的长信中，老师谈到中国传统中的 romance 和 novel 的分别：前者是公式化的、后者是活的。Romance 的范围涵盖才子佳人、武侠、神仙、历史演义和公案等。中国旧小说中，只有《红楼梦》才够得上 novel 的标准。什么是"公式化"？什么是"活的"？老师引了刘守宜的观点说：《水浒传》的对白是台词，各人一律；《红楼梦》的对白因人而异，各见特色。

老师的话，并非"扬"novel 而贬 romance。单从"纯文学"的眼光看，romance 可能幼稚可笑，但它的作用是能支配社会人心和百姓的 imagination。我们不读诗书的祖母对关公、张生、宝玉、黛玉的认识，是通过多种形式的 romance 的变体得来的。老师对通俗文学的重视，由此可见端倪。看来他不是说说而已。1958 年 6 月 24 日他跟弟弟这么说："我最近倒有个研究计划，预备写一本书，书名叫《风花雪月》。此书的副题是'The World of Chinese Romance'……此书将有很精彩的一章：on 相思病，西洋 romance 里似乎无相思病。相思病是心理影响生理的一个极端例子。实际的 medical cases 恐怕不多。（研究这一点，我该有 Havelock Ellis 那样大的学问。）"

同年 8 月 16 日："讲起相思病，中国人是主张'心病

还须心药医'。我以前看到你所介绍的新出的 Pope 全集第
四卷第十七页（John Butt 编）有这么一条小注：

Ass's Milk: Ass's milk was commonly prescribed as
a tonic. Gay alludes to its uses by "grave physicians" for
repairing "the love-sick maid and dwindling beau."

同年 10 月 13 日："这几个星期乱看了一些旧小说，没
有什么心得，中国旧小说好的实在太少，《野叟曝言》、《花
月痕》等都看不下去。……"

1959 年 7 月 29 日："最近看了《歇浦潮》，认为美不胜收；
又看包天笑的《上海春秋》，更是佩服得五体投地。……礼
拜六派和旧小说一样，很少描写的，一个人出场，只写年龄、
相貌和服装，有时加一点口音，总共五十字足矣；此人的
性格，只在故事的发展与对白中表现（别人偶也加一两句
评语），比较 subtle 与 dramatic，不像老舍那样，又是铁啦，
又是石啦，乱比喻一阵，……"

1960 年 4 月 13 日："这几天因为等胡世桢来，买了两
种武侠小说，预备送给他。自己看看亦很出神，且把陈世
骧引诱得亦入迷了。……我很希望你能继续花几年功夫，
写一本中国旧小说的研究。关于这类的研究，好书是如此

之少，真中国学者之耻也。……《水浒》里的英雄和孙悟空都是 rebels，但是最彻底的 rebel 还是贾宝玉。贾宝玉非但是总结中国旧小说的 rebel tradition，而且也是一切才子佳人小说的发展的顶点。"

1961 年 7 月 9 日："敦煌俗文学，是'汉学'里的新兴热门，其间好文章恐怕亦很少很少。我看你不妨看看元曲，这些到底是真有作家为了写作（终究是要上演）而写的。戏本的结构与心理描写等也许比不上西洋之戏曲，但是文章大约还可读。王国维此人 taste 不差，他赞美'宋元戏曲'，总有点道理。"

兄弟二人书信论学二十多年，观点互相发明，各自修补，想当然耳。老师劝弟弟花些时间研究中国传统小说，写一本专书，志清先生做到了。继《中国现代小说史》（1961）五年后出版的《中国古典小说》（*The Classic Chinese Novel: A Critical Introduction*, 1968），集中讨论《三国演义》、《水浒传》、《西游记》、《金瓶梅》、《儒林外史》和《红楼梦》六大小说。志清先生对《红楼梦》的看法，特别是宝玉离家出走的决定，跟老师把贾二爷认作儒家文化叛徒的思维互相呼应，堪作兄弟间 intellectual affinity 的投合。

老师要研究"相思病"，对学院派中人认为"闲书"的通俗小说读得一本正经，有鲜为人知的理由。当年他告诉过我他"老弟"志清的武功系出耶鲁名门,相当于少林、武当的地位。他自己的功夫,暗室练来,要人家对你另眼相看,不得不别出心裁。他对鸳鸯蝴蝶或"礼拜六派"小说如张恨水读得津津有味,一半是个人兴趣,一半是为了符合"兵书"的规矩。老师对俗文学的兴趣,显然也影响了"老弟"。1981年志清先生发表了《徐枕亚的〈玉梨魂〉》("Hsü Chen-ya's Yü-li hun: An Essay in Literary History and Criticism"),以文学史和文学批评的角度去重订这本民初畅销"言情小说"的价值。一般读者看书看到有关"驴乳治相思"的注释,除非是医学界中人,否则不会认真。但老师却想借此指引寻根究柢,作为《风花雪月》论述的一章。问他怎么会选这样一个题目做研究,他会笑眯眯地对你说:"这是崆峒派的独门武功啊!"

冰心在玉壶

田浩（Hoyt Tillman）为庆祝老师余英时教授八十华诞编辑的论文集《文化与历史的追索》有一特色，就是在《前言》安排了包括了田浩在内余先生四位弟子的短文，分别忆述追随老师问学期间的一些"身边"故事。目的是"希望帮助未来的读者除了透过他的书，还可从另外一个角度稍微知其人，进而了解他的价值观。没机会与余先生谈话的人，可能会觉得很难了解他"。

余英时今之大儒，著作等身，写的多是大块文章。学术文章力求客观，作者自己尽量不露面，以保持 impersonal 的风格。跟余先生有交情的朋友，都知他是个君子，重气节、轻名利，为人守正不阿，绝不曲学阿世。大概田浩和他的同门有感于这些品德不易在学术著作中看得出来，所以自告奋勇在纪念集的《前言》中给我们讲一些他们所见的或听来的有关余先生的"身边"故事。

中研院院士黄进兴在台大历史系当学生时，以打倒学术权威为己志，因得"批余小将"之名。毕业后他申请哈佛，未得要去的院系录取。他打算到匹兹堡升学。还未注册前，纽约的一位同学告诉他，余英时教授想找他谈谈。因此他跑到剑桥，在哈佛燕京图书馆里跟余先生会面。"那时我不知天高地厚"，他说："年轻的时候在台大常批评余先生，现在回想那次谈话我会脸红：主要批评陈寅恪。"

余先生对这位"乱弹"的初生之犊，却极尽包容。三个多小时过后，对黄进兴说："你明年转到哈佛来吧。"可惜他到哈佛上学的时候，余先生已得耶鲁大学讲座教授之聘，转到"纽哈芬"（New Haven）去了。为了亲炙余先生，他跟另一位同学两三个月就到余先生家住一两个晚上，每次都聊到清晨三四点，然后在余家打地铺过夜，醒来再聊，下午才走。

黄进兴在文内所记的"身边事"，附带提到冯友兰"文革"后的处境。1982年，大陆召开国际朱子学术研讨会，余先生推荐了黄进兴到会宣读论文。"大陆甫开放，代表团里有李泽厚、任继愈等，最引人注目则是冯友兰。但在几天的会议，大陆代表却刻意与他区隔，在餐桌上他与女儿两位孤零零用餐，不明缘故的我，心里很不忍。余老师、陈荣捷老先生偶尔会过去跟他寒暄两句。"

　　1988年蒋经国逝世，继任人将定未定，谣言四起，有传宋美龄可能有"复出"之意。据另一弟子王汎森回忆说，余先生应学生会之邀到 Rutgers 大学演讲那天晚上，有同学请问他对这问题的看法，余先生答道："我对政治只有遥远的兴趣。"这句话可拿来作他在政治上"不群不党"的操守看。

　　要知余先生为人，最直接和最可靠的方法是看他自己的书写，但就我所知，他没有写过四十自述、五十自述这类文字。就从谈"身边事"的角度看，他接受董桥之邀在《明报月刊》发表的《"尝侨居是山，不忍见耳"——谈我的"中国情怀"》（1985），是个例外。光看题目，已教人眼前一亮。因为难得极了。先引文中的第二段：

　　　　屈指算来，我住在美国的时间早已超过住在中国的时间，而且照现在流行的说法，我也只能自称"美籍华裔"。但是惭愧得很，从下意识到显意识，我至今还觉得自己是"中国人"。后来我逐渐明白了：原来"中国人"自始即是一个文化概念，不是政治概念。而我的"文化认同"始终是中国，不是西方，虽然我对西方文化优美的一面也十分欣赏。

什么是"中国情怀"？1978年余先生随同美国官方的学术团体访问大陆。这是他离开故土整整二十九年后第一次"回家"。从东京飞北京，心情已激动了几个小时，飞机降落北京西郊时，一下子就感觉到自己像《搜神后记》学道后归辽化鹤的丁令威，"去家千年今始归，城郭如故人民非"。

代表团在大陆走动了整整一个月，任务是访问秦时明月清辉所及之汉代遗迹：洛阳、西安、兰州、敦煌、昆明、成都等地。同样一个古代遗迹，对"老美"专家和"美籍华裔"学者的意义和个人感受截然不同。"老美"此行的目的，是搜集资料改进或修正他们的专题研究或"工作假设"。中国这块地方，对他们来说只是一个"客观研究"的对象。余先生看古迹，时时体念到的是"汉唐时代的祖先怎样开拓了这样一个规模弘大的国家，创造了这样一个连绵不绝的文化。我的心情不但与美国同行者完全不同，甚至和伴随我们的中国朋友也截然异趣。这是因为他们的历史意识已相当彻底地政治化、马列化了。他们透视中国史所运用的一些概念范畴，如'奴隶'、'封建'、'阶级斗争'等，对我而言是非常陌生的"。

余先生"化鹤归来"，发现"城郭如旧人民非"后，原有的"中国情怀"不但不因此行稍为舒减，反而与日俱增。

他发觉自己越来越喜欢以"世外闲人"的身份与人话国事，"说些于己无益而又极讨人嫌的废话。我曾屡次自戒，而终不能绝"。他引了周亮工《因树屋书影》记载他朋友所说的一段佛经故事自明心迹：

> 昔有鹦鹉飞集陀山，乃山中大火，鹦鹉远见，入水濡羽，飞而洒之，天神言："尔虽有志意，何足云也？"对曰："尝侨居是山，不忍见耳！"天神嘉感，即为灭火。

看来"世外闲人"入水濡羽救火的怀抱，当年大陆的一些"官方人士"并不领情。王蒙中篇小说《相见时难》（1982）说蓝佩玉1948年到美国念书，学成后留在美国当教授，当了一个基金会主席，又嫁了洋人"泰勒"先生。文革后，蓝佩玉"含冤而死"的父亲得到"平反"。她收到通知，要她赶到北京参加追悼会。会上她遇到一别三十多年的童年朋友翁式含，一个自小入党、苦学完成大学教育的穷家子弟。"文革"时他也受整，不过对党和社会主义的信心始终没动摇过。

两人相见时，蓝佩玉问他："经过了这个'文革'……你现在还坚持你当年给我讲过的那些革命理想吗？"翁式含没有正面回她的话，只在心里嘀咕着："她为什么敢于提出这样一个大胆的问题？难道她，一个逃兵，一个自己的信仰上的变节者，一个几十年来没有对祖国、对祖国的多难的人民尽过一点义务的'美籍华人'，却有资格来向他提出问题吗？正是他和他的同志们流血、流汗、忍受一切折磨的超人的意志、勤奋、毅力和牺牲精神，改变了中国的历史，把中国从上到下从里到外翻了一个个儿。为有牺牲多壮志，敢教日月换新天！你芝加哥的和纽约的、旧金山的和洛杉矶的美籍华人都加在一起，能懂得这两句诗的含义吗？"

我在《大陆的"游学生"文学》（1985）一文介绍过《相见时难》。英时先生看到了，在《"常侨居是山，不忍见耳"》一文引了翁式含"义正辞严"的独白后，"羞愧之余"，同时也有疑问：既然换了"新天"，为什还不断产生这么多"美籍华人"？"1911年辛亥革命之后，1927年国民革命之后，甚至1945年抗战胜利以后，都没有听说过世界上有所谓'美籍华人'这种奇怪动物。"余先生随后录了陈援庵《通鉴胡注表微》一段作为没有答案的答案：

　　孟子曰："三代之得天下也，得其民也，得其民者，得其心也。"恩泽不下于民，而责人民之不爱国，不可得也。夫国必有可爱之道，而后能令人爱之，天下有轻去其国，而甘心托庇于他政权之下者矣。硕鼠之诗人曰："逝将去汝，通彼乐国。"何为出此言乎？其故可深长思也。(《民心篇》第十七)

本文以"冰心在玉壶"为题，语出王昌龄《芙蓉楼送辛渐》："寒雨连江夜入吴，平明送客楚山孤，洛阳亲友如相问，一片冰心在玉壶。"《情怀中国》是我替天地图书主编的"当代散文典藏"系列中的文集，内收余先生历年"感遇"之作，分为四辑："故国篇"、"怀旧篇"、"坐隐篇"和"母校篇"。另外三篇，是我读了田浩编的论文集后写的随想，分别以《英时校长》、《古道照颜色》和《以身弘毅》为名。

英时校长

见面时打招呼或写信时落款，我总叫余英时"英时校长"，而不随俗称呼他余教授或余先生。有一次他笑问缘由，我也笑说生平喜欢给朋友取诨号，容易记挂也。再说，他在李卓敏主政时代当过香港新亚书院院长兼中文大学副校长。我也在李校长时代在崇基学院教过书，称余教授为英时校长，谅也不越分。

认识余校长多年，但亲近的机会不多，因此对他的认识多从他的著作而来。要对一个学人有书本以外的了解，你得是他的近亲、总角交，或入室弟子。今天的社会，大家都忙，朋友往来，也不见得有时间作长夜之饮了。就英时校长而言，最能近距离感染他道德风范的是跟他写博士论文的研究生。理由简单，指导论文的老师对学生喋喋不休，是本分。在课室如是，办公室如是，在老师家晚饭后聊天时如是。谈的当然都是学问，但过场时说不定老师突有所悟，即兴说些题外话，带动现场气氛。这应是学生认识书本以外的老师大好机会。

我是看了田浩（Hoyt Tillman）编的《文化与历史的追索：余英时教授八秩寿庆论文集》中余教授四位弟子写的前言才想到"知人"这个题目的。校长初从大陆到香港时一段经历，我略有所闻，但知之不详。据田浩所记，1949年英时校长父母先离开上海，留他一个人料理一些家事。年底父母通知他可以来香港"探亲"了。他听了父亲在北京朋友的话，对公安局说要去的地区是九龙，属广东省，因此得合法离开大陆，但到了香港，既无护照又无身份证明，成了个"无籍游民"。钱穆先生帮他申请到哈佛奖学金，就因"身份"问题遇到重重困难。台湾怀疑他是左派激进分子，给美国领事馆打小报告，不要发给他签证。幸好当时耶鲁大学在香港的代表给他力保，问题才得到解决。

我想这是校长在"炉边闲话"时告诉学生的，虽然我相信这不会是"独家新闻"。田浩的前言，最发人深省的地方是有关他老师的"价值观"。文章开头这么说：

> 我们四个同门想讲一些余英时老师的故事，希望帮助未来的读者除了透过他的书，还可从另外一个角

度稍微知其人，进而了解他的价值观。没机会与余英时先生谈话的人，可能觉得很难了解他。比方说，为什么这位学者的英文著作比较少，可是在哈佛、耶鲁、普林斯顿三所名牌大学任教数十年，而且又是一位获颁 Kluge Prize 的亚洲历史学家？为什么他写了很多中文书，但不愿意接受邀请到中国大陆？

田浩编的这本文集，书后附了一个"余英时教授著作目录"，中英文外，还有日文文献。书目粗分为"专书"和散篇的"论文"，此外还有"访谈录、对谈录"二十六篇。校长的专书共有五十一本，其中包括各种不同的版本和从他的英文著作翻译过来的，如侯旭东等译的《东汉生死观》。论文散篇合四百六十三条。英文著作六本。（其中两卷论文集将由哥伦比亚大学出版。）

校长为什么拿到终身职位（tenure）后就较少用英文写作？本文篇幅有限，未尽之言，只好留待下回分解。在此以前，先看看他在新亚书院当学生时的著作。他用"艾群"笔名，光在 1951 这一年间在《自由阵线》发表了六篇可说是"遣悲怀"的文章。这位"学生哥"关心的是什么？《从民主革命到极权后群》、《论革命的手段与目的》和《我的一点希望》。1952 年，他写了二十一篇。

校长日后写的大块文章，如《士与中国文化》和《文化评论与中国情怀》等，在若干地方都可看到少年情怀的延续。用校长自己的话说，他要从"自己所写所思的专门基础上发展出一种对国家、社会、文化的时代关切感"。

古道照颜色

　　田浩（Hoyt Tillman）在他编的《文化与历史的追索：余英时教授八秩寿庆论文集》（台北联经）这么说过，余英时教授"在美国拿到永久职位以后，就进一步更加功夫写中文书，面对东亚读者"。英时校长在 1962 年以"Views of Life and Death in Later Han"（"东汉生死观"）论文取得哈佛博士学位。五年后他第二本重头英文著作在加州大学出版：*Trade and Expansion in Han China: A Study in the Structure of Sino-Barbarian Economic Relations*（《汉代贸易与扩张：汉胡经济关系的研究》）。

　　自此以后，余校长的英文著作，的确越来越少。相对而言，中文论述则日见丰盈。在《英时校长》一文我曾引车行健所收资料转述，校长的中文专书有五十一部，论文四百六十三篇。一个能用双语写作的学者或文人，若一生中只选用一种语言跟读者见面，总有特殊原因。现代文学家批评大家 George Steiner（1942—）是犹太人，在巴黎出生，后来虽然入了美籍，但一生大半时间都在欧洲度过。英、法、德三种语言，无论就听、讲、写哪方面来讲，对他都是"母语"。1960 年代中叶，他到我就读的 Indiana 大学开暑期班，曾引无机会念中文以为平生憾事。他对班上同学说，他真不知道英、法、德三种语言中哪一种是他"母语"。别人不信，找催眠师给他做测验。结果是，你分别用哪种语言给他提问题，他就用哪种语言作答，听来全是"乡音"。传诵一时的作品如 *Death of Tragedy* 和 *Language and Silence* 全是英文著作。

既然三种语言对 Steiner 来说都是一种"吐心声"的媒介，不涉感情的指引，我们只好用世俗的眼光看待他的选择。就说最显明的事实好了。第一，语言的认受性。二次大战后英语已取代法语旧日的"霸权"。二是市场的考虑。Steiner 要在亚洲地区找知音，英语还是较多人赏识的外语。

在美国从事"中国研究"的学者，为了取得行家的赏识，一般而言，都会选择用英语发表学术著作。Chinese Studies 的研究方向虽难作精确的界定，但任何在这范围内做出来的研究成果都应与中国有关，否则 Chinese Studies 的称谓就名实不符了。"中国研究"学者的著述，可不可以用中文发表？当然可以，但作者应该明白，这得付些代价。美国大学行政人员的 lingua franca 是英语，处理同事升等加薪这类事宜，当然离不开著作分量的考虑。英语出版物的级数，以"星"定位，条理分明。学术著作出了单行本，更易让行政人员认识作者在行家心目中的分量如何。初出道学者的著作若能一本接一本地由名牌大学如哈佛耶鲁出版，真的有助他在学界"升官发财"的机会。

同样一个 Chinese Studies 专家呈上的申请资料，履历表上"著作"一栏却全是中文。在"中国研究"范围内，中文自然是"法定语言"。在 tenure 制度的保护下，拿了"长俸"的教授今后的著作真的可以随心所欲。写些什么，全凭自己高兴。田浩希望通过《文化与历史的追索：余英时教授八秩寿庆论文集》让我们从另一角度了解他老师为人，特别是他的价值观。

余校长这位弟子问得好："为什么这位学者的英文著作比较少，可是在哈佛、耶鲁、普林斯顿三所名牌大学任教数十年，而且又是一位获颁 Kluge Prize 的亚洲历史学者？为什么他写了很多中文书，但不愿接受邀请到中国大陆？"

这些问题，不会一一在集内文章找到答案，不过陈弱水的一些观察，倒有见地。他眼中的英时校长，"名利心淡薄，从世俗的观点看来，他是位成功的人，但成功者也有选择的问题。当机会来临时，他都是选择对自己的学术研究有利的路途。而且对他而言，选择并不困难。他的决断力很强，能按自己的性情做事，少受外界影响"。

英时校长在 post-tenure 的日子决定多用中文写作，从功利眼光看，走的是"独木桥"。有关这一点，我将在下篇再作补充。总而言之，这是他个人价值观的一种见证，也同时是他"以身弘毅"的自我表述。

以身弘毅

1987 年余英时教授告别耶鲁，应聘到普林斯顿大学。翻开车行健为他老师编写的著作目录看，这一年余先生三本影响深远的重头著作也同时问世：（一）《中国近世宗教伦理与商人精神》；（二）《士与中国文化》；（三）《中国思想传统的现代诠释》。

其实英时校长 1987 年前出版的中文专著，已有十六本之多。我锁定 1987 年为界入点，因为普大给予先生的名分是地位崇高的 University Professor。先生的英文著作不多，1987 年前出版的专书只有三本，其中一本是博士论文。这也是说，普大考虑给先生聘书时对他所作的"学术评估"，中文著作应占相当的比重份量。

英时校长以中文著书立说，以身弘毅，舍美国"汉学"英语论述的主流萦然而立，无疑给同行后进树立了一个为学做人应"适才量性"的楷模。他接二连三地就方以智和陈寅恪二人的生平着墨，只为抒发一己幽思。这些文章，不是在 publish or perish 的压力下写得出来的。

广义地说，普林斯顿大学以 University Professor 的名义礼聘余教授，一方面固然是对他个人在中国历史研究卓越成就的肯定。更为重要的是：余先生的 appointment 足以证明用中文书写的学术著作在美国"汉学"的行家中一样受到尊重。

凭常识看，促成余先生"过档"普林斯顿的"幕后推手"中，必有一位身份特殊的"伯乐"。他当然得是一位"大老"级的中国史专家，对余先生的生平和著作了如指掌。那还不够，这位"伯乐"还得有足够的眼光看到余先生的著作对中国文化深远影响的前景。余先生的著作，在上世纪八十年代多在台湾出版。八十年代尾开始，大陆版本开始出现，一时风起云涌，各家出版社争相向他要稿。原著供不应求，译文亦转眼变了"奇货"。上海古籍和台北的联经联手编译了《余英时英文论著汉译集》，有助于读者认识余教授研究范围的"外一章"。余先生 1967 年在加州大学出版的专著《汉代贸易与扩张：汉胡经济关联式结构研究》，汉译版本就收在《余英时英文论著汉译集》。

如果余先生思想性的著作如《文化评论与中国情怀》

和《文史传统和文化重建》全用英文出版，相信大陆不会出现"余英时现象"。中国情怀有赖文字寄托，通过翻译，难免失其本性。余先生著作初在中国大陆登场时引起的哄动，王汎森在《普林斯顿时期所见的余英时老师》有侧面的描述。他说葛兆光告诉过他，余先生的《士与中国文化》1986年在上海出版后引起很大的震动。当时葛教授一位"半通不通"的朋友，连封面也没看清楚，就兴高采烈地跟他说"最近刚读了一本精彩的《土与中国文化》"。

如果从文化流散的社会角度看，这个"笑话"其实是一种启示：余先生在神州大陆的读者阶层，早已跨越学者专家的"族群"。他的"粉丝"中，说不定"士""土"不分的确大有其人。这些"半吊子"粉丝读余先生的著作，能力容或有所不逮，不过即使他们所识只是一知半解，也不会错过余先生"吾道一以贯之"的思想，那就是对民主、自由这些普世价值观锲而不舍的追求。

英时先生名满天下，历年所获学术荣誉包括中研院院士、美国哲学学会（American Philosophical Society）院士等。2006年他更获得美国国会图书馆"克鲁积人文学科终身成就奖"（the John W. Kluge Prize for Lifetime Achievement in the humanistic and social sciences）。这个荣誉的金额"与诺贝尔奖等量齐观"（the award is at the financial level of the

Nobel awards），本身已具吸引力，但身为学界中人，得奖人最值得引以为傲的是候选人的提名是经过国会图书馆内一个特别的 Scholars' Council 会员甄选的。可想而知，会员中一定有独具只眼的"伯乐"，能够在他学术著作中看到一位"弘毅之士"的身影。

读《橄榄香》

　　董桥叙事手法，淡入淡出，有时人物出奇不意地跨进来，静悄悄的招呼也不打一声就出了局。他的"小说人生"系列不是连续剧，但不少从前早已过了场的角色，也会依依不舍地回过头来再打量你一次。像在《自序》中现身的 Leonora。她是谁？除非你熟悉董桥故事人物的族谱，谅你不会知道。她汉名"李侬"，是作者在英国读书工作时认识的 My Fair Lady。那年作者跟几个朋友在罗素广场一家小餐馆夜叙，"李侬浓浓的发髻插着一枝中国的瓷发簪，粉彩缠枝莲纹可爱得要命，霁红、冬青、石绿、天蓝的缤纷衬着她褐里泛金的秀发如梦如诗如画"。

　　出现在董桥作品的西洋女子不多，像李侬那样能让人产生如梦如诗如画感觉的，也就只有她一人。其实拿手煮八爪鱼意大利面的"但丁"夫人姬娜也是大美人。出生西西里岛的姬娜，"眉毛浓密细致，眼神荡漾的是黑森林里的清流，加上一株挺秀的鼻子守护温润的红唇，回眸一笑顿成万古千吻的渊薮。她的锁骨是神鬼的雕工，神斧顺势往下钩勒一道幽谷，酥美一双春山盈然起伏，刹那间葬送多少铁马金戈"。

唐传奇《莺莺传》张生初遇佳人，"垂鬟接黛，双脸销红而已，颜色艳异，光辉动人"。定情之夜，红娘捧崔氏至。"至则娇羞融冶，力不能运支体"。莺莺多美？我们自己闲中着色吧。话本的小说《赵太祖千里送京娘》的小女子，闻道容貌出众。怎见得？"眉扫春山，眸横秋水。含愁含恨，犹如西子捧心"。话本对角色人物面目的交代，约定俗成，总以"有诗为证"敷衍了事，所以京娘的长相如何，我们过目后，还是一片茫然。

近代作家在描绘人物面貌最处心积虑的首推张爱玲。《沉香屑：第一炉香》的葛薇龙"脸是平淡而美丽的小凸脸，现在，这一类'粉扑子脸'是过时了。她的眼睛长而媚，双眼皮的深痕，直扫入鬓角里去。纤瘦的鼻子，肥圆的小嘴。也许她的面部表情稍嫌缺乏，但是，惟其因这呆滞，更加显出那温柔敦厚的古中国情调"。

张爱玲对薇龙长相的刻画，处处依角色身份剪裁，务求她一站出来就见独特的风姿。薇龙在作者眼中是一个有殖民地东方色彩像赛金花模样的女子。张爱玲笔下的女子，眉目经过个别剪裁后，各有特色，因此我们绝不会把《金锁记》的七巧误作薇龙。七巧一出场就崭露头角，只见她"一只手撑着门，一只手撑着腰，窄窄的袖口里垂下一条雪青洋绉手帕，下身上穿着银红衫子，葱白线镶滚，雪青闪蓝如意，小脚丫子，瘦骨脸儿，朱口细牙，三角眼，小山眉，……"

　　董桥描述《橄榄香》姬娜的笔墨甚浓，可说是"群芳谱"众女的异数。诸艳之一的李侬，作者没有正面打量她的长相。我们只看到插在她发髻中的瓷发簪，暗里闪耀着雾红、冬青、天蓝的微光。董桥迷恋的女子，是照片里绾着发髻、嶙峋的脸闪着灵气、轮廓细致得不带半丝性欲的英国女作家吴尔芙。吴尔芙夫人空谷幽兰的美，是半边发髻衬托出来的。李侬明艳照人，是头上发簪的颜色。

　　姬娜虽然也把浓发绾起来，但在董桥眼中，这位上过美国 *Gourmet* 饮食杂志封面的西西里岛女子，欠的是秀气。姬娜其实"骚"得可以。"但丁"太太死后，六十五岁续弦，娶了比自己年轻三十岁的姬娜。董桥跟他夫妇认识时，"但丁"已经七十五岁了。这位口没遮拦的意大利佬挤眉弄眼对新交的香港朋友说："橄榄油最神奇。我每星期还跟她行房两次，不信你问她。"要点拨出这样一个"骚"女子，用于勾勒李侬风姿那种"不写之写"的笔墨已不管用。上文引了一段有关姬娜迷人的肌肤、眉毛、眼神、鼻子、眸子的描述。比较晦隐的是这一句："她的锁骨是神鬼的雕工，神斧顺势往下钩勒一道幽谷，酥美一双春山盈然起伏，刹那间葬送多少铁马金戈。"

看来姬娜不但面貌娟好，还长了一副"魔鬼身材"。"幽谷"是乳沟，"春山"是乳房。用旧时艳情小说作家的口吻说，姬娜"双峰插云"。老先生八十岁那年逝世，据他夫人在电话上告诉香港朋友，老先生"那天有点反常，硬要跟她温存，她迁就他大半天才安静下来，睡着了还紧紧搂着她怕她跑了，天没亮终于安息"。

《橄榄香》出现的"我"，是不是作者本人？董桥在《自序》有交代。他说他试过不用第一人称单数叙述一则恋情，结果写了一大半连自己都无法置信。于是他"悄悄地"把"我"拖进来，扮演一个冷静的旁观者。"但丁"夫妇跟香港来客畅谈"房事"，旁若无人，幸好叙事的"我"只是个外人，不然听了也会面红。

董桥近年书写的模式是混合体，集笔记、散文、小说、传记旨趣之大成。他说的故事，委实传奇。譬如说我们刚见过面的西西里姑娘，不但有绝色，还有特异功能：她善相人面卜休咎。姬娜领着客人参观家里的后园，走到尽头那口古井时，汲了一桶水要他洗手洗脸，说：

"洗掉你的忧心吧！"

"你知道我忧什么心吗？"

"是去还是留，你决定不了。"

"请你明示。"

"新的比旧的好，不要留！"

　　姬娜预言"我"两年内事业要经历三次变迁，"不可不变，越变越好。"果如"女相士"所言，"我"回到香港后辞去旧职。八个月后又换了新职。一年过去，第三份工作忽然找上门来。跟董桥有私交的朋友也知道，姬娜的话不但应在叙事的"我"身上，传记的"我"也历经三次工作上的变迁，而且"越变越好"。如此说来，《橄榄香》内容，真真假假，虚虚实实，读者或可从中看到一些人生幽玄神秘、无法解释的因果。

　　《平庐旧事》有位葛先生，顺应患了肺病的女朋友田平的愿望，在伦敦东南区买下一间1889年的老房子。房子闻说闹鬼，好几年没人敢住，半夜楼上卧房电灯一下亮一下熄。葛先生说他不怕鬼。住进去后，他们觉得房子越来越阴冷，开足了暖气还冰冷。半夜里，卧房不单传出人语，还有哭声。葛先生只好让田平搬去跟邻家老太太住一宵，自己一个人留守，一边焚了一炉沉香一边把高古貔貅玉器摆在床头大声说："我的女朋友是病人，随时会死，她喜欢这所房子，我想让她住下来圆一圆美梦，能帮我这个忙吗？"

电灯应声熄了，三分钟后又亮起来，房子的冷风从此消失。这则传奇，读来有六朝志怪风味。可信不可信？何必深究。我们读《聊斋志异》、读《夜雨秋灯录》也从不为求"真相"而去考证一番。董桥笔下的女子，样子不漂亮的是例外，像《樱桃园》中老是甜甜望着老师的胡霞，短头发、细眼睛，鼻子虽然不高、嘴唇也没个性，但最少皮肤长得细致，像玫瑰花瓣，白里透着红光。

《橄榄香》是董桥以文字 recall the past to sustain the present 的一炉香火。这也是他近年几个集子风格的一个特色。眼前世事不堪闻。杂物堆里偶然翻出来的几张老照片老信札反而更能滋润人生。一直"追"看董桥的老读者一定认识到，这位作者在字里行间表达出来的许多悬念，可归为张岱所说的"癖"。《祁止祥癖》开头就说："人无癖不可与交，以其无深情也。"董桥慕恋古玩文物字画书签初版书，如醉如痴，因为这些东西的 past 有助他 sustain the present。癖是偏爱，不讲道理的。出现在他群芳谱的女子，"十个佳人九个俏"，几疑世上无丑妇。To sustain life，滋润人生，作者不惜逃避现实。

董桥追忆的往事，不是远古，不是明清，而是"近古"的民国。五六十年代的香港是他频频回首的对象。因为

"五六十年代的老香港才有这样的女子，下午三点多钟到文华酒店咖啡厅喝咖啡，读小说，一个人静静躲在靠窗那个亮堂的座位：浓发荡着月下碧湖粼粼的波光，两帘长长的睫毛仿佛幼嫩的莲叶深情呵护纤巧的鼻子樱红的嘴唇"（见《喜巧》）。

那年头叙事的"我"初到香港，靠接翻译散工过活，两三天总要到中环一家银行取原稿和交译稿。事后总爱躲进文华咖啡厅歇脚，因此好几回都看到那位读小说的女子。不久"我"找到了比较固定的差事，没空到文华歇脚了。但《喜巧》布的局，分明是一个都市小资产阶级言情故事的胚型，"我"可以绝迹于文华酒店的咖啡厅，小姐却不可以从此失踪。说实在的，没有小姐在场，抱着过客心情过日子的"我"，日子过得实在浑浑噩噩。一天，"我"被一位朋友征召到半山一位夏老先生的家里帮忙整理一批祖传文物的清单。老先生家里只有一个离了婚的女儿和两个老妈子相伴。"我"和他的朋友忙了大半天，喝下午茶的时候门铃响了两下，一阵香风吹进来的是夏家小姐：

她打了招呼后坐在父亲旁边，顺手拿起他的咖啡浅浅呷了一口。
"尝一块蛋糕？"夏先生问她。

"刚在外头吃过了。"她说。

"文华咖啡厅！"我脱口接住。

夏小姐睁大眼睛盯了我半晌："我们见过面？"她笑着伸手给我："叫我喜巧！"

这个传奇，就此结束了。小姐那么漂亮又是离婚妇人，在这么一个偶然的场合认识了，本应是一个爱情故事的起点，但作者竟用"忍情"，眉头也不皱就让这对"喜巧"男女淡出。董桥心仪的西方作家不少，如毛姆、莫泊桑、契诃夫。他从契诃夫的作品领悟到 the technique of understatement 的劲道。说起故事来若无其事，语气和顺温文，不见波澜起伏，少有道德裁判。契诃夫希望他的读者在他的作品看到的，是 a glimpse of life，一个不加渲染的人生的片段。

董桥的故事，是没有什么"戏"可言的。风格使然，什么事都点到为止，不让感情泛滥。他的文字，知音不少，当然也有唱反调的。几年前我在《淡紫的记忆——董桥的〈从前〉》一文忆述一次亲身经验。研讨会上，一位谅是急性子的听众涨红了脸发言："哎呀，董桥太爱转弯抹角了，有话为什么不直说！"契诃夫最出名的一个短篇是《牵狗的女子》（"The Lady with the Dog"），讲的是一段婚外情，痴男怨女不知如何面对明天，结尾时但见这位女子牵着狗绕着旅馆的周围散步，如此周而复始地走着，走着，再走着。看似方向目标明确，其实心中惘然。

董桥作品，独树一帜，卓然成家。若心中无"癖"，文字不会有个性。带癖的作者造就带癖的人物。《杜公馆》的进雄嫂，清素端秀，原是师范大学的高材生，却爱上庄稼汉陈进雄，要死要活嫁给他。孩子出生不久父亲就死于车祸，师范生执意要替他守寡，留在老家小小的一个柚子园抚养孤儿、照顾婆婆。进雄嫂真"癖"得可以。"癖"，对董桥而言，是一种 fixation，可作为他看待古玩文物和"民国女子"看得那么一往情深的一种解释。董桥叙事，爱"转弯抹角"，讲述男女情事，总是隔靴搔痒，我们做读者的，还不是一页接一页地看下去？大概也是"癖好"使然吧。

白水黑山的女儿

《巨流河》是齐邦媛教授的自传。不听她的解释,我们也不知道"巨流河"原是清代称呼辽河的名字。来自白水黑山之乡的齐教授,今年八十五岁。1947年,她自武汉大学毕业,得台湾大学聘书任外文系助教。后来政局起了变化,有家归不得,台湾成了她的第二故乡。她在八年抗战中长大。父亲齐世英是民初留德热血青年,九一八事变前的"东北维新派",热心政改,醉心教育。

齐世英不是白先勇笔下的"台北人"。他办了《时与潮》杂志,灌输自由思想,又跟雷震等人组织新党,推动民主。1954年底,他在立法院公开发言反对为增加军费而电力加价,蒋中正开除了他的国民党籍。(立法院最后决议通过,电费随即增加了百分之三十二。)后来雷震因《自由中国》事件入狱,齐世英得立法院数十位资深委员的联名力保,才免牢狱之灾。

齐邦媛在授课之余，也做过短期的行政工作。但从拨"教化"云雾、见"语文"青天的眼光看，她在 1972 年临危受命接管"国立编译馆教科书组"后的贡献，最合百年树人宗旨。台湾自 1968 年起实施九年义务教育，由编译馆先编制"暂定本"，1972 年正式出版"确认本"。

三年的咨询期间，学界和好些民间团体对中学三年六册的教科书"暂定本"意见纷纭。报章的专栏更爱就选材的内容大做文章，动不动就警告，如果处理不当，就会"动摇国本"。他们或会告诉你"学生没有兴趣"，但为什么"没有兴趣"，却一字不提。实情是，这些教本所收的党、政、军的文章，实在太多太多了。

当年有关教科书改版的文件，齐老师一一保存下来。我们翻开"暂定本"第一册的篇目表，前两课是蒋中正的《国民中学联合开学典礼训词》和孙文的《立志做大事》。接下来的就是《孔子与弟子言志》、《孔子与教师节》、《民元的双十节》、《辛亥武昌起义的轶闻》、《示荷兰守将书》、《庆祝台湾光复节》、《国父的幼年时代》、《革命运动之开始》。这一册书的读者对象是十二三岁的小朋友。

怎么办？若要除名，除谁的名？蒋中正？齐教授知道若没有德高望重的"大老"辈人物来护航，船未出海就没顶。

她找到屈万里主持编审委员会的工作。屈教授对她说:"好罢! 我答应你! 这下子我也等于跳进了苦海, 上了贼船。"

新编的课文把原来二分一篇幅的"政治文章"删为十分一, 只剩下孙文和蒋中正。补上的文字有新诗、古典戏曲小说和科学新知的翻译。如此"动摇国本", 投票前编委"各据一方"的论争也真的不留情面。林尹委员对新版的取材非常不满, 认为幼稚的新诗和翻译的报道文学"不登大雅之堂"。林委员觉得, 要拿《西游记》做教材, 只好认了, 但哪段不好选, 却偏偏选猴子偷桃?《浮生六记》中的《儿时记趣》, 有什么教育价值? 越说就越激动, 最后竟然拿出一本大陆编印的初中国文给齐教授看, 说:"你们这是新人行新政了, 我看连大陆的课本都比你们编得好!"

齐教授情急智生, 问他可不可借去参考, 说这是林尹委员的建议。这不等于说林尹委员向她推荐"共匪"出版的刊物? 林先生请齐教授坐下, 请她自报家门, 知道她是齐世英的女儿后, 怪她何不早说, 跟着吩咐家人"泡茶, 泡好茶!"

孔尚任《桃花扇》, 文字美透了:"眼看他起朱楼, 眼看他宴宾客, 眼看他楼塌了。"如果不拿来做高三作文范本, 应该不会生事端, 因为此剧不是禁书。但落在别有怀抱的国民党伤心人眼中, 这明明是对蒋家皇朝的讽刺。负责这课文的编辑差点进了警备司令部。新版教科书请台静农教授封面题字，台先生对齐老师说："敢这么编国文课本，有骨气。"

补正：《黑山白水的女儿》刊出后，接姚锦珊女士来电邮，说友人告诉她"黑山白水"一语，东北人素称"白山黑水"，因有"长白山"和"黑龙江"之故也。我本以为山黑水白天经地义，看了辞典的说明才知"生女直地，有混同江，长白山。混同江亦号黑龙江，所谓白山黑水是也"。见《金史·世纪》。谢谢姚小姐指正。

吃甘蔗的方法

　　林行止在《鱼蛋牛丸藏道理》一文说有读者寄给他一份有关一补习学校经济科老师在班上授课的"影像"资料。老师用的个案是：一碗定价二十元的鱼蛋小食，有鱼蛋六粒。六粒牛丸的亦同价。但若要鱼蛋和牛丸各三则多收二元。老师以这种"价格差"为起点具体地解释了消费者的满足程度与需求曲线的关系，应给学生留下深刻印象。

　　鱼蛋牛丸"双并"的价钱比不并的高，因为无论是哪一种，第一粒的滋味特佳，"效用"也最大。"换句话说，随着意欲渐次满足，有关物品，不论是食物或是财货，其效用一路递减——供求曲线向右倾斜。"林行止认为鱼蛋老板"民间智慧"的定价标准证实了经济学上有名的"边际效用递减定律"（Law of Diminishing Marginal Utility）的效应。

　　林行止接着说他曾多次用"定律"作分析"工具"。最早的一次大约在三十年前，个案是顾恺之"倒啖甘蔗"之异行。顾恺之（346—407），字长康，东晋画家，工诗赋，善书法，有"才绝、画绝、痴绝"之誉。其异行见《世说新语》："顾长康啖甘蔗，恒自尾至本。人问所以，云：'渐入佳境。'"

林行止用"定律"来解释顾氏啖甘蔗"不合常规"，因为"由淡入甜、渐入佳境正是效用最大的食蔗法，完全符合经济学原理。……如果由最甜部分的中间一段吃起，'头'和'尾'便会'淡而无味'"。

读了林行止的解释，再参考 R. B. Mather 教授《世说新语》的译文，突然觉得吃甘蔗是一门学问。试看译文：Whenever Ku Kai-chih chewed sugarcane, he would always start at the tip（and work the middle）. When anyone asked his reason, he would reply, "By slow degree I enter the realm of delight!"

"尾"是末梢。"本"依辞典的解释是"根"。三民书局《新译〈世说新语〉》的注释也从此义："甘蔗根部最甜，越近末梢越淡，故云。"长长的一根甘蔗，"尾"究竟是带青叶的部分还是带须根部分？ Mather 说 start at the tip，可见他把"尾"看成"头"。林山木把"本"解作甘蔗中间（干），应是他吃蔗的经验之谈，跟 Mather 的译文互相呼应。但他把顾氏"自尾至本"的吃相视为"倒啖甘蔗",意思是不是说甘蔗应该"自本至尾"才不会"本末倒置"?

顾长康吃第一口蔗是从末梢啃下去,还是从须根啃上去呢?他第一口在头或在尾开始虽难定夺,但把最甜的部分留到最后才享用却清楚不过。古人常说"生于忧患、死于安乐"。人在少年时劳其筋骨饿其体肤,老来就可享晚福。长康吃蔗,自尾至本,不正说明了古人确有对"苦尽甘来"的信念么?姑妄言之。

世事原来如此

　　我在美国读书谋生那些年间，一直有看晚上六时电视新闻的习惯。ABC、CBS 和 NBC 的主播各有特色。起初的一段日子我总三心两意地跳着台看，后来终于锁定了由 Walter Cronkite（1916—2009）主持的 CBS Evening News。电视新闻主播虽然不必以色相示人，但面目长得讨人喜欢的在收视率上总占便宜。"靓仔"主播如 Peter Jennings（1938—2005）不知迷死了多少女生。若以貌取人，Cronkite 实在无法与 Jennings 争长短。

　　Cronkite 面目慈祥、声音和蔼，看来就像邻居的伯伯。伯伯在二次大战期间是"合众社"（UPI）驻欧洲战地记者。他 1950 年受聘 CBS，但他在这机构的事业巅峰要等到 1962 年出掌晚间六时新闻才开始。越战期间他的节目收视率最高。大概跟他曾是战地记者，较易赢取公信力有关。

越战后期在电视上频频出现一些惨绝人寰的镜头，有引火自焚的比丘尼，有被燃烧弹所伤赤身露体在街上呼喊的孩子。要是负责报道这种新闻的"舵手"情绪一旦失控说三道四当起 commentator（评论员）来，那就有失 anchorman 的本分了。面对眼前的悲惨世界，Cronkite 连自己也觉得语塞时，就干脆 let the picture tell the story。谢幕时，Cronkite 会惯例地说："And that's the way it is"。接着报上当天的日期和年份。

Cronkite 这句注册商标的"收场白"带有法国人说 "c'est la vie" 时的无奈姿态。"这就是人生了，叹什么气，认命吧。""And that's the way it is" 听来像句旁白，说话人历尽沧桑，什么事也见怪不怪，因为"世事原来如此"。许多事，就像王国维说的，"可信者不可爱，可爱者不可信"。我们或可把 Cronkite 的句子改写为：And that's the way it always has been，以表示世事由来如此。

林行止随笔涉及的世情，因本着公共知识分子应有的坚持，立论看来虽然不可爱，但若拿 "reality principle" 的原则去衡量，应知凡既成事实的，不可不信。他有些文章，破题就露出自己说话"不可爱"的本色。1997 年香港"回归"不到半年，他以《母语教育次重要，谋生语言最重要》为题写了篇切合香港现实和利益的文章。香港政府"特许"

一百家中学可用英语作教学语言，这种措施让林行止生起"香港已进入'计划经济'的不祥之感。……如果一百间认可中学的学位供不应求，怎么办？……不少学生家长视英语教学的学校为首选，与他们的'民族情操'及是否爱国无关，这只是迁就环境适应市场的选择"。

殖民地时代的香港，中文虽然是绝大多数港人的母语，可怜却不是官方"认可"的法定语言。为了谋生，香江子弟读书只好苦练英文。如果学子"重"英"轻"汉，动机无非是二者经济效益比重的取舍。香港今天是中国领土，大国崛起，如果北京要替英国殖民时期在香港讨生活的中原子弟出一口鸟气，大可公布中文是香港使用的唯一法定语言，把英语贬为"黑市"，你猜英语在香港的"霸权"会不会因此而失其强势？林行止立论，以市场为理据，他承认"母语教育固然可令香港人更深刻地了解中国文化，同时可拉近与国内同胞的距离，但大家千万不可忘记，英语是香港人保持国际竞争优势赚取外汇的'谋生语言'"。"And that's the way it is."

林行止念经济出身，但文章取材，却没有自设门限。打开他历年著作的目录看，经他涉猎过的题目，绝对可以说得上是"中外不分，雅俗兼收"。就拿"breaking wind"来说吧，骚人雅士不好说，林先生博览群书后，赐名所有关乎"放风"的事为"屁学"。望文生义,"屁学"研究的一个内定范围是"拍马屁"之道。其实,when Nature calls, gentle woman 如英女皇陛下也要放屁,忍无可忍的事,何必说话半吞半吐,羞人答答。

少时读《浮生六记》,有些段落至今未忘,因其设想之奇堪作"妙想天开"之范本也。作者沈复(1763—?)说话先声夺人:"余忆童稚时,能张目对日,明察秋毫,见藐小微物,必细察其纹理。"看来三白眼睛准有特异功能,说不定正是这种本领教他视物超乎物之表象,借此领略到他说的"物外之趣"。夏夜被蚊子叮,本来不是滋味,但三白却能把它们"拟"作群鹤舞于空中。他把蚊困于素帐内,"徐喷以烟,使其冲烟飞鸣,作青云白鹤观,果如鹤唳云端,怡然称快"。

林行止文章取材类别,斑斓驳杂,涉及的范围,包括红酒、股市、松露、鹅肝、婚姻、赌博、公厕、娼妓等等。虽说日光底下无新事,但视物若像沈三白那样抽离现场,远超表象,所看的东西跟别人就不一样。话说一天他陪夫人"行公司"购物,两小时后夫人空手而回,他自己却"满脑而归"。原来他看到那一年的女装手袋多是庞然大物,而且所有"名牌"都摆设了这种货色。他想到了版权、抄袭与手袋功能等实用问题,于是决定"细察其纹理",研究手袋的"深层结构"。结论是:《手袋硕大无朋,奴役女性征象》。林行止寻根究底的习惯,相信"万物背后必有故事"的本性,让他在大千世界看到水面片片的落花,皆是生生不息的文章题材。

林行止的书写,可笼统分为两大系列:"政经短评"和以"林行止专栏"名目发表的随笔。"政经短评"是《信报》的社论,港事、国事、天下事尽收眼底。因为他对"原富精神"的理解,跟主张经济自由放任的英国古典政治经济学家阿当·史密斯[①](Adam Smith, 1723—1790)的思维一脉相承,多年来"政经短评"吾道一以贯之的立论根据就是"实用主义"。他坚信人民追求私利之心,是推动社会进步、国家富强最可靠的原动力。为此他反对"免费午餐",怕的是助长倚赖心理,吃过免费午餐,下一步就会要求吃免费早餐和晚餐。

因为林行止崇尚理性,"政经短评"不会表扬"浪漫精神"。在歌谣中劫富济贫的罗宾汉是条汉子,但所作所为不足为法,一来因是犯法,二来因为富人"劫"后余生,也变成了待"济"的穷人。一个劫无可劫的社会,就是"均贫"的社会,一穷二白的社会。

要富国强兵,就"浪漫"不起来。林行止言论处处以

① 内地一般译作亚当·斯密。

港人利益为前提，在任何夹杂人道主义或民族主义的情绪争论中，为了坚守自己信奉的原则，不能不一士谔谔。他的话，不是"the liberals with a bleeding heart"听得下去的。当年越南船民"投奔怒海"到香港，港府决定收容，林行止看准这将成为港人难以负荷的担子，即以《假情假义假不到底的越南难民政策》为题，提出异议，主张原船遣返。辞典对"实用主义"（pragmatism）一词的解释是："理性的、合乎逻辑的处理或思考问题的方法是因应独特的问题而取决的，不是取决于既定的理论或观念。"

相对于政经短评，"林行止专栏"的文字是散文类别中的随笔。单看题目，可知《英国钓鱼》、《橘子红，火腿与风露》和《父亲节写父亲节》是随笔，不但内容跟政经短评大异其趣，连文字的颜色也不一样。当然，"专栏"作者毕竟经济出身，写的虽是随笔，难忘的是统计数字。《以钱换肉，世无肥人》应该是个好例子。

过重痴肥本来是个人的负担，用不着旁人说三道四，但因此带来的糖尿病、心脏病和中风等恶疾会增加大量公共医疗开支，痴肥在纳税人心中差不多是一种"原罪"。致肥的祸首不难检定，如汉堡包、东坡肉、薯片等都是"祸从口入"的东西，但食物不像烟酒，政府可以"Sin Tax"名堂加重税。怎么办呢？

据林行止抄录下来的统计数字看，若以超过正常体重三十磅或以上来计算的话，以美国标准来看就是"痴肥"了，人数为五千九百余万，约为总人口百分之三十一。若现时的增重趋势不变，到了2015年痴肥人数将达百分之四十。英国情形更可怕。痴肥人数在1996至2008年间增加百分之四十九点三，估计到了2020年，英国每十名男士中有八名痴肥，女士则十中有七。

怎么办？请经济学家出手吧。他们认为痴肥者对医生忠告"听者藐藐"的原因是痴肥者没有减磅的物质诱因。于是牛津和伦敦大学的经济学者说服了医疗当局拨款七万五千镑，在肯特郡设立了一个信托基金，吸引肥人参加一个"以磅换镑"（Pounds for Pounds Scheme）的"有偿减肥计划"。参加者不论用什么"自残"手段减肥，一旦成功，便可拿到"奖金"。规章规定在指定期间减去十"英石"（stone）或一百四十磅并能保持两年不变的，便可得三千英镑现金。在四百零二名参与者中，半途而废者约为百分之七十，余下者人均能减少二十五磅，奖金在八十英镑至四百五十二英镑之间。

据说英美学者对这个试验结果极为满意，因为最少证明"利诱减肥"已见成效。当然，见猎心喜的"瘦人"也许会故意增磅，然后再减肥以谋取奖金，但林行止认为这类漏洞存于大部分的规章法例中，要鼓励减肥，不能因噎废食。"以钱换肉"看来渐成风气，伦敦大学和哈佛大学也有类似计划，诱导学生"去磅"。除此以外，美国有不少网站开设了一些利己利人的"计划"：比如你跟这类网站"签约"规定每周减一公斤，如不成功，便须捐款一千元给你不喜欢的慈善机构。为了不想白白牺牲，参与者说不定变得个个洁身自爱，敢对麦当劳叔叔说"不"。《以钱换肉，世无肥人》发表于2010年9月1日。事隔一年，不知美国肥人减了多少？

林行止的随笔不见"荷塘月色"，又看不到老人家的"背影"。古风不再，代之而起的是我们"现代人"日常生活的眼前现实，当下话题。梁实秋的散文话题多多，像《讲价》、《敬老》、《退休》等人生大事，这种题目林行止亦优为之，只是梁实秋文章的架构，哪会动用到统计数字？林行止有《劣书弃之不可惜，开会必须计成本》一文，这话题梁先生当然亦会写，但若说到"机会成本"，没有数字支撑，公信力就会打折扣。为此我们可以说，经济学家林行止随笔，为中国散文的类型创造了一个新品种，开拓了一个新领域。

白　虎

　　杨宪益先生大去。九十多岁的老人，历经世变，早已生愿成灰。他1915年元月十日生于天津，父亲在中国银行任行长。他在英文自传 *White Tiger* 一开笔就说根据阴历的推算，他命造属虎。母亲告诉他，他出生前的一晚她梦见白虎入怀。据算命先生说，此子八字好坏参半。坏的是终身无兄弟，父亲亦因他的诞生而折寿。八字好的一面是什么呢？将来历尽劫波后，事业上会处处出人头地（have a distinguished career）。果如相士所言，杨宪益的父亲在他五岁时因病去世，而他自己真的没有兄弟，只有两个妹妹。

　　在天津念完中学后，杨宪益打算到北平（北京）升学，不是北大、清华，就是燕京。但他中学老师有 C. H. B. Longman 先生夫妇，一早就看出这个学生的潜力，愿意在自己回英国度假时带他同行。他们打算在英国给他安排补习希腊文和拉丁文老师，然后再参加牛津大学的入学试。杨家是银行世家，供养这个独子到英国念书，能力绰绰有余。

希腊文和拉丁文苦修了五个月后，杨宪益参加了牛津的入学试，顺利通过。面试时"主考官"问他花了多少时间在这两种语言上，他如实说出来：五个月。考官说："不会吧？这一定是运气……因为我们这里的英国孩子通常都花上七八年的时间修读拉丁和希腊文才进得了大学的。"考官因此建议他延迟一年入学，打好这两种语文的基础。

"白虎"在牛津念书时，七七事变爆发，全面抗战开始。杨宪益报国心切，全身投入抗日宣传活动，除到处演讲外，还亲自土法炼钢地编印宣传手册，把自己的功课抛诸脑后。1940年春天他参加学位结业试，侥幸以第四级荣誉（Fourth Class Honours）毕业。《石头记》的英译者霍克思（David Hawkes）说 White Tiger 的文字，时见"自嘲性的超脱和绝不落空的幽默感"。且看这位"四级荣誉生"怎样面对自己。Each year there were only one or two Honours student who got a fourth. It was even harder than getting a first. 每年只有一两个考生取得四级荣誉，因此四级荣誉比一级荣誉更为难得。

杨先生说得这么轻松，一来他天性喜欢自嘲，但最大的原因是他一早就决定书一念完书就回国参加抗战。国难当前，个人学位试的荣辱，已无暇计较了。1937 年因两人同在 China Society 工作的关系，宪益认识了"学妹"Gladys Taylor，中文名字叫戴乃迭。Gladys 在北京出生，父亲是英国传教士。1940 年，两人相处了一段日子后，无视双方家长反对，毅然先订终身，再首途回国。1941 年 3 月辗转到了重庆，在陪都结婚。

杨宪益从小思想"进步"，基本上是社会主义的信徒——同时也是个言行不羁的"异见分子"。中华人民共和国成立后，杨氏夫妇的专长很受当局重视，宪益更受到邀请参加钱锺书主持的"毛选"翻译小组工作。这该是个莫大的荣誉，但他竟然拒绝了，因为他只对翻译文学作品有兴趣。夫妇二人随后替北京外语出版社翻译了多种经典文学名著，如《离骚》、六朝志怪小说、《长生殿》、《儒林外史》和《红楼梦》等。

杨氏夫妇对英译中国文学的贡献，得从历史角度去衡量。今天谁要开一门英译中国文学的课，不愁没有译本选择。重要的著作，还有各家不同的译文。但上世纪五六十年代的情形可不是这样。他们二人做的，是开荒的工作，所译的东西，以前没有出现过。闵福德（John Minford）给 White Tiger 写的"前言"说了公道话："对五六十年代那些在西方国家苦读中国文学的学生说来，杨宪益和他夫人

Gladys 两位早已是活生生的传奇人物。如果不是因为他们夫妇二人，特别是他们一本接一本出版的译作，实难想象我们怎样熬过来的。"我六十年代中开始在美国教书，没有Yang Hsien-yi and Gladys Yang 合译的东西作教本，课也开不成。

　　自1968年春开始，好些留在北京工作的"外国专家"（foreign experts）相继被捕入狱。事缘毛主席夫人江青女士在一篇演讲词中提到，中国境内有不少居留了相当长时间的外国间谍，他们表面跟我们很友善，给我们干活，但实际上是"探子"。杨宪益服务的单位是北京外语出版社，得跟"外国专家"经常保持联络。他太太是英国人，自己拿的是牛津学位，跟英国领事馆的人员时相往还，亦人之常情。1968年五一劳动节前一天，杨氏夫妇双双被捕入狱，罪名是"私通外国"。除此之外，他还居然拒绝将毛主席的著作翻译成英文。

　　他们在牢中度过四年，终于在1972年劳动节那天官方因找不到他们"通敌"的证据而无罪释放。"领导"让宪益返回原来的工作单位，也发还他在狱中度过的四年的工资。事后他回忆说，四年监牢生活倒不算寂寞，因有"难友"互相扶持。Gladys 的日子就难过多了，幸好还可以接触到一些官方认可的外文书报。她还啃完马克思的《资本论》。要不是坐牢，她是不会看得下这类文字的。狱中没有交谈对象，她就自言自语。出狱多年，这习惯还改不过来。Gladys待人接物，蔼蔼然有古风。狱卒每次给她端茶送饭时，她都没有忘记跟他们说："谢谢！谢谢！"

杨宪益夫妇"平反"后面对最痛苦的一件事是儿子杨烨神经失常。根据李辉《了不起的杨宪益》一文引宪益妹妹杨苡给他的信所说，杨烨在他爸爸妈妈坐牢时，"一边尽他作为大哥的责任，担负着供养小妹（妹妹即杨炽）在北大荒插队，一边默默地受着各种羞辱与嘲笑与诬蔑，四年来没人把他当个要求进步的青年大学生看待，没人理他，这才导致他的精神分裂"。

杨烨的情况日见恶化，父母决定把他送到精神病院，但因为他母亲是外国人，病院以无前例为理由拒绝认收。他们只好把他送到英国接受治疗，寄居Gladys姊姊或妹妹Hilda家里。时逢圣诞假期，杨烨觑准"阿姨"出外访友时溜了出去买汽油引火自焚。据杨苡的记载，这是1977或1978年冬天的事。

李辉文章说到，Gladys当初在牛津跟宪益论婚嫁时，母亲极力反对，说："如果你嫁给一个中国人，肯定会后悔的。要是你有了孩子，他们会自杀的。"九十年代后期，Gladys患上老人痴呆症，李辉跑到他们住的友谊宾馆去看她，她已衰老得完全变了一个人，不能交谈，坐在轮椅上，呆呆地看着他们。"杨先生与我谈话时，总要常常转过身看她一眼，还站起来自己去喂她一口水，喝好，自己拿小手绢帮她擦擦嘴角"。

1999 年 11 月中旬，Gladys 去世。火化后，连骨灰也没有留下来。2005 年吉林卫视访问杨先生，问到他夫人的骨灰有什么安排，他先抽一口烟，然后慢慢地说："都扔了。""为什么不留着？"他指指烟灰缸，反问："留着干什么？还不是和这烟灰一样。"杨宪益爱赋打油诗，太太死后以此遣悲怀："早期比翼赴幽冥，不料中途失健翎。结发糟糠贫贱惯，陷身囹圄死生轻。青春作伴多成鬼，白首同归我负卿。天若有情天亦老，从来银汉隔双星。"

2000 年 8 月 3 日，《壹周刊》有一篇访问杨先生的特稿（《天凉好个秋》），只见图片中八十高龄的老人独坐书房，右手拈着水杯，搁在膝上。旁边是五块钱人民币一瓶的红星二锅头。记者对他的印象是，"他对身边的一切，淡薄得叫人吃惊，在他的书柜里，零散地放着他与妻子合译的作品，记者拿出来看，他淡然地说：'拿去吧！我不要了。'吃晚饭时，他主动说：'我们家，连骨灰都不留的。'他指的是老伴，火化后，他连她的骨灰都不拿回，更别说坟墓了。'我将来也是一样。'儿子呢？葬在伦敦吗？'是吧。我没有看过.'像在说别人的事。"Gladys 逝世前，杨先生的心情虽因丧子之痛而受影响，但明是非、辨善恶的本性丝毫未改。

　　White Tiger 有中译本，但节删不少。我引的资料，直接采自杨先生英文原文，2002 年中文大学出版社出版。杨先生的打油诗，有两句教我感受至深，可惜当时过目后没有抄下来，现靠记忆录下，上一句的字眼恐怕与原文有些出入："千年古国贫愚弱，一代新邦假大空。"杨先生把夫人带到中国来，想不到害她遭遇这么多的苦难，负咎之情，从悼亡诗中"白首同归我负卿"一语可知。杨先生的妹妹敏如，在嫂嫂死后有文怀念她，说："我的畏友，我的可敬可爱的嫂嫂，你离开这个喧嚣的世界安息了。你生前最常说的一句话是'谢谢'，甚至'文革'中关在监狱，每餐接过窝头菜汤，你也从不忘说'谢谢'。现在我要替我的祖国说一句：'对不起'，'谢谢'！"李辉说这是悼念 Gladys 的文章中最震撼的一句话。

揽蓝天作镜

我第一次接触戴天的诗，应是 1958 年吧。那年他是台大外文系二年级学生，诗作《风：致阿云》刊于夏济安老师主编的《文学杂志》。可惜刚出版的《骨的呻吟：戴天诗集》没有收上这首诗。事隔半个世纪，我还记得诗是这么开头的："我的心挂在椰树上，青青的、涩涩的果实。"

戴天当时的身份是毛里求斯（Mauritius）"侨生"，该地除盛产甘蔗外，还有椰子树。人在台湾，阿云不在身边，只好心挂在椰树上。《风》音调缠绵，同学少年都作情诗看，虽然每问及此，诗人总顾左右而言他，模样就像"青青的、涩涩的果实"。继《风》后两年，《寄云》发表在《中国学生周报》："时时，你在我的怀念中隐逸 / 带着四月蔷薇花的笑，淡淡 / 激过我对风的向往，山的记忆 / 以及振翅遨游四海的羽翼。"

这类"情诗"，日后少见了。六七十年代，诗人的心境变得阴沉。深沉、空无的眼眶，"如今感觉很冷／却曾是两道火把／守望着大地。"黄继持说戴天的诗，自早年开始，便对中国有一份执着的挚爱。离开上下文，"骨的呻吟"不好懂，因此出处得有个交代。黄继持引了《命》的一节："我摊开手掌好比摊开／那张秋海棠的叶子／把命运的秘密公开／那条是黄河充满激情／那条是长江装着磅礴／我收起手掌／听到一声／骨的呻吟。"

　　戴天不住长江头，精神上却是个日饮长江水的痴心人。他对故国河山之依恋，尤甚于儿女私情。日夕思君不见君，最后终于相遇了，所见却是一片"东风无力百花残"的凄凉景象："我站在城楼观会景／我感觉历史的沉重枷锁／拖着伤残的大地／哽咽的河流／一个个匍伏于地的／人物形象／停驻在一颗欲滴的／泪珠里"（《观景记》）。

　　戴天离港卜居多伦多，一别经年，相隔千里，即使在无风的晚上，还仿佛听到这个要按着泰山秦岭呼吸的汉子骨的呻吟声。在《骨的呻吟》附录看到赵卫民《访诗人戴天》，才知戴天有"怪侠欧阳德"之誉（痖弦语）。在赵卫民眼中，戴先生"高来高去，难觅形迹"，为人处世也正如李若水（1093—1127）所言，"每事恐余千古恨，此身甘与众人违"。（注："每事恐余千古恨"的另一版本是"每事恐

195

遗千古笑"。)

我曾在《写诗的人》一文说过，戴天生来就一个惯性的异见分子。2000年岭南大学有张爱玲研讨会，戴天也来了，在"张爱玲与我"一组发言。会后整理出来的稿子以《无题有感》面世。戴先生说他跟张女士五六十年代之交在台北见过一次面，其后他在香港安排《张看》在香港出版。因此他跟张爱玲通了几次信，但这些信已失存。"有人认为这些信很珍贵，我认为也没什么，信而已。"他说。

他说他是在毛里求斯初识张爱玲的，当时只能偷偷地看，因为家里的人认为她的小说"儿童不宜"。到大学时重读，"看了以后还是觉得不过如此嘛。怎么办？不可以嘛，你看这么多人在谈论她，而我居然有这样的感觉。……现在有些人把她放得很高，高不可攀。我认为把一个作家放在高不可攀的地位，是一个可怜的现象"。

戴天读唐诗，尊崇杜甫。黄继持说他的《拟访古行》"气格沉雄，舍清逸而就苍茫"。在戴天眼中，张爱玲也不是一无是处，最少在他"不断去品味"时，发现她"文字里有很多微妙的东西，像人物里有林黛玉的味道"。戴天爱的，是文字磅礴之气，因此祖师奶奶的手势越是冷月苍凉，越见小眉小目。这种言论，无关是非。他在张爱玲已成"显学"的今天，坦然说出心里的话，不正是"此身甘与众人违"性格的写照？记忆中"揽蓝天作镜"是《风》里一个句子。毛里求斯是印度洋岛国，日见蓝天碧海。"揽蓝天作镜"，句子确也豪迈、爽朗。

写诗的人

戴天为文，落花流水，见报后鲜有剪存，世事如过眼云烟。他曾酒后对我说过，他的所谓杂文，是给"报屁股"写的，只要不脱稿，就尽了本分。对于诗作，态度却出奇的认真。他这个"写诗的人"诗作不多，结成集子的如《岣嵝山论辩》、《石头的研究》和《戴天诗选》，也许因是外地出版，极少见于香港坊间。关梦南和叶辉两位知音，把诗人历年散落的诗作辑成《骨的呻吟：戴天诗集》，在香港出版，确是难能可贵。

诗是《骨的呻吟》本体，除此外还有附录多篇。1985年8月22日，也斯、古苍梧、黄继持和杜渐四人在半岛访问了戴天，由杜渐整理出来，诗人酒逢知己，说话痛快淋漓，是极珍贵的参考资料。相熟的朋友都知道戴天生来就是一副 contrarian 脾气，一个惯性的异见分子。他对自己也不放过。他为什么"羞于"承认自己是诗人呢？因为台湾有些人整天把"我是诗人、我是诗人"挂在嘴上。他极不愿跟这些"嘴脸"混为一谈。因此他只是个"写诗的人"。凡在公开场合谈到自己的诗作，戴天总把自己一分为二，敌我对立，敌是我，我是敌。且听他自己解释：

前些日子我在港大自我批评，自我解剖，我对自己的诗作了批判，我没讲这些诗是我写的，我批一首，蔡炎培就说那一首好。我把每一首的毛病挑出来讲某些观念，把篇名都剪掉，故此别人不知道是我的，后来我因为骂得太犀利，有些老先生听了很不服气，说我"你为什么自以为了不起，不停地骂人？"其实我是在骂自己，这不是个好办法吗？

戴天勇于责己，其实也是一种"策略"，他恭维别人的时间不多。你不能怪他自视太高，因为他对自己更不客气。他求的，是事情的本相吧。因此我们相信他在港大对自己诗作的自我批判，不是哗众取宠，而是真的认为自己的作品还未达到应有的标准。对事他求本相，对人他求本性。他欣赏周梦蝶"冷凝"的诗风，更佩服他为人的本性："就是这样一个有自我的人，才能够穿陈旧的中山装，长统的大水靴，昂昂然跑去参加美国驻华大使馆的酒会。"

周梦蝶安贫乐道。宁摆旧书摊子过着餐粥不继的生活，也不愿当上班族。《十三月》诗有云："悲哀在前路，正向我招手含笑；任一步一个悲哀铸成我底前路，我仍须出发！"戴天显然很欣赏这位"武昌街诗人"的个性和诗作。思古之幽情在他"拟古"与"访古"的组诗连绵不绝。且录《泰山》两句："先世挺拔刺天的情怀／悬泉般坠入心坎的悲戚。"攀山无力，积聚在心中化为缺憾化为 tension 化为 anxiety。《石头记》中的"我"心中突然长了一块石头。瞳孔里不见泰山、血管里没有长江黄河的石头，却不断生长，终遇一小孩走来，"吐一口痰／在我脸上／并且说：'我从没见过／这么丑的石像。'"

戴天的家世，我们所知不多，但从《追悼一个时代——纪念父亲》一诗的语言看来，民国年间的戴老先生准是个风流人物："在大地上支起了／沸腾的脊梁／八年的英勇／接上了二千年华夏／激扬的脉搏／一个人就是一个琴键。"戴老先生的儿子饮食于英国殖民地时期的香港，一天跟友人在尖沙咀码头等候渡轮过海。下班时间，闸口前大排长龙，诗人突有感触，告诉友人希天："我又找到一个可以刻画香港人的题材了。我觉得我们真像是'蛇'——那么自私、贪婪、狡猾、残忍！"这些感触，日后在长诗《蛇》中来复显现。诗中的"我"因为只像劳作课的剪纸只有人形没有面目而觉得羞耻。因为没有"在黑暗中 / 榨出一点点 / 白昼的 / 本事"而觉得羞耻。

戴天私慕"挺拔刺天的情怀",每天面对的却是《蛇》样的现实。这两个云泥之别的境界所造成的 tension and anxiety 是戴天诗作的原动力。《蛇》和《石头记》这类作品,是世俗的"告解",有助舒缓诗人心中"敌我"矛盾的压力。

文　抄

（一）

　　夏济安先生《白话文与新诗》一文，谈到文字的"美"。他说："平易自然固然是美，乔皇典雅也是美；春花怒放是美，老树盘根也是美。有时候，一个句子更动了几个字，就可以化腐朽为神奇，化不美为美。"他引《水浒传》第二十四回潘金莲"撩拨"武松一节为例。且说武松自搬到哥哥家过活后，跟金莲二人一直依规矩"叔叔、嫂嫂"地称呼着。一天，金莲打发武大出去做买卖后，便备了些酒肉等武松回来。坐下吃酒时，金莲"将酥胸微露"，嘴里叔叔前、叔叔后地招呼着，最后更毫无忌惮地说："叔叔，你不会簇火，我与你拨火，只要一似火盆常热便好。"

　　武松虽有八分焦躁，但忍着没做声。那妇人得寸进尺，筛了一盏酒来，自呷了一口，剩下大半盏，看着武松道："你若有心，吃我这半盏残酒。"她不是说："叔叔若有心。"济安先生因应评说："普通的小说家写这一段事情，大约不是'你'字用到底，就是'叔叔'用到底。这样当然不能说是'丑'，但是只好说是平平无奇，没有什么'美'。好几个'叔叔'之后，忽然来个'你'，这就是文字的美。美有时候就是这么简单。"

我在旧文《小名、乳名、诨号》谈到人际关系中的"称呼"问题，用的一个例子是张爱玲的《金锁记》。七巧是花花公子季泽的二嫂，早前因为丈夫残废，禁不住寂寞色诱小叔。季泽总叫她别忘了自己的身份。后来小叔子家财散尽，潦倒之后上门"情挑二嫂"。看到眼前人不为甜言蜜语所动，最后只好亮着水汪汪的眼睛昵声呼唤："二嫂！……七巧！"

这真正英文说的 defining moment。如果二嫂应了小叔子对自己"小名低唤"，这就等于默认他们间的伦常关系从此终断。小叔子变了二嫂的"蜜糖"、"甜心"、"达达"后，准会放肆起来，这位"废了"的二嫂对他的要求，怎能不言听计从？七巧装着没听到。

（二）

6月号《万象》有张兴渠《忆何满子先生（五则）》一文，

说有一年陪同朋友拜访"倔老头子"，谈到张爱玲，引起老先生感慨万千。满子先生说："古往今来，朝代更替，有些文人出于无奈出仕新朝，但心怀愧疚，时时自责，换得人们的谅解，也是有的，如大书法家赵孟頫被迫仕元，晚年似愧责不已，……张爱玲就全然不同了，她虽有文才，但她却失去了做人的底线。在那国难当头，有志之士奔走抗日救国之时，她却投入汪伪政权一个大汉奸、宣传副部长胡兰成的怀抱，卿卿我我，置民族大义于不顾。日本投降后，汪伪解体，在声讨汉奸罪行的声浪中，她不但不知悔改，在汉奸胡兰成逃往温州时，张爱玲亦痴情赶往温州，终因胡某另有新欢而被弃。如此的张爱玲，在人格、气节都成问题，又怎能如此得到吹捧，岂不咄咄怪事？"

（三）

美国大诗人庞德（Ezra Pound, 1885—1972），跟艾略特、海明威这些有志写作的美国文艺青年一样，一早就离开"老土"的家乡自我流放到欧洲去。艾略特定居伦敦、海明威浪荡巴黎、庞德情迷威尼斯。庞德文学才华出众，政见却常叫同胞侧目。他自认是起草《独立宣言》的美国第三任总统杰斐逊的信徒，但又同时宣称在法西斯主义大独裁者墨索里尼的统治下，意大利政府最能代表杰斐逊自由民主的普世精神。二次大战前夕，他不断发表反资本主义、反犹太人和英国人的言论，更赞成媒体的审查制度。战事爆发，意大利政府邀请他在政府电台定期广播，专门针对美军，随便他讲什么都可以。他先念一些自己的诗作，跟着大骂罗斯福总统，诋毁美国参战的动机。1943年庞德被控"叛国"。*Poetry* 杂志把他收在一本选集内的作品删除。大战结束后他回美国受审，其间有精神科专家联名呈交报告书，证明大诗人"神经错乱，精神上不能面对审判"。他在精神病院度过了十二年。美国政府判庞德叛国，但民间怜才，不少作家、律师、国会议员纷纷出来替他说话，其中最知名的是曾贵为助理国务卿的诗人 Archibald Macleish。1958年庞德获释，回到意大利，在欧洲度余生。1969年他返回美国接受 Hamilton College 的名誉学位。

（四）

止庵的《周作人传》有载，1945年12月6日晚，周作人（1885—1967）在家中被捕，"当军警用枪械对着周命令周就逮时，周还说：'我是读书人，用不着这样子。'"拘留期间，沈兼士等知名学者先后呈文高等法院，具呈证明周作人在伪政府任职期内,曾有维护文教、消极抵抗之实绩,请求核察。前北京大学校长、行政院秘书长蒋梦麟等"公共知识分子"也一一出具证明,说周氏在伪职期间"保存增添文化机关产业书籍事,或为掩护营救中央地下人员事"尽过力,也因此在沦陷时被日本人目为"文学敌人"。

1949 年国民党治下的南京首都最高法院法庭判周氏十年徒刑,褫夺公权十年。1953 年中华人民共和国北京人民法院判处他剥夺政治权利终身。周作人晚年靠稿费过活。身世悠悠,怕招忌讳,文字多为翻译。定居香港的曹聚仁跟周作人是旧识,介绍他给《新晚报》写稿,每万字港币百元。《知堂回忆录》1964 年 8 月 1 日开始在《新晚报》连载,9 月 8 日至第 31 节后"即告中断"。总编辑罗孚说:"我是奉命行事,'这个时候还去大登周作人的作品,这是为什么?'上命难违,除了中止连载,没有别的选择。"

"文革"开始时红卫兵抄周家,毒打知堂老人,他两次托儿媳张菼芳"呈文"派出所,要求恩准服用安眠药"安乐死"不果。1967 年 5 月 6 日,有人发现老人趴在地板上一动也不动。儿媳闻讯赶回家,老公公早已浑身冰凉。遗体火化,骨灰未能保存。

剑桥取经

李怀宇年初访问金庸，对谈录以《金庸：办报是拼命，写小说是玩玩》为题在《时代周报》刊出，占了两大版的篇幅。李怀宇做的 homework 相当充实，提问题时进退有度，但遇到非知究竟不可的关头，也不怕难为情单刀直入。譬如说："大家都觉得很奇怪，你过了 80 岁，还到剑桥大学去读书？"

李怀宇文章的标题虽然以金庸生涯中的两大盛事为引发点，即写武侠小说和创办《明报》，但却以他在剑桥大学做"老童生"的日子拉开序幕。原来金庸在剑桥拿了荣誉博士学位后，要申请攻读博士。校方告诉他不用了，因为荣誉博士排名在一般教授和院士之上，"地位比校长还要高"。

金庸没有言听计从，决心要拿一个 earned degree，一个自己辛苦"挣来"的学位。既然如此，校方就组成了一个委员会，由二十多位教授提问题。金庸说打算从匈奴问题着手，因为中国学者认为在汉朝时，卫青、霍去病跟匈奴打仗，匈奴打不过，就远走欧洲。但西方学者不同意这种说法，他们认为匈奴是在东亚、西亚和中亚独立发展出来的一个民族。

二十多位教授中刚好有一位是这方面的专家。他用匈牙利语发言，金庸只好说抱歉听不懂。专家随即说这些资料已翻译成法文和英文了。"如果你去匈牙利，我可以推荐你。你可以念三年匈牙利文再来研究这个问题。"金庸说因为年纪关系，恐怕有心无力了。专家因此建议他最好另外选一个题目做论文。

有关金庸就读剑桥的种种传闻，我看过不少零星报道，但都没有提及这段"波折"。二十多位教授都各有专长，每人在一特定的科目中钻过牛角尖。如果大家对这位专家的专业一无所知或仅识皮毛，那在这问题上就无发言资格了。匈奴曾先后称为"鬼方"、"混夷"、"猃狁"，秦时始叫"匈奴"。单看名号，已"胡"得不得了。他们应该有自己的文字和历史。剑桥那位专家的话说得那么斩钉截铁，因为他坚守学者做研究，一定得用"原始资料"的原则。研究匈奴问题，单靠《左传》和《史记》这类记载，是难明真相的。

大批评家 George Steiner 除拉丁文外，还精通英、法、德等欧洲语言，只是不懂俄文。他一直引为平生憾事，因为他认为十九世纪的俄国人写了最伟大的小说。他在 *Tolstoy or Dostoevsky* 一书的序言中，即为自己不谙俄语而"侈谈"托尔斯泰和陀思妥耶夫斯基而向读者致歉。此书广受好评，影响深远，但如作者拿到剑桥去充当博士论文，必为俄国文学专家否决，因为作者没有用上"原始资料"，也就是说没有引用俄文的参考资料，因此不能算作 scholarship。

匈奴不好惹，于是查先生想到要写一篇关于大理怎样成为一个国家的经过的论文。他是那儿的荣誉市民，还有一块人家送给他的土地。查先生相信西方国家对大理了解不多。一位教授显然另有看法。他发言时讲了许多"古怪"的话。查先生抱歉说不懂后，专家说他讲的是藏文，"本来南诏立国是靠西藏的力量来扶植的，所以大理等于是西藏的附属国。后来唐朝的势力扩张过去，才归附唐朝。大理跟西藏的关系是很深的。"查先生既然不能用藏文来看有关大理的"原始资料"，只好打消研究大理国的念头。

李怀宇问查先生为什么年过八十还要上学堂。他这样回答："因为剑桥大学有学问的人多，教授虽然只研究一种学问，但是一门功课很复杂的问题他都了解。"Louis

Cha 的博士论文选定了写安禄山造反，论文导师是著名唐史专家 David McMullen 教授，近年的研究兴趣是唐代的墓志。他也快七十岁了。查先生活到老、学到老，真有古风。

随　笔

早前在《剑桥取经》一文介绍过金庸先生拿了剑桥大学的荣誉博士后，还想再攻读一个，要拿一个辛苦念来的earned degree。大学见他主意既定，就按规矩组成一个委员会，由二十多位教授分别发问。金庸说打算研究匈奴问题，因为在汉朝时，卫青、霍去病跟匈奴打仗，匈奴打不过，远走欧洲。座上一位教授显然不同意这种看法。他用匈牙利语发问，金庸听不懂。专家教授随即用英语说，这些资料早已译成法文和英文了。"如果你去匈牙利，"他说："我可以推荐你。你可以念三年匈牙利文再来研究这个问题。"这位教授，也够"凶"的。

余英时先生大作《汉代贸易与扩张：汉胡经济关系的研究》。原为英文，加州大学出版，题目是：*Trade and Expansion in Han China: A Study in the Structure of Sino-*

Barbarian Economic Relations。据余先生的学生 David Curtis Wright 在《余英时对匈奴研究的贡献》的介绍,这本书"对我们要了解整体的帝制时期中外关系,以及特定的汉朝/匈奴关系方面,都是不朽的著作。他不满于仅仅讲述匈奴的历史,或是描写其尚武性格及与中国的恩怨纠葛。他想设法让匈奴与汉代中国的关系更具分析性意义。他的结论看起来较含蓄,即匈奴与其他游牧民族之中并没有所谓的经济自给自足:他们需要与中国交易"。这里说的"其他游牧民族"包括羌、乌桓与鲜卑等少数民族。

书出版后,广受好评,显著的例外有两位,但据 David Curtis Wright 所引资料看,受批评的重点与学术无关。德国汉学老前辈 Wolfram Eberhard(1909—1989)说:"我很难得看到比这本书更种族中心的著作了。称呼中国的四邻为'蛮夷',对我们来说,像十九世纪叫中国人'中国佬'(Chink)一样唐突。这些'蛮夷'当中有些是有文明的,现在看来并不下于中国。有些对世界的美好与不朽价值观有贡献,譬如'蛮教'的佛教。余仍抱着古代中国文人的态度。"

何四维(Anthony F. P. Hulsewé)的话更不留情面:"我得说该书对一般的史家恐怕没有多大用处,也算不得报道所谓'目前所有可得资料的巧妙综览'。这是因为作者的立场彻头彻尾是传统中国的,他并不能免于根深柢固的观念限制，也不能免于内在的优越感。"何四维最受不了的是barbarian（蛮夷）这个字眼在余先生文章中通篇使用，由此推想到余英时是个"大汉沙文主义者"。

"胡"本是对我国北方边地及西域各民族的通称，汉以后也泛指外国人，本无贬意。因为"胡"包含了这么多种族，所以是个"集体名词"。"汉胡经济关系"应解作汉时跟中国人做买卖的，除了匈奴外，还有其他族人。可怜在英语词汇中就没有一个跟"胡"相当的名词。我想余教授在无可奈何之下，只好用了"政治"不正确的字眼。

有关"大汉沙文主义者"的指责，据 David Curtis Wright 所说，"有一次余教授在普林斯顿的专题研究的课中指出，有些这类的怀疑可能只是因为他在血统与文化上是个汉人。《汉代贸易与扩张：汉胡经济关系的研究》这本书和这个题目，如果作者不是汉人，是个'胡人'的话，会怎样翻译成英文呢？"这是无法借箸代谋的事。不过，任何非汉人的译者都会略过"胡"字不提，因为依旧中国"天朝"时代的说法，任何非我族类，夷也好、狄也好、番也好，都是 barbarians。

那位何四维的话也许说得太重，做弟子的 David 看不过眼，忍不住说了他几句："这个人好恶无端到近乎诽谤。实在令人好奇何以何四维确信余有'内在的优越感'。他认

识他吗？所有认识余教授的人都知道他是位君子。何四维
真的对余的性格与内心世界有什么特殊的洞见吗？何四维
很可能也只是直接表达他对余书的疑虑：因为余先生是个
中国人。"

方留恋处

　　《方留恋处》是我继《能不依依》（2007）在天地图书"爱读散文"系列出版的第二本选集。"方留恋处"语出柳永《雨霖铃》。借此作书名希望能引出一个话题。我在《能不依依》一文说过，"依依，犹恋恋不舍也。因此依依总是依恋、忆念、记忆、怀想、追忆的连续。"

　　生命中教我们依依不舍的人、物、或景，有的是，说也说不完。近年香港政府为了"活化"市容，拆这个、迁那个，引发媒体制作了大量思古幽情的依依文字。谁料眼前景物，方留恋处，早已是断壁残垣。

　　彩云易散，值得留恋的东西总难抓得牢。眼见古迹不断"活化"，读书人自有感慨。但楼塌了，能做的，除了托赖文字以存记忆外，实难再有什么作为。陈之藩先生是在民国年间成长的人，对那时代的风土人情思之念之。

五六十年代对传统文物恣意破坏，教他痛心疾首。"我们当然对不起锦绣的万里河山，"他说："也对不起祖宗的千年魂魄；但我总觉得更对不起的是经千锤、历百炼，有金石声的中国文字。"陈先生文字，一星如月，不胜依依之情，字里行间漾着旧时溶溶的月色。文字是记忆最可靠的受托人。《追忆逝水年华》的作者普鲁斯特用细致的笔触把各种"方留恋处"的迫切感记下来，日后靠回忆重组生命的片段，让自己再活一次，也让他人知道他是怎样活过来的。教人担心的是，在影像渐渐取代文字作为"文本"的今天，我们老派人对金石声之依恋，早晚会转变为悼亡。

《方留恋处》所收各篇，于 2008—2009 年间先后发表于香港的《苹果日报》、上海的《上海书评》和广州的《时代周报》。谨此向董桥、陆灏和凌越三君子致谢照拂之情。是为序。

III

走在我自己的国土

盛世苍凉

多年前读毛尖的《慢慢微笑》，随手做了"眉批"，其中有言："我看到从文字组合出来的毛尖小姐，俏皮、乖巧、风趣、幽默。经营意象，时见匠心。讽谕世情，软硬兼施。她的文字乱石崩云，每出人意表。"这几句话今天还管用。

继《慢慢微笑》后，她出版了好几个集子。年初上市《这些年》是最新的一本。看来毛小姐的看家本领一点没有怠慢。"毛观园"的众生，当然少不了小宝大宝子善老师这些老面孔。且说小宝一天在"毛观园"的饭局中突然宣布，现在美国流行的结婚誓词是：我们的爱能走多远，我就有多忠诚，我能爱你直到我不爱你为止。"然后，他越过饭桌上的芸芸众生，深情吟出：'两情若是长久时，一枝红杏出墙来。'"

毛尖是大学老师、一个孩子的母亲，而且日见端倪的是，她是美国人所说的 a concerned citizen，一个关心社会发展的公民。小宝乱套诗文这种歪风，看来不是偶发事件。毛尖老师改学生的毕业论文，其中一个写到英国大诗人弥尔顿（John Milton, 1608—1674）的第二次婚姻，感慨系之地说："老夫聊发少年狂，一枝红杏出墙来。"

这种事，毛老师见多了，这位同学的病句，对她再无震惊效应。她的一位教古典文学的老师为此现象对学生"痛心疾首"后，谁料早上坐车，居然听到广播里的主持人字正腔圆地说："洛阳亲友如相问，一枝红杏出墙来。"毛妈妈回家，听念小学的儿子背唐诗。这小子一点也不难为情地朗声念道："两岸猿声啼不住，一枝红杏出墙来。"

毛老师究竟 concern 些什么？她找出了近几年的文学期刊，不论是高级的还是低级的，是大作家还是小写手凑合的，翻过后发现题材千篇一律是:红杏出墙！红杏出墙！真的是，"红杏不出墙，小说难收场。不过，天地良心，除了红杏出墙，我们还有什么生活？"

"世风日下，人心不古"这两句话，是鲁迅小说《肥皂》中四铭这类假道学的口头禅。今天稍有点常识的人也不唱此调了，因为世风日下早是常规，因此明星写书、教授出镜、学生小姐装、小姐学生头、大学变身商场、商场叫卖教育。既是常规，犹如日出于东，有什么好大惊小怪的？话说毛小姐同事中有位钻石王老五，教人看来像浪费人生，终有好事者决定代他征婚。

征婚词怎么写呢？教授今天是"高危职业"。"教授不如狗，博士满街走"，你听说吧？从前校花都是嫁老师的。今天，一有博览会或什么的，班上的明眸皓齿都一一跑光了。不说征婚人是教授，说是文化研究中心的主任，可以吧？不成！不成，有人马上摇头说因为文化研究总给人以为是法轮功研究。如果说征婚人"身体健康、爱好文学"，以今天的风气来说，这等于招认自己没出息。"用情专一"，怎样？不成，因为没有人喜欢你，你才专一。"通情达理"，如何？不成，这表示你没怪癖。没怪癖就没个性。没个性的人面目模糊，怎可托终身？说来说去，还是得不到结论。"很快，我们就气馁了。刚好今天的报纸有个特大广告，亿万富豪征婚，派对的门票就是五位数字。说到底，最牛的广告还就是那一串零了。"

毛尖在黄花闺女时代写文章时，世道早已式微，但未为人妻未为师表未为人母的身份，加上无悔的青春，文字生气勃勃，未见苍凉。《慢慢微笑》有文说到一只蜜蜂，上了年纪，还是找不到瞧得上眼的男朋友，最后把心一横，嫁了蜘蛛。她向八卦姊妹淘解释说，他丑是丑了点，但好歹是个搞网络的。那边厢，蜘蛛的兄弟辈问他是不是想女人想疯了？怎么可以讨个蜜蜂做老婆？新郎深深吸了一口气，说："是有点不习惯，不过好歹是个空姐。"

这是一则 vintage 毛尖的"喻世明言"。她眼中的上海，爱赶时髦，"时刻瞅着国际行情，干什么都图个'我也有'。"这类笑话，在《这些年》中，"我也有"。《最高发院》说到大宝要开办妇女用品商店，宴请"毛观园"内哥儿们集思广益，替他设想一个丽亮的广告词。这下可教哥儿们为难了，连爱伦·坡、林与（语）堂这种代表精神文明的标记，今天已沦为楼盘豪宅的雅称。雅有雅卖，俗有俗卖。滁州一家发廊给咱家制作了一个大气磅礴的招牌："最高发院"。然后呢，一家美容院的减肥广告以数据作招徕：五斤一百二十元，十斤二百四十元，五十斤一千元。

只有富裕社会的有钱人活得不耐烦了，才去脱脂减肥。"一夜情"也是中产阶级的风流韵事，只要出了墙的红杏不要像《一夜情和超短裙》中那只蚂蚁那么不自量力就成。话说蚂蚁跟大象一夜情后，大象心脏病发，死了。"蚂蚁一边葬情人一边后悔，风流一晚上，却要挖一辈子的坑，我的命太苦了！"

《这些年》集内文字，有部分是一本正经的，篇幅也较长。"在这个世界上，没有多少人例外，我们从《傲慢与偏见》进入奥斯汀世界，等到拿起《曼斯菲尔德庄园》时，已经是奥斯汀的一个跟屁虫了。"这是《生是你的人，死是你的鬼》开头的一段。你看了这种造势，自自然然地会跟着毛老师走，认识到 Jane Austin 笔下的园庄风景，无声无息地成为无数人的乡愁："和英国乡村在一起，和英国在一起，奥斯汀对英国的传销，真正做到了：生是你的人，死是你的鬼。"

毛尖适逢盛世，却触目苍凉。为了配合国家迎奥运，老百姓的日常生活虽然被大大干扰了，却出奇地体贴，车牌分单双号上街，人分单双眼皮出行。可不是吗，"为了大家都能活到奥运，三道安检算什么，所以传说晕倒在安检队伍中的女游客，醒过来的第一句话是：我挺得住。"

在奥运、世博喧天的锣鼓声中，我们都有出尘之想，难怪毛尖这么喜欢孟晖的《画堂香事》。书一打开，清香满室，那是孟晖"从岁月中打捞出来的兰汤芬枕蔷薇露，带着当年的爱怨情仇，伊呀侬呀的从千年的历史现场返回。……"如果兰汤芬枕的岁月只是科幻灵异的小说家言，那我们何必认真，但《画堂香事》的作者认真地跟我们说："所有的那些芳香都曾经是真实的，所有的那些情感和欲望也都是真实的。"活在后现代的日子中，这一切都是我们对颓废生活的思念。毛小姐说得也对，"这些曾经的'真实'

难道不是对现世的最好批评？"

　　前面说过了，毛尖文字，乱石崩云，讽谕世情，软硬兼施。借前辈吴经熊的话，她有时 humourously serious，有时 seriously homourous，这正是"软硬兼施"的功夫。

毛丫头

7月5日的上海《书城》茶座，曲终人散前各人忙着拍照。孙甘露指着毛尖道："这是茶座的'七月女郎'！"接着马上正儿八经地说，毛尖收在《乱来》集子的随笔，为这文类"做出了别开生面的示范，在老朽和幼齿、温情和冷漠、故作高深和不知所云间提供了感性的道路"。

毛尖的专栏文字，爱拿师长朋友寻开心，吃他们的豆腐。且看在她笔下的孙甘露："那是好几年前了，我在读大学，孙甘露老师比现在要苗条，他来我们学校图书馆参加了一个什么会议。自然，他一进来，秦罗敷似的引起会议一阵骚动。人长得好，已经难得，还是个男人，更难得；男人还写小说，还写迷幻诗，那就是"人头马"了。会议进行着，会场里的女生越来越多，到中场休息的时候，举办方不得不换了个大会议室，然而孙老师却浑然不觉会议的主题已经改变，他只在那里用他水汪汪的眼神荼毒生灵。"

小姑娘给大男人说的好话，这么婉转，孙老师没有理由不高兴的。因此他向来宾介绍说毛尖是七月女郎时，虽然跟什么of the month语意相关，也不会有人相信这是为了报一箭之仇。事实上给毛丫头"一阴指"点中的，多无还击之力。丫头戏称陈子善教授是张爱玲的"未亡人"，乍听一如说孙老师的眼睛水汪汪那样不伦不类。但陈老师对祖师奶奶一往情深早是行内共识，说他是"未亡人"，他也许暗里高兴。

毛小姐吃豆腐，越老越滋味。吃得最轰轰烈烈的是跟她"哥们儿"的同辈。小宝、大宝和宝爷是三位一体，常"人模狗样"地穿扬于丫头的文字间。我们在《芙蓉姐姐》中看到大宝做假钞，一不小心做了张面值十五元的，熬了两个通宵的成果，丢了可惜，于是拿着新钞到街头去买烤白薯。跟卖白薯的老头讨价还价一番后，说好一块钱买两个。大宝付了自己的手工艺，老头找了钱给他。"大宝那个乐呀，捧着白薯凯歌回府。回家坐定，大宝傻眼了，怎么呢？卖白薯的老头找了他两张七元的。"

你骗人人骗你。你自作聪明人家也不笨。鲁迅把杂文看作匕首、投枪，要跟读者杀出一条生存的血路。毛尖用"一阴指"tickle她的读者让他们经"呵吱呵吱"后，抹干眼泪，再正视日下的世风。我们拿假钞时不哼一声，因为找钱时大可以牙还牙。"这是新的游戏规则，新的激情方式，新的人际关系。我的无聊里有天真，我的虚情里有真心，看看我，你难道一点都不爱我？"

看来真是《没办法了》。给毛博士看孩子的阿姨，响应祖国形势一片大好，撂下一句话：炒股去了。她端坐地板上，盯着网上的财经频道，一边记笔记一边吐心声：等我发了财，我也请个阿姨。Dr. Mao 在旁看着她意气风发的样子，想着自己说不定有一天会当上她的阿姨，连忙讨好她似的在旁陪笑着。

大宝家的阿姨更出人头地，两个月工夫就赚了七八万。她不辞职，另雇钟点女佣帮大宝烧饭打扫，还给大宝进言，文章写得要死要活才一千块，何不炒股？大家聊得血脉沸腾时，齐声合唱："起来，还没有开户的人们，……"

上海华东师范大学有毛泽东像，三四层楼那么高，是校园一个地标。有"系花"之誉的一位同学，读四年书谈四年恋爱，"痴男"应届毕业时，分手仪式都是在毛主席像下面完成的。系花认为那里比较适合分手，因为"毛主席豪迈挥手的姿势对于泥足深陷者有强烈的提升作用"。

可是这是多年前的事了。新时代的孩子今天打从他老人家脚下走过，嬉皮笑脸地说，老毛的样子像在招呼：Hi, taxi! 果然，没多久，主席像真的变了出租汽车的招手处。

那么衰老的眼泪

单看字面，容易把"白俄"看作俄罗斯的白种人。其实这个白俄的"白"，是从"Belarus"这个东欧国家译音得来的。俄国人或"红"或"白"，取决于意识形态和效忠对象。汪之成在《近代上海俄国侨民生活》这么说："俄国发生十月革命后，反对苏维族政权的旧俄国贵族、军人、文官、商贾和知识分子，在各地白军相继被红军击溃后，便纷纷亡命国外，而革命前本已居留在国外的俄侨，也绝大部分都不承认苏维埃政权，所有这些人便成为政治流亡者。……所谓'白俄'，就是没有苏联国籍、没有苏联护照的俄人。"

大概是地缘关系，白俄在中国落脚的地方先自东北开始。上世纪二十年代的哈尔滨一度成为白俄在中国的"首都"。为了方便谋生，这些"难民"不少辗转到了上海。依Mark Green的说法，二十年代的远东，出现了一个新俄罗斯，首都便在上海。白俄流亡中国，没有分散到香港来，除了地缘关系外，还有一个实质的考虑。在十月革命前，不少俄国企业家早在上海扎了根。这些老侨民对流落异乡生活无着的同胞都有照顾，但他们如果跑到香港来，就没有这种依靠了。据 Mark Green 所说，"在香港，俄侨一旦失业，必须立刻离境，否则就会投入监狱。"

流落在上海的白俄中，有不少是医生、工程师和建筑师这些专业人士。他们稍为适应当地生活后，总找到本行或与本行相近的工作。最难安置的是无一技之长的难民。他们或沦为乞丐、骗子、妓女。因为他们是白色人种，在中国人的社会"堕落"，使当地的欧洲侨民觉得丢脸。为了保持白人的"种族尊严"，南森（Nansen）国际难民局便建议将已沦为"白奴"的俄国妇女移往他国。"他国"是没有言明的白人国家。

也许是习惯使然，一说到"西方"，我们自然想到像英、美、法、德这些拥有"文化霸权"的国家。虽然俄罗斯在地理上也算欧洲，人民也见金发碧眼，东正教也信奉基督，可是我们从没有把俄罗斯这个国家看作西方文明的代表。英、美、法、德各有文化协会长年累月地做统战工作，他们"名牌产品"所代表的 material culture，也无孔不入地侵占我们的生活空间。

相对而言，我们对俄国人的认识，就陌生多了。上世纪五十年代中到台湾求学前，我对俄国的认识可怜得只限于雄鸡饭店和车厘哥夫餐室的例汤：borscht 罗宋汤。说不上滋味，相当别具一格就是。据汪之成书上所载，当年上海人光顾山东人经营的俄国菜馆，吃的多是快餐式的"罗宋大菜"：一客猪排加一份罗宋汤，配面包、菜或咖啡。因价廉物美，大受公司小职员和大学生欢迎。一下子时光倒流，当年我在香港北角的俄国餐馆吃的由唐人师傅炮制出来的罗宋午餐，也是这种菜式。汪之成说，十九世纪末年的俄国菜，形成了所谓的"俄罗斯学派"，成为西餐五大名派之一。钟鸣鼎食，想是帝俄时代的贵族之家才可以享用。1917 年布尔什维克党人上台，吃的喝的必是另一种风尚。"俄罗斯学派"的佳肴美食，成了衰老的回忆。

汪之成曾任上海社会科学院欧亚研究所俄罗斯研究室主任，斯拉夫研究中心主任。《近代上海俄国侨民生活》的参考资料，除了中、英著作外，还有俄文。汪先生用的例证，多采自中文报纸，如《申报》。初到上海的白俄，贫病交迫而倒毙街头的虽不多见，但因生活无着沦为讨饭的，着实不少。上海人贬称这种沿门托钵的白俄难民为"罗宋瘪三"。

这些人中有一位名叫摩里特而夫基的，长着十二个手指和十二个脚趾。孑然一身，日夕陪伴着他的只是一个小提琴。他到处卖唱，唱呀唱呀不断地唱着自己得意的歌曲，一直到人家听得不耐烦才带着歉意地停下来，有时还会受尽委屈似的失声痛哭。但你不得不承认他小提琴拉得实在好。他到咖啡馆卖艺时，总爱这么对顾客说："先生们！我的欲望并不大，我只需要一杯咖啡或茶的代价。"看到人家毫无反应，他只得再哀求一次："先生们，就让我拉一个曲子吧，拿你喝剩的半杯咖啡作代价偿我！"据说摩里特而夫基经常拉的是一首悲怆的曲子："别了，流浪天下的父亲、母亲和姐妹们！"

带有白俄血统的世界知名人士，不知凡几。就我们文科学生而言，最常听说的应该是曾在康乃尔大学教过书的纳博科夫。十月革命后，这位俄国贵族先到剑桥上学，再在法国和德国逗留了些年，终于在1940年移民美国。他"不务正业"的小说《一树梨花压海棠》（Lolita）1955年出版，马上名利双收，随后离开美国，在瑞士定居。十二指小提琴家在上海"劫后余生"的日子，跟纳博科夫晚年在瑞士的黄金岁月，实在不可同日而语。

以前在车厘哥夫吃罗宋午餐时，偶尔看到一些洋人座上客。因为白俄面貌难说有什么与众不同的特征，所以这些洋人，可能是英洋、美洋，或法、德洋。想来我跟白俄直接交往的机会，是上世纪六十年代我在美国做研究生的时候。她叫 Irene。"现代小说"的 seminar 才七八个人，同学分坐长桌子的两边。Irene 话不多，但面上总带着微笑。如果不是她在老师到课室前偶然的露一两句自己的身世，我们也不知道她是帝俄时代贵族的后人。她的英文非常英国腔，大概跟纳博科夫一样，家人是先在英国耽了一段时间才到美国来的。

汪之成有此一说："俄罗斯女子素以美貌著称于世。"回想黑发的 Irene，面部轮廓有几分像汪先生贴出来的 1931 年"上海小姐"斯卢茨卡娅的照片，亮丽的眼神中带着几分身世悠悠的忧悒。恨无董桥描画民国女子缠绵的彩笔。Irene 有多美？上了一把年纪的戏迷，大概认得因演 *Splendor in the Grass* 获金像奖提名的薄命女子 Natalie Wood（1938—1981）。她也是白俄，黑发，Irene 很像她。

台北有明星咖啡馆，是上海霞飞路 Astoria 咖啡厅的再世姻缘。五六十年代诗人周梦蝶一直在明星的铺子前面摆旧书摊，是知名的"台北一景"。咖啡馆是一位台湾人和一位白俄合资经营的。在台湾土产店门前捧着英文《圣经》学英文的阿锥，跟常来店里兑换黑市美金的 George Elsner 见面多了，发觉这位外国人气质特殊，极有教养，言谈举止流露着一股自然的高贵气息。原来这位白俄是末代沙皇的亲戚，1949 年前在上海法租界工作，负责新房子的检验。

明星咖啡馆的白俄股东，1961年中风入院，三天后一步一拐地爬上咖啡馆二楼，坐在临窗的老位子。十年来他一直坐的就是这位子。1917后，一度属于他的 Mother Russia 已面目全非。"回首望故国，河山总断肠。"在台湾的流放岁月中，他在感情上对 Astoria 的依恋，也许与百年前一些美国老华侨的心态相似。他们一辈子离不开唐人街的气味，一生未离开过华埠去认识外边的世界。George Elsner 在1973年逝世。死前有一段时间外语能力尽失。在人去前的一个下午，他听到外边工人清理水沟污泥时传来"刷、刷、刷"的声音。白俄忽然泪流满面说："下雪了！下雪了！我听到铲雪的声音了。"

秋坟鬼唱诗

相传"幼有轶才，老而不达"的寒士蒲松龄在撰述《聊斋志异》期间，"每临晨，携一大磁罂，中贮苦茗，具淡巴菰一包，置行人大道旁，下陈芦衬，坐于上，烟茗置身畔。见行道者过，必强执与语，搜奇说异，随人所欲，渴则饮以茗，或奉以烟，必令畅谈乃已。偶闻一事，归而粉饰之。如是二十余寒暑，此书方告蒇"。

此条见邹弢《三借庐笔谈》。糟老头大清早什么活都不干，拿着烟草和茶水在闹市通衢公然"拉客"，央路人给他讲故事，真够"逗"的了。蒲松龄（1640—1715）年代的书商不知怎样做招徕的，若是把今天的招揽术用在当年，邹弢这条笔记一定大派促销用场。

从广告学的观点着眼，王士祯（1634—1711）购书不得的传闻亦有刺激《聊斋》茶余酒后话题作用。陆以恬在《冷庐杂识》这么说："蒲氏松龄《聊斋志异》流播海内，几于家有其书，相传渔洋山人爱重此书，欲以五百金购之不能得。"当年书商若引用陆以恬的话作卖点，大可索价千金售《聊斋》。当然，渔洋山人高价购书不得的传说今天已无宣传价值，因为只有古人才知王士禛是何方神圣。渔洋山人不愧是异史氏的知音。且看他怎样品题《聊斋》："姑妄言之姑听之，豆栅瓜下雨如丝。料应厌作人间语，闲听秋坟鬼唱诗。"

《聊斋》内容，总括来说，"怪力乱神"。中国小说的传统，自六朝志怪始，即与狐狸、妖女、仙姬之流关系密不可分。就取材而言，类似《聊斋》的笔记小说集子不少，如纪昀的《阅微草堂笔记》和宣鼎的《夜雨秋灯录》，都是极负时誉的作品，但就影响力和对外国读者的吸引力而言，首推《聊斋》。

邹弢说异史氏"偶闻一事，归而粉饰之"。《聊斋》长短故事五百篇。短的仅数百字，如《狐人瓶》、《龁石》和《义鼠》等。看样子，这确是作者道听途说得来的八卦新闻，显然没有经过什么"粉饰"。像《狐人瓶》一则说有妇人为狐所惑，苦不堪言，但无法脱身。屋后有小瓶。每次淫狐听到妇人丈夫回家时，就慌忙遁入瓶中。妇人看在眼里，觑准机会找来棉絮紧塞瓶口，注水其中，置瓶于瓮内发火加热。过后妇人打开瓶子看，恶狐毛发犹存，尸骸已化成斑斑血迹。

鲁迅对《聊斋》推崇备至，说虽然作者所述不离神仙狐鬼精魅，但用心跟明末清初那些简略、荒怪、"诞而不情"的志怪小说表述大异其趣。异史氏笔下花妖狐魅，"多具人情，和易可亲，忘为异类"。如是我闻的笔记如《狐人瓶》，篇幅太短，难让作者放手经营"鬼唱诗"的迷离世界。就处理人与"异类"相通的微妙关系而言，《聊斋》在意识型态上是一大突破。人鬼殊途、阴阳路隔，所以我们读唐传奇《任氏传》，不用终卷，已晓得浪子郑六跟狐狸艳女这段"孽缘"难得善终。六朝志怪《谈生》的鬼妻，眼看快重返人间了，却因丈夫失信，在其入寝时以烛光照之，坏了好事。在蒲松龄以前，人鬼相恋，总以遗憾收场。

把人鬼殊途这个禁忌打破的是异史氏。在他传奇体的短篇中人鬼相恋、得成正果的例子不少。譬如说《聂小倩》，她不但让我们看到一个女鬼刻意变为人的过程，还可对证鲁迅说蒲氏笔下的狐鬼"多具人情，和易可亲"之言不谬。小倩是狐魂野鬼，幸好善心人宁采臣答应收葬其朽骨。小倩随宁返家，拜见其母，"愿执箕帚，以报高义"。

宁母初时对小倩事事怀戒心，后经朝夕相处，不觉生情，"亲爱如己出，竟忘其为鬼"。小倩初来时，未尝食饮，半年后开始进稀粥，后与宁公子成亲，复举一男。蒲松龄让人鬼成佳偶，既开风气之先，也肯定了爱情的真义和个人自由的价值。也许这是西方汉学家对《聊斋》另眼相看的原因。不过这是题外话，或容后图之。

浮生杂记

如果不是杜鲁门总统下令向日本投下原子弹，太平洋战事还要拖到几时，没人拿得准。原子一词在战后的神州大陆威力无穷，货物一加上"原子"二字就身价十倍。那时我小小年纪，朝思梦想要得到的是"原子腰带"和"原子雨衣"。

痖弦在《大江大海一九四九》跟龙应台对谈时说，当年糊里糊涂地跟着一班学生哥到台湾去当阿兵哥，一半是为了想吃猪肉，一半是为了要取得一件美军发的"软玻璃的雨衣，穿上以后里边的衣服还看得见，天晴了还可以折好放在背包里"。龙应台问他，到了台湾当上"上等兵"后，"软玻璃"雨衣发了没有？"发了，"痖弦说："但是我们很快发现，那鱼市场里杀鱼的也都穿着啊，就是塑胶雨衣嘛。"

今天的雨衣还是尼龙制品的居多，但不再透明了。痖弦在市场看到杀鱼的也穿透明的东西，应是五十年代以后的事，原子的光华已尽，再没有什么卖点了。对了，先交代一下什么是原子腰带。男人的腰带通常是皮做的，但抗战胜利后那几年，不记得是在广州还是香港，我在街头摊子看过以"原子"作招徕的透明塑胶腰带。羊城和香江难得有近冰点的天气，因此除了用作"勒紧裤头"外，原子腰带别无功用。但据说在冰封的北国，晚上酒罢归来路遇坏人，腰带一拉出裤头就是宝剑，可作武器使用。

至今印象犹新的原子产品，是透明的原子 Hawaiian shirt，胸前两个口袋，方便摆放两种身份象征：一边是"红底"（百元大钞），一边是红"好彩"，Lucky Strike 香烟。那年头香港报纸一毛钱一份。

原子产品今天名称依旧的是 ballpoint pen，原子笔也。除非搭上名牌外壳，ballpoint 本身身价寒微，但从前不是这样的。原子笔初上市时，价值不菲，比自来水笔还要矜贵。那时候走在街头，若要引起中区丽人注目，可作如此身份包装：玻璃 Hawaiian shirt 口袋各藏一红彤彤的"宝物"外，再加一支 Parker 原子笔。到文华喝下午茶时，臂弯还得夹着一份当天的《南华早报》。如此突出形象，理应制成蜡像寄存香港历史博物馆，以志港人身份象征之沧桑。

梁实秋《雅舍小品》文字，有些很有实用价值，可作"文学功用论"之例证。每当传媒报道某 VIP 生病入院治疗时，我就想到《病》中所述：

> 我最近一次病，病情相当曲折，叙述起来要半小时，如用欧化语体来说半小时还不够。而来看我的人是如此诚恳，问起我的病状便不能不详为报告，而讲述到三十次以上时，便感觉像一位老教授年年在讲台上开话匣子那么单调而且惭愧。我的办法是，对于远路来的人我讲得稍为扩大一些，而且要强调病的危险，为的是叫他感觉此行不虚，不使过于失望。

那么来自左邻右里的呢？一切只好从简了，反正你是饭后散步，顺便过来聊聊的。但来看病的朋友，总希望能尽些微力，让病人觉得舒服点。因此你得做些小动作成全他们的心意。你可以请他帮你倒一杯开水，挺起半身喝水时不妨作出"扶起娇无力"的样子。你越显得 helpless，来看病的朋友越觉得此行不虚。

梁实秋最怕看到的，是快要出院时才找上门的朋友。"早就该来了，"他满面歉意地说："就是走不开。来，新上市的水蜜桃,尝尝鲜吧！"下一位还未露面就听到哈哈声:"哈哈，看你红光满面，比上次见你时还要福泰。我就是说嘛，吉人天相！你出院后我们聚聚，哈哈，哈哈！"

　　谁料这些宝贝一走，转眼来了个道貌岸然的家伙。他看到病人就要脱离苦海，"不免悟出许多佛门大道理，脸上越发严重，一言不发，愁眉苦脸"。这么一个访客，真是"鬼见愁"。雅舍主人结尾时，幽默黑得不能再黑了："对于这朋友我将来特别要借重，因为我想他于探病之外还适于守尸。"

荒谬的角色

　　话本小说《徐老仆义愤成家》的"入话"，文长四千字，是完完整整的一个文本，比正文徐老仆更有讨论价值。楔子里说的"义仆"名叫杜亮，主子是萧颖士，唐玄宗时一官人。在杜亮的眼中，萧颖士"上自天文，下至地理，无所不通，无有不晓"，是个笔下高千古的才子。杜亮自小就在萧家为佣，伴着主人读书时，主人读到得意之处，他也感同身受，满心欢喜。

　　话本小说的说话人都有"插科"的习惯，不时评议故事中人物的得失。这位说话人认定萧颖士什么都好，坏在有两个毛病。一是恃才傲物，目中无人，连当朝宰相李林甫也胆敢犯颜冲撞，几乎因此赔了性命。二是脾气暴躁。奴仆稍有差池，便受他拳打脚踢。最后当差的都跑光了，只剩下杜亮一人。以前家丁众多，主人打了这个，还有那个，现在各人的皮肉之苦都由他一人承受。

按理说，面对这样一个不讲理的头家，杜亮也早该步其他家丁后尘，一走了之。但他没有，一直对主子寸步不离，甘心挨打。即使被打得皮开肉绽，头破血流，也从未见他露过一点悔意，或说过一句怨恨之言。"打罢起来，整一整衣裳，忍着疼痛，依原在旁答应"。

杜亮远房兄弟杜明看在眼里，替他不值，劝他好自为之，另寻头家。杜亮就是不听。他说主人高才绝学，拈起笔来，不用打稿，顷刻万言，"真个烟云缭绕，华彩缤纷"。他之所以恋恋不舍，就是因为爱他的才学。为了服侍他，赔了老命也值得。他果然得偿所愿。萧颖士的火爆脾气变本加厉。今天一顿拳头，明日一顿棒子，不上几年，把这个"义仆"打得五痨七伤，口吐鲜血。主人这时才省悟到自己作了孽，急忙给杜亮延医诊治，还煎汤送药，可惜病人沉疴已久，药石无灵，终于西去。

杜亮死后，萧颖士央人四出打听，找人接"义仆"班子，但因为他打人打出了名堂，再无愿意"献身"的劳动人民肯上门。没多久颖士得知当日杜亮不听远房兄弟对他劝说的因由，"不觉气咽胸中，泪如泉涌，大叫一声，'杜亮！我读了一世的书，不曾遇着个怜才之人，终身沦落。谁知你倒是我知己，却又有眼无珠，枉送了你的性命，我之罪也!'"言毕大恸，口吐鲜血，不住喊叫杜亮的名字，卧病数月后身亡。

萧颖士（717—768）是唐代学者型的官员，仕途虽因曾冒犯李林甫受挫，但仍担任过一些中级官职，期间一直扶掖后进。杜亮在他家为佣的故事，并无多少事实根据。既是小说家言，亦该作如是观。在话本小说的体制内，杜亮的作为，显明是一则"喻世明言"，一个歌颂"义"之为物的 exemplary tale。这样一个故事，外国读者会作何感想？

早年我在美国教书时，曾用这话本作教材。不知有汉的美国大孩子对杜亮出人意表行为的解说，自自然然多从自己的文化背景折射出来。因此他们几乎一致认定杜亮是个 masochist，一个"受虐狂"。这个解释，言之成理，虽然接触不到中国文化的"深层结构"，但大家都可以接受。一位专修近代法国文学的同学论点倒是别开生面。他认为杜亮对主子诸般凌辱逆来顺受，是潜意识中选择了一个 absurd cause。杜亮不因主人落魄而冷落他，"义"也，但萧某毫不领情，杜亮还对他"义"下去，形同"养奸"。Self-righteousness in excess，就是荒谬。

中国传统小说中好些奇人怪事，也只能以 absurd cause 来解释。像《陈多寿生死夫妻》中的"烈女"朱多福，未婚夫患麻疯，双方家长同意解约，小娘子却以死威吓，誓不从命，迫着多寿跟她成亲，婚后把已不似人型的丈夫照顾得无微不至，"身上东疼西痒，时时抚摩。衣裳血臭腥脓，勤勤煮洗"。做丈夫的每天看到如花似玉的妻子如此牺牲奉献地服侍自己，良心怎样受得了？这个"荒谬"的女人对他越体贴入微，对他"迫害"越深。古人好些"义薄云天"的作为让人喘不过气来，此是一例。

旷野的呼声

牛津大学出版社把孙述宇好些旧作分上下两卷出版，题名《小说内外》。单看书名，难知究竟。卷一的篇幅，主要用在讨论《金瓶梅》和《红楼梦》，因此名实相符。但卷二的重点落在语言文字。包含的题目有关英语的学习，分别讨论英语的源流、结构、声韵、词汇和书写等。特别划出眉目的一章是"古英语"。这一章也突显了孙述宇在英语研究方面所受的专业训练。半个世纪以来在耶鲁大学拿到英国文学博士学位的中国人，屈指可数。柳无忌和夏志清两位，是老前辈了。述宇兄比他们晚一辈。杨宪益在三十年代投考牛津大学，第一个关口是要通过希腊文和拉丁文的考试。哈佛和耶鲁这两家深受英国传统影响的长春藤学府，相信对学生也有同样的要求。他们读 Chaucer 的 *The Canterbury Tales*，读的是中古英语。

孙述宇如果没有在拉丁文和中古英语等古典语文下过工夫，谅不会专题讨论陆谷孙编的大词典在"字源"（etymology）编排上不足之处。这题目太 technical，不合在此引申，援引他一段话："我们先……检看一下这本字典在解说字源时达到了哪些目的：字典能够说出英语语词的来源吗？能够把现代英文字在古语中的前身说清楚吗？能释读者之疑吗？能说出这些英文字的血统关系吗？这些都是我们对一本优良字典的期望。"这里只能长话短说。经他再三引证辨识后的结论是陆谷孙编的《英汉大词典》在字源工作上"仍然大有改进的余地"。

《使用中文是中文大学的使命》是作者 1975 年应中大学生会之邀而写。中大于 1963 年成立，学生会要出特刊检讨一下大学建校十年的成绩。孙述宇文章毫不含糊，说话绝不半吞半吐。他责难十年来"大学当局没有负起使用中文这一个重如泰山而不可旁贷的责任。李卓敏校长既不认错，也不改过"。

孙先生在中大的 home base 是英文系。你会以为他碍于情面，对同事说话会客气些。事实不然。首先，他觉得中大的学生既然都是中国人，英文系"自然应当用中文来讨论、练习与考试。因此，英文系也应当以中国教员为主。中国教员一方面能使用中文教学，另一方面又能在讨

248

论英美文学作品时引入中国人的感受"。这么一个要求，不是冲着种族肤色来决定的。外国人中也有中文流利的，如Deeney。他们当然可以在英文系任教。但"如果到来的洋人，学术成就平平，甚至在外国根本没资格教大学的，而到中大来永久性任教，却又不学中文。……"

为了督促中文大学"正名"，孙述宇说话真的不留余地。他说我们吃过种族主义的亏，并不提倡种族主义或排外主义。"假使有一位外国同事，看了这篇东西，同意这种议论，于是辞了中大的职，回国、失业、挨穷，我们也会很难过。痛苦是没有种族国籍的界限的，不过，剥夺学生用母语学习的机会，就是剥夺他心智成长的权利，这句话，我们不能不说"。

事隔三十多年，香港也早回归了，可是好些孙先生指陈的"怪现象"依然一成不变。学校行政部门发给同事的公文依样是英文。教职员会议中，只要有一位洋人在座，哪怕其他十位二十位的与会者都是同胞，也要改用英语。"中国教员一言不发坐完整个会议的情形相当的普遍"。这种情形，在香港其他的院校也一样普遍。

孙述宇这篇文章，理据充分，但指定要中大名副其实地用中文授课和印发行政文件，不是说理可以办得到的事。我们都明白，当年英国殖民部拍板让香港成立中文大学，只是为了"顺应民情",而不是为了推广中国文化。你的运作"实不符名",他们才懒得管。中大为什么不在开办时就坚持用中文教学、办行政？述宇兄自己有解释：因为这牵涉到千丝万缕的政治、经济、心理和利益的关系。以客观和现实的眼光看，要中大全部"汉化"，希望渺茫。李卓敏当年虽不"认错"，但稍后也叫出"双语教学"的口号。三十多年后出掌中大的刘遵义，"变本加厉，明令普遍使用英语教学"。述宇兄"虽千万人吾往矣"的书生之见，听来像旷野的呼声。

许倬云传奇

广西师范大学出版社一共为许倬云（1930— ）教授出版了十一本作品。李怀宇撰写的《许倬云谈话录》是最新的一本。书分上下两篇。上篇资料，主要来自"口述者"的身世和他对五十年来台湾社会的变迁和人事浮沉的评述。下篇环绕的课题跟上篇大同小异，只是李怀宇笔录之余，有时也会主动提出问题，谈话因此变了"对话"。内容方面也比上篇多一些身边"趣事"。许先生在芝加哥大学上课时，同班的老太太问他："你是开洗衣店出身，还是开餐馆出身？"

李怀宇在下篇的小引说："我常想，以许先生的身体，生在任何一个时代，都可能是历史的弱者，但是他不肯松一口气，终成人生的智者。"许倬云出生时手脚弯折，成长后肌肉不发达，需借助双拐行走。他的孪生弟弟许翼云倒是四肢健全。双胞胎中出现这种症状例子极少。他在芝加哥大学做身体检查时，当值的医生对他的病例很感兴趣，问他愿不愿意接受院方的治疗。他说愿意，但没有钱。医生叫他不用担心，他是院方的"研究病人"，费用全免。他一共开了五次刀，躺在床上几个月，两只脚轮流挂着，左脚开刀挂左脚，右脚开刀挂右脚。但手术还是无法使他手足运作正常。走路时还得依靠拐杖。握管书写时手指总不听话。

许倬云是西周史专家。依李怀宇列出的书目看，他的英文著作，专书有三本，论文三十多篇，其中有小部分是法文和德文的译文。中文著作的单行本，如把台湾、香港和大陆的版本加在一起，共有五十五种。在学报上发表的论文合计七十八篇。

一个行动不便，正处于发育期间的青年，在八年抗日战争中，吃的是掺了石子的米饭，难得有一天吃得饱。上学时，铅笔用完了，就拿一木块或竹子，削得尖尖的，烧一烧，作代用品。他逃亡的经过，"没讲得很惨，再讲我自己会哭"。1948年底，他到了台湾，在台南做插班生，三个多月后毕业，次年考进台大，先读外文系，后转读历史。经济"起飞"前的台湾，生活也是苦哈哈的。台大学生宿舍的饭菜，虽然不掺石子，但吃惯了就面有菜色，因为不见油水。傅斯年校长很关心学生，经常巡视学校各区，有一次他到学生宿舍看看他们吃的是什么东西。看了一眼，叹了口气就走了。其实校长的日子一样不好过。"当时他太穷了，"许教授对李怀宇说，"难得吃到一片肉。"

他在台大拿了学士和硕士学位后，考取了留美奖学金，到芝加哥大学攻读博士学位。那是1957年的事。许先生的履历很长，这里未能一一罗列。简单地说，他是中研院院士，1999年在美国匹兹堡大学荣休以前，他曾任美国、中国台湾和香港多间大学的讲座教授。我们只要参照一下他学术著作的书目，可知这不寻常的荣誉得来不易。今天一般有规模的大学和图书馆，都有特别为方便"伤残"人士使用的种种设施，但在许先生"发奋忘食"的当年，此中甘苦，真不是我们身体健全的人可以想象出来的。

我跟许倬云是旧识，但只知他长于著书立说，读了《谈话录》后始知这位读书人还是个不可多得的行政人才。六十年代他在中研院当研究员时，蒋介石已经把权力交给儿子。研究院直属台湾地区最高权力机构。院长王世杰不肯跟老蒋打交道，小蒋是他晚辈，又不愿意"屈尊"相与。结果是凡是学术以外的"杂务"，都交给许倬云这个"小萝卜头"办理。"小萝卜头"迫上梁山，也因此结识了好些"朝野人物"。蒋经国1987年逝世。他死后成立的"蒋经国基金会"，基金一亿美元，是个大规模的国际学术基金会。这构想是1983年许先生跟当时的台湾地区"行政院长"孙运璿一次谈话引发出来的。

《谈话录》涉及的近当代人物共六十七人。月旦人物，可以是万言书，也可以三言两语疏落如《世说新语》。王世杰任秘书长时期，好多时不卖老板的账。"蒋介石有时候批个东西，他不能接受，退回给蒋介石，蒋介石气得撕掉，他捡起来，贴好了再送回去。"许倬云议论他同辈人物，每有独得之见，来日再谈。

春秋闲话

　　《许倬云谈话录》，慨述平生，亦月旦人物，议论时艰。全书二百六十七页，上榜的现当代人物却有六十七名。《谈话录》的内容既以许教授身世为主体，因此给卷进"话匣子"去的多是他同辈的文教界中人，或是他在中研院和台大历史系出任行政工作时认识的"朝野贵人"。但有些在《谈话录》出现的名字，倒属意外。

　　许先生跟李怀宇说到抗日时期大后方的生活，米饭混了沙石，铅笔没了，拿木块或竹子削尖，烧一烧做代用品。"这种情况下，哪里还有闲心去做什么启蒙？"许先生说："整个时代的风气完全是为了生存。在沦陷区里，战争很快就过去了，资源还在，租界里过得比我们好多了，所以纸醉金迷。张爱玲的小说还敢存在，她的书里看不见救亡。"

　　"张爱玲还敢存在"应怎么解释？"敢"，因为作者人在沦陷区？要是张小姐不在沦陷区呢？胡猜瞎说无益，可以肯定的是，张爱玲传世之作都是在1949年前完成的。她的小说，的确毫无"救亡"气味。张爱玲是三四十年代一个"另类"作家。

许倬云的谈话为什么突然冒出张爱玲来？起初我有点不解，后来看了李怀宇说："听许先生谈学问，是一种享受，他会把问题讲得深入浅出。听他品评的人物也有快意，闲谈中，我几乎问遍了视野所及的学人。"我们不妨替他补充一下说："视野所及的学人和作家"，因为上了榜的除张爱玲外还有痖弦、金庸、古龙和张恨水等"文艺工作者"。照我推想，许先生在谈话开始时没有打算"月旦"张爱玲的，只因访问者偶然提起，也就随便搭上几句，让他"快意"一下。

谈到殷海光，许倬云用了四页篇幅忆述。跟蒋家政权"对着干"的殷海光是许先生的台大同事。学校的训导处不让他上台演讲，许先生气不过，自己办演讲会，请他上台"代讲"。许倬云认为殷海光说话很有煽动力，虽然内容"现在讲起来很肤浅。我是尊重他的人品，并不在意他的学问。……殷海光一辈子标榜自由思想、自由主义，到了晚年，他受捧之余，不免自负是大师，这是与自由主义矛盾的"。

许先生的评语，还说到殷海光对中国史史料不熟，对发展的过程也不清楚，所以他对中国文化的批判，有不少是相当有问题的。同样，他教逻辑学，"以为数理逻辑是逻辑学的登峰造极，可是他的数学造诣，并不够用"。殷先生思想"崇洋"，事事相信"科学"，可是自己得了癌症后，"以为可以靠打坐的功夫来治，他找南怀瑾学打坐、运气。他坐的蒲团都坐破了。这件事，他跟学生不讲的"。殷先生最后还是死于肝癌。

殷海光可以"微观"，因为许倬云跟他有私交。出现在他"榜上"的人物，如果没有这种关系，只好"宏观"，三言两语就自己的印象评说一下，像他看张爱玲的作品那样。说到"文化危机"，他认为用大量资源营造出来的"花团锦簇"世界，里面是空的。像张艺谋为奥运策划的开幕仪式，全是声、光、颜色，没有内涵。好大喜功，学术界也不例外，"在世界各地办孔子学院，其实没有真正的内容"。

许先生在美国"侨居"半生，依他的观察，就精神面貌而言，美国近年也好不到哪里。"现在美国没有知识分子，只有专家。专家拿自己一技之长去换功名利禄。要拿到好处，就得依附实力团体。你不想同流合污，只消说声'老子不干了'就成。但许先生有点不由自已地说：'越来越少"老子"了。我这话讲得很冷酷。'"

李怀宇跟许先生说，杨振宁和何炳棣等人在 1970 年代回国访问时的一些言论，他"深感困惑"。许倬云告诉他，杨振宁是个少小离家的"爱国主义者"。"回首望故国，河山总断肠"的情怀影响到自己的判断。历史学家何炳棣呢，就有一种"依附"的意向。他"靠拢"后，就不到台湾来开中研院会议了。后来发现北京和台北有和好的可能，他才转弯开始回南港了。真的像许先生所说，"老子"越来越少了。

闲话二则

Life is too Short for Bad Wine

影像时代的广告，大都以图片招徕，彩色缤纷，如设计别出心裁，广告就是艺术品。衣物、珠宝、化妆品，什么话也不用说，只在产品上印着名牌的 logo，你瞄一眼就怦然心动。

时代不同了。但在文字还能感人的日子，简简单单的一句话，也一样有动人心弦的广告效益。我在美国威斯康辛州的 Madison City 前后待过二十年。小码头，全城居民的生计不是直接也间接地跟大学的 supporting facilities 有关。大学城的消费，非常中产。有一次，一位台湾报馆的朋友来看我，晚饭想喝 XO，我带他跑了几家店铺，也买不到 XO。大街小巷的 Liquor Store 最矜贵的品种，也不过是 VSOP。

普罗百姓平日喝的餐酒，不是 Paul Masson 就是 Gallo。衣食足、生活安定、学有所用、自我感觉良好，觉得实在不必要喝 Bordeaux 名牌来提升形象。谁料一天跑到相熟的酒铺，显眼处赫然看到一条辣辣红的 banner，上写：Life is too short for cheap wine！人生苦短，你还在刻薄自己，喝廉价酒？劣酒？

酒铺的架上还有四五元一瓶的 Gallo 和 Paul Masson 发售，大概在老板眼中，这还不算"廉价"酒，否则 banner 上的话就是自打嘴巴。老板挂上 banner，其实是为了 promote 一种中价加州红酒，但"Life is too short"这句话，马上引起我好多联想。人生苦短，我喝的只是"劣酒"，半辈子岂不白活？当时不断在心中浮现的，是艾略特"The Love Song of J. Alfred Prufrock"的句子："I grow old...I grow old.../I shall wear the bottoms of my trousers rolled"。于是决定再不等到穿裤子要把裤管卷起来的年纪才喝美酒，一口气买了两瓶 Robert Mondavi 酒庄的 Cabernet Sauvignon。

结结实实的东西

马克思的《共产党宣言》（1848）这么说："All that is

solid melts into air, all that is holy is profaned, and men at last are forced to face with sober sense the real conditions of their lives and their relations with their fellow men."

曾经是结结实实的东西，早已化为乌有。神圣不可侵犯的，迭遭亵渎。众生终于被迫要清醒地面对他们的生存状况和跟别人的关系。

自从上帝在尼采的笔下消失后，人的形象在西方世界日见支离破碎，传统的价值和信念在虚无主义思想的冲击下，变得流离失所。上帝、母亲、爱人的分量，本来是结结实实的、无可取代的效忠对象，谁料出现了加缪"异乡人"Meursault 这个"谬种"，连母亲的生死也漠不关心。人的形象，落在毕加索画板上，面目颠三倒四，立体得奇形怪状。

当然，勾画现代人精神上之"疏离"和"异化"，落墨最重的应是卡夫卡。好好的一个人，一夜之间竟变了一只大甲虫，试问人间何世？现代和后现代思维与表述不是一个轻易说得清的题目，我们为此不妨因繁就简，听听 Olga Scheel 在 "Paradox of Our Times" 这篇"软性小品"怎么说。"Paradox" 的中译有多种：悖论、吊诡、矛盾、真真假假。Scheel 觉得我们这时代真多怪现象。省时的科技设施越来越多，自己可以支配的时间却越来越少。拥有的学位越来越专门，"一般见识"（common sense）却越来越皮毛。专家多了，问题反而越来越多。医学越进步，病痛的名堂越见复杂。食物越多样化，营养价值越少。电话、电脑方便我们交谈，但实在我们没有什么沟通。我们在电邮收的，是发给 Dear All 的信件。

Olga Scheel 说："We've learned how to make a living, but not a life; we've added years to life, not life to years." 我们懂得怎样谋生，但不懂得怎样生活。我们学会了延年增寿，但并没有在这些额外得来的岁月注入生命。

马克思认为中产阶级为了推动经济，命定要不断为产品推陈出新。产品日新月异，消费者的占有欲越来越强。产品是因应实际需要才上市的，但欧美各地的名牌手袋、珠宝、衣饰，你看了广告，买不起，于是"把心一横"，不惜代价也要弄到手上。后果呢？不说也罢，但再清楚不过的，是你已变成了产品的奴隶。Paradox 这个字，说的就是这个意思。

偶得三则

偏见

郑立勋在《信报》的《先入为主》一文谈及他的旅法经验。他居住的是法国农庄,邻居都是纯种乡下人。郑先生跟他们聊天时,往往要复述多次才教对方明白。法文不是自己的母语,沟通一出问题,自然马上怪责自己。口音不对?语法不合规矩?名词阴阳失调?总之,千错万错,错在自己。

后来他在电话办事,对方大都听得明白。他终于明白,"关键不在于我的法文水平,而是对方看到中国人面孔后,他们脑内立时浮现中国人不应该说自己不懂得的语言。"乡下人毕竟比花都红男绿女人情味浓,郑先生安顿后不久,就有邻居邀请到家中作客。"他们都紧张地问是否要喝茶,应如何泡。"其实郑先生在香港长大，自少无喝茶习惯。见面几次后，"核心"问题来了，中国人是否吃狗肉？

"先入为主"的观念是不是偏见？应该是吧。关东大汉不吃生蒜、蜀人不吃麻辣、老广不吃"香肉"，真是枉一生。看来狗眼看人也会像郑先生的法国邻居那样"先入为主"的。夏志清先生在接受季进先生访问时说，他初到美国时，就要到中西部 Ohio 州一小镇去拜访在 Kenyon College 任教的新批评大师 J. C. Ranson 教授。学院座落的地方 Grambier 实在是一条小村落，一家电影院都没有，当年该校只收男生，"而且只收白种人，其他人种都没有，我可能是我住的地方的唯一华人，那些狗闻到我的气味同白人的不一样，就会叫起来，害得我连散步的权利都没有了"。

志清先生后来到了耶鲁大学念研究院。校区 New Haven 不是乡下地方，那儿的金毛犬见过世面，阅人多矣，嗅觉没有"先入为主"的偏见，志清先生可以晚上出外散步，顺利完成学业。

个性

早就听说过本名杨遗华的陈村很有个性。他祖先是千山万水从阿拉伯过来的回族，但自己却选择认同了黄帝。

他写小说，散文是他的副业。不喜欢他文章的人说他写的是"小男人散文"，因为这个年头不写报国文章容易被人认为是小男人。为了名实相副，陈村于是写了《小男当家》一文。

有个性的人有时很"野"。多年前陈村到西安开会，机上坐在他身旁的是一位女士。彼此不认识，因此相安无话。途中他"只注意到一个细节，人家给她吃东西她不要，她不吃东西，我就把那些东西全吃光"。后来他才知道机上的"邻居"，原来是龙应台女士。"若知道，我肯定就请她签名了。"

我手上这本河北大学 2001 年出版、贾平凹挂名主编的《散文研究》，编排乱七八糟得像混沌初开。陈村这篇短文《应该有，也相信会有》，不知道是不是他的当席发言，或是会后补写的。文章放在书中《〈美文〉在一九九七》辑内，因此相信发表的年份是 1997。龙应台的《发现之旅》也收归在此辑内。

龙应台一来有个性，二来身份是"外来和尚"，她的"发现"真有个性："十年前，我刚接触大陆文学的时候，我很注意大陆的散文作品。"发现的结果是："呀，我怎么看不懂？……杂文本来是一针见血的东西，但大陆的杂文，却绕着绕着说，绕着绕着说，绕着绕着说！！！……若不是杂文而是抒情散文，写花花草草呀，写小猫小狗呀，却显示出了另外一种问题，那就是在描写的时候喜欢用一些诸如'晶莹的露珠'呀、'蒙眬的眼神'呀等等。"

《野火集》的作者作结时说："散文离不开一个字，那就是美；这个美是广义的美，包括思想的深度，还包括人生的思考，更包括书写本身的美，还有文字的运用。但大陆的运动造成的结果是人心对美的粗糙化，对美最微细的感觉的破坏，……"

背诵

多少年前，我们学语文，离不开背诵。小学国文老师用的课文，有部分采自《古文观止》，要我们背诵，然后"默书"。《前赤壁赋》中的句子，有些对十来岁的小孩高不可测，什么"哀吾生之须臾"，什么"抱明月而长终"，做梦也意想不到。可是"清风徐来，水波不兴"这种说法，过目不忘。事隔多年，若有人问功过，背书有什么好处，应说百利而无一害——只要课文选对的话。

小学时念古文，文字和意境或有超乎我们领悟力的，但古文之为用，是一生一世的观赏。即使初读时只有一知半解，一再背诵，对自己的写作日后也有催生作用。"白露横江，水光接天"，如此万千气象，只用了八个字承托。因为文字显浅，小学生也能吸收，纳为模仿对象。老来再遇苏轼，认识自是不同。"且夫天下之间，物各有主，苟非吾之所有，虽一毫而莫取"。当年的小学生背诵这些句子，人云亦云，今天戴着老花镜重读，会然于心，顿消尘虑。

学英文，也讲究背诵。坊间有《英文诵典》（*Selected English Articles for Recitation*）一书，在"前言"引了"疯狂英语"创始人李阳的话："在中国学英语，背诵是唯一的真理！背诵才是硬道理！背诵是钢、是铁、是生产力！其他都是'假'的！"

为了适应各阶层、各行业读者的需要，《诵典》选材内容斑驳多样。题材务实的有："Questions Asked in an Interview"（求职面试题）、"A Knack of Walmart's Success"（沃尔玛发迹妙诀）。空灵高蹈的有诗歌："A Psalm of Life"（人生礼赞）、"My Heart's in the Highlands"（我的心在高原）。名人的演辞也是《诵典》编者所爱，因见"Jimmy Carter's Nobel Lecture"（吉米·卡特的诺贝尔和平奖受奖演说）、"Bill Gate's Speech to Qinghua University"（比尔·盖茨在清华大学的演讲）。

我自修学英文时，也相信背诵是"硬道理"。五十年代香港流行一套 Longman 公司出版为各阶中学生准备的英国名著小说的 simplified edition（简易本）。篇幅删节不少，文句也有改动，但内容保持原貌。我记得当年就捧着删节本的 *A Tale of Two Cities* 和 *Pride and Prejudice* 这套丛书背诵过，念得津津有味，也背得津津有味。

　　该选哪些读本来背诵，当然取决于个人兴趣和实际需要，但离不开这个大原则：量力而为。文章的内容跟自己的兴趣风马牛不相及的，别碰。文章生字太多，要每隔一行就得翻一次字典的，别碰。诵读如果变了苦事，课文也难上心。

　　《诵典》也收了美国大小说家 William Faulkner（1897—1962）在 1949 年获诺贝尔文学奖的受奖演辞。其中有此名言：It is the poet's, the writer's duty to write about these things. It is his privilege to help man endure by lifting his heart, by reminding him of the courage and honor and hope and pride and compassion and pity and sacrifice which have been the glory of his past.

　　演辞洋洋洒洒，气势迫人。难得的是通篇不见费解字眼。句子冗长，对的，但短句子无法让 Faulkner 的核心价值 courage, honor, hope, pride, compassion, pity and sacrifice 一气呵成。

　　大匠手笔，可不可以模仿？当然，但先要认识到英文是否到家，关键不在句子的长短。莎剧 *The Tragedy*

of Macbeth 中 的 句 子 "To-morrow, and to-morrow, and To-morrow" 是千古绝唱。模仿 Faulkner 的文体, 误以为句子越长越有气势, 功力不足, 出口成章 "如滔滔江水, 连绵不绝", 在人家听来, 就像 "a tale / told by an idiot, full of sound and fury, / signifying nothing"。

鳄鱼潭里的风光

五十年代我在台湾读书时，每拿到稿费后便上台北的"美而廉"餐厅吃冰淇淋和喝咖啡。这家高档餐厅的餐饮很"美"，但价钱一点也不"廉"，穷学生吃得起的只有 ice-cream 而已。拾梯上餐厅二楼，近面而来的是墙上挂着的一幅框在玻璃镜架内的图片，上书："怀念大上海"。

五十年代在香港栖迟的"南来作家"，不少日常也在"怀念大上海"的心境中过日子。过来人（冯凤三的笔名）在报上连载的专栏《托盘私记》，写的是一家上海馆子跑堂每日"托盘"时所看的众生相。这专栏我曾断断续续地看过，印象最深的一句话是："从前在上海。"这句话周而复始的在方块出现，因想到对作者过来人说来，眼前香港景象，"眼见不实、耳听不真"。为此《托盘私记》虽以香港为背景，却难视为对香港风土人情有"写真"意图的作品。

当年我有一搭没一搭地跟着过来人怀念从未涉足过的大上海，也不时在《经纪日记》去认识香港。《经纪日记》自1947年4月20日起登场，1955年1月27日告一段落。所谓"告一段落"，只不过是名称换了，经纪拉仍活着，专栏改名《拉哥日记》就是。经纪拉原名高雄（1918—1981），又名三苏、石狗公、史得、小生姓高等，是香港通俗文学的泰山北斗。我在1956年离港赴台读书前后，给他编的《新生晚报》副刊写过稿。后来到美国升学，又断断续续地跟他通过几次信。

我平常写稿，鲜及个人私事。这次例外，因为我想在"正文"之前说几句话纪念我这位长辈朋友。张敏仪在《忆三苏叔叔》一文忆旧一番后，结尾说："从前的香港和三苏叔叔一样，的确都很值得我们记住。"

我"文艺青年"时代投稿《新生晚报》，因并不认识编者，见文章居然刊出时说是"喜出望外"一点也不过分。后来接到稿费，千字得七块钱。在五六十年代的香港，这数目可以吃到二三十碗云吞面！同时期经常在《新生晚报》出现的有十三妹和今圣叹（程靖宇）。十三妹跟三苏非亲非故，以"难缠"出名，结果文章还是一篇接一篇地发表了。今圣叹是我老师夏济安的同学，因有私交。他是湖南人，据说也是先"投石问路"，后来才成为《新生晚报》作者的。

旧时香港"土著"面对来自神州大陆的各路同胞，江西老表也好、湖南辣子也好，懒得跟你计较，把所有唔识讲广府话的"外江佬"都目为"上海佬"。十三妹是上海婆、今圣叹是上海佬，还有一位经常见报的"路易斯"（李雨生）也是上海佬。高雄主理晚报副刊多年，不为地域观念所囿，只要"好嘢"，来文照登。给流落香江的"写稿佬"一个卖文的机会，也多多少少地帮助了他们的生计。

我所认识的高雄，性格豪迈，重言诺，乐于扶掖后进。在张敏仪的口述稿看到这段文字："三苏叔叔过身后，李碧华一篇提到三苏叔叔的文章，我印象很深。事缘李碧华当时是电视编剧，一次三苏叔叔在文章里评了一下她的一个作品，提了些意见。李碧华说她跟三苏叔叔并不认识，但心里一直很感激这位前辈曾在文章里提点她。知道这位前辈过身后，她写了一封信给三苏叔叔，静静地烧给他。"

高雄六十三岁辞世，作品千多二千万字，留下岁月痕迹，以《经纪日记》落墨最浓。早在五十年代香港大公书局出版的两册单行本今已绝版。幸得卢玮銮教授做了钩沉工作，在其主编的"旧梦须记"系列收了经纪拉。《经纪眼界——经纪拉系列选》的编者是熊志琴，天地图书出版。

今圣叹说他在 1948 年底到了香港，继续他的教书生涯，只有半个月，这位"上海佬"已能听懂教堂牧师讲道和校长每星期的校务报告。苦的是他听不懂自己学生的谈话。后来他校里一位同事听说他有读《经纪日记》的习惯，特别提醒他说，"你要学第一流的好广东话，你不可间断，天天要读它。"浸淫过一段日子后，湖南"上海佬"的"广白"琅琅上口，什么"扑水"、"论尽"、"一身蚁"、"一戚都无"和"为之吹胀"等口语尽收自己日常的词汇。

今圣叹想是认识到《经纪日记》喻世明言价值的第一人。他说此书"在社会学和经济学的影响，恐尤超过于文学，今日我们想读一本在二次大战期中，描写重庆或昆明后方的经济生活和社会形态的作品，几乎一本也找不到。《经纪日记》将近五六十年来之香港人的物质生活与精神生活，全部烘托出来，每天积累，遂成巨帙"。

以下抄录《日记》开场那天的前半段，读者或可从中看出内容和文字的风格：

第 × 日

早上七时，被她叫醒，八时，到大同饮早茶，周二娘独自回家去了。她说自己要买钻石，恐怕是"水盘"，大概和人家"踏路"是真。王仔走来，"猛擦"一轮，扬长而去，真是愈穷愈见鬼也。

九时半，打电话到贸易场问金价，仍是牛皮市，自从上月被绑，亏去六百元后，真是见过鬼怕黑矣。莫伯到来，邀之同桌，据称：昨日经手之透水碧玉，已由一西人买去，赚价二百余元，此人好充大台，未必能获如是好价，逆料赚四五十元是真。余索莫伯请饮早茶，彼一言既出，驷马难追，这回总算中计了。莫伯望望桌上的小碟，皱皱眉头，我心里好笑。

文内的"她"，是经纪拉口中的"老妻"。"大同"是旧日香港的高档酒家，早已结业。经纪拉这个 broker，日常来往的都是势利人家，自己虽然无固定收入，为了不让人看瘪，出入都是大同和陆羽这样的名店。周二娘是经纪拉的"老相好"，但肌肤之亲并没有使两人心心相印，两人关系各有保留。二娘的话他半信半疑。"老妻"经常夜归，给他解说的种种借口，他一样半信半疑。

经纪之间往来，总要从对方身上取尽"着数"（便宜），此为求生第一要义。"猛擦"是拼命塞肚子。想是经纪拉饮茶时看王仔走过，礼貌招呼他坐下，谁料他竟然毫不客气"猛擦"，讨尽"着数"。

莫伯夸口赚了丰厚佣金，经纪拉素知此人爱"打肿面充胖子"，乘机要他请客，给他面子。旧时酒楼结账，侍者先数台面叠放了多少点心碟子。难怪莫伯望着桌上如山的小碟就皱眉头。王仔搵了经纪拉着数。经纪拉搵了莫伯着数。

《日记》内容跟着时事走，日新月异，不像小说那样可以随意布局，人物角色的发展可以预先安排。《日记》人物众多，但除了"老妻"、周二娘、飞天南、白如烟这些个核心角色外，其余的都是游离分子。他们都是因应种种"商机"衍生出来的。月之某日，经纪拉到第一楼饮茶，独酌无聊，正想结账下楼当儿，忽然有人上前打招呼，原来是旧同学高佬奇。

相谈之下，知道高佬奇已是校长。"渠要请饮茶，下楼之际，渠谓要去买些标本仪器，我忽然想起我住处隔离之吴究舒存有动物标本一批，此乃生意经也，马上兜搭，大车一顿话有便宜货"。

老同学多年不见，意外相逢，经纪没想到要叙旧，因为他从老同学身上看到机不可失的商机。如果我们看通贯穿《经纪日记》的意识形态是"经济决定论"，就不难理解经纪拉把老同学看作一盘生意是非常顺理成章的事。经纪拉时代的香港，历经政权的更替（国民党败走台湾）、韩战禁运，但政治上的改朝换代并没有改变经纪拉的日常生活。国民党贪官污吏挟黄金钻石美钞"流亡"香港，经纪拉有办法帮他们"洗钱"。朝鲜战争禁运，走私生意更可获巨利。果然，对经纪拉而言，政局的一治一乱，无碍他在夹缝中"搵着数"的机会。

郑树森读《经纪日记》(见《经纪眼界》附录),也认定此书"没有明显政治取态,左右对它都不重视,认为与民族前途、文化使命、中国未来都无关"。郑教授给《日记》的文学类型定位为"novel of manners","社会风貌小说",亦因此可以说继承了《金瓶梅》叙事的传统。西门庆买丫环花多少钱、买衣料多少钱、买书童多少钱,这些数目,都巨细无遗地落了账簿。西门庆做大买卖,相对起来,经纪拉日夜钻营的虽然是蝇头小利,但一样有生意人本色,钱财进出的数目从不含糊。上面引的开场日记的下文说周二娘在经纪拉午睡时来了电话,向他借五十元。相约到陆羽饮茶,见面时还出现了一位陈姑娘和一名"细路"(小孩)。陈姑娘介绍细路是自己的弟弟,但细路在无意之间叫陈姑娘作"阿妈"。四人在陆羽吃点心,"擦了二十五元半"。

广义地说,经纪拉是 John Stuart Mill(1806—1873)眼中的 homo economicus 一个例子。这个"经济人"善于空气制面包,不但精于把握时机,更会营造商机,往往能以最低的成本和最短的时间内取得最大的利益。名批评家 Ian Watt 曾用"经济人"的观念分析鲁宾逊(Robinson Crusoe)的性格和心态。此君在荒岛漂流二十四年,在几乎一无所有的环境中,先打造了牢固如城堡的居所。安定后还在荒岛的另一边找到合适的地点再筑一座他称为 summer home 的"避暑胜地"。他从破船找到小麦、大麦和菰米等各式种子，及时种植，日后收成制成面包。荒岛没有狮虎豹之类的野兽，但野山羊不时出现。他捉来驯养繁殖，不但解决肉食问题，亦可稍解荒居寂寞。鲁宾逊能在逆境生存，因为他无论处于什么环境，都可看到"满眼商机"。英文说的 resourcefulness，大概就是这个意思。

在经纪拉的世界中，贫穷是无可饶恕的罪过。经纪拉明白自己的"生财之道"有时于德有损，亦懂得反省。以下一段日记极有特色：

> 翻阅日记一过，感慨甚多。最感慨者系自入经纪行以来，毫无建树。虽然银行有万元存款，日中出入大酒店，但九成九在女人身上发财。清夜自思，于心有愧，虽谓求财不必计较来源，但那一日被飞天南话我以身发财，至今如芒在背。乘此写日记百篇之日，立下宏愿，今后少与女人交游，自力更生，别图发展，做一个大丈夫，顶天立地，然后可以成伟人也。第一步，决定先在老妻面前一振夫纲，树立大丈夫楷模，盖先安内而后攘外也。

拿这段自白跟《经纪日记》往后的发展对照着看，拉哥不靠女人发财这个宏愿，只是一个自我感觉良好的非分"痴"想。也许意在反讽，因为除非他立志改行，否则他一日为经纪，一日离不开女人。他这种行业，"美人计"是招揽生意的不二法门。拉哥当然是男身，但假如客人中有半老的徐娘对这个 broker 的长相有兴趣的话，为了拉生意，拉哥一样得投怀送抱。事实上他跟"美人"白如烟除了男女有别外，处境大致相同：同是在鳄鱼潭中打滚讨口饭吃的可怜虫。

　　1969 年我访问了高雄（今收入《经纪眼界》作附录），他对经纪拉和他另一本小说《石狗公日记》中的石狗公分别作了评价。他认为经纪拉是比较值得同情的人物，因此我们不应否定他。"但石狗公这个小人物却是个必须否定的人。他属于向上爬一类，利用香港这个环境，来制造自己的个人。经纪拉却不是，他并没有利用香港的环境，而是局促于这个环境之中，不得不如此走，只有那么一条路可以走。"（这个访问，是陆离女士做的记录。）

　　《经纪日记》今天读来仍然过瘾。张敏仪在《忆三苏叔叔》的话结尾抄下了《张爱玲私语录》的一段："十一月二十六日的信收到。先在上一封信上看到你们俩卧病前夕还预先替我安排一切，卖电影版权，实在感激到极点，竟也没工夫来信说一声。天天忙着找地方住，使我联想到从前三苏笔下的天天'扑水'的情形。"张爱玲这封给邝文美和宋淇的信，是 1986 年 12 月 29 日写的。

已故中文大学教授黄继持看来也是《经纪日记》的知音，他的评语中肯极了："以高雄为代表的一路，免掉'新文艺'的腔调，可视为承接晚清以至民国的社会通俗小说。写世相不避庸俗，说人情不隐劣德，夸张里有揭露，谐谑中有讽喻，虽说是'商品化'运作的产品，却比日后传媒雄霸天下局面留下较多的想象与思维空间。"

扬眉十三妹

除非你是上了年纪的香港文化界老行家，否则不大可能听说过十三妹这名字。她在上世纪五六十年代为《新生晚报》和《香港时报》等报写专栏，曾传诵一时。如今她拱木多年，而当初刊登她作品的那几家报纸，亦早已结业。五十年代中我在台湾读书，十三妹的作品也只有在暑假回港时零零星星地看到。如果不是今天看到樊善标先生编选的《犀利女笔——十三妹专栏选》，人家问我对十三妹的印象，我只能从实招来：我是为了看热闹才看她的作品的。樊先生也这么说，"她火辣辣的性格，加上独特的知识背景，吸引大量读者，甚至有些人尽管不喜欢，仍要边骂边看"。

"十三妹"原是清代文康章回小说《儿女英雄传》的女主角，本名何玉凤，为报父仇才用十三妹之名仗剑走江湖。

专栏作者十三妹原名方式文，以小说中的英雄人物作自己的笔名可看出她心中的一股傲气。事实上她的应景文章多少带了点"打擂台"的味道。她是越南华侨，父亲中文"目不识丁"、嫂子是法国人。十三妹从小念洋书长大，第一语言是法文，其次是英文。她的中文是跟着北京人的母亲和同样是来自北京的保姆学来的。

十三妹本来家境宽裕，父母自小聘请老师教授她钢琴和拉丁文。因为战乱，家财尽失，父母双亡，五六十年代一个人流落香江，初在"写字楼"打工，也曾教授钢琴为生，后因心脏病发和患上严重风湿，不能再打工，迫得卖文为生。在《华侨节想起了我的母亲嫁父亲》一文，她提到母亲和保姆好像有先见之明，能预知自己早晚会为环境所迫要煮汉字疗饥，"所以在她们两人督促之下，我居然乱七八糟，打了点中文底子。于是今日也才能临阵磨枪，在香港今日的所谓文化圈内，'中土'来的各路英雄好汉，明枪暗箭并施之中，挂起自己决不属于哪一流哪一派的招牌来"。

十三妹虽然一再告诉读者自己为文实话实说，既不偏左，也不靠右，但依然躲不开各门各路的"一读者"上门要拆她招牌。十三妹不时收到台湾的大学生寄给她的校园刊物，她读后发觉台湾的大学生的水准，"远比此间为高"。有"一读者"看了不服气，去信"投诉"，十三妹不予理会，因为她"可看出这是来自红色细菌之伪装"。

"一读者",再接再厉,十三妹终以《斥'一读者',两次来函》作答:"更蒙你夸奖我的'反共艺术'太高明,谢谢你的谬奖,但由此也可看出你掩不住的狐狸尾巴了。十三妹生长海外,吃自己的父母的干干净净的饭长大,但在抗战时期,曾流徙于中国后方。故对当时渗透入学校之红色细菌们,虽未进过学校,但那时的年龄与认识之所限,也曾见识与接触过些。故我敢从你的来信判断,正是目前渗透于此间大中学校的这般细菌之一。而且一代不如一代,你比你的前辈们低能得太多了。"

十三妹的文字,颇多沙石,句子与句子之间亦时见松疏。周作人就说过,"她就是能写,并不是写得好。"想不到她意气风发之余,竟认这种文体为自己的特色。她在《从行家使我发呕想换版头名称谈开去》说:"十三妹的下栏之文,一贯以泥土沙石微生物夹杂其中为特色,我甚至不但不会为此一特色而自愧,决不想改变作风,而且自信此乃七十年代之特色。"这种性格,既可说是"择善固执",亦可说是"怙恶不悛"。她看问题相当主观,常见感情用事。在《新生晚报》开"十三妹专栏"时,编辑曾向她提议用"小品文"为名,给她"笑了回去"。她说"最受不了的就是小品散文这类的名目。尤其小品一词,极尽'小家子气'"。十三妹对她"粉丝"的吸引力，正因她不爱忸怩作态，毫不掩饰地向你暴露"赤裸裸"的情感。

十三妹自己也知道，大部分读者看她文章，是为了看热闹，为了要看她"打功夫"，看看"辣妹今天要骂谁了"。话说盛名之累，确有道理。在《读者·编者与作者》一文，她说也许因为读者对自己要求过高，每当自己不能满足他们期望时，"都把怀疑加之于编者们身上去"。这种猜疑，十三妹说，是冤枉好人了。她卖文以来，只靠电话跟编者联络，从不跟任何编辑先生或女士见面。"我至今不知道我的任何一个顾主的面孔，"她说。彼此互不相识，哪有什么"面色"好看的？"而像我这种人，又岂是受得了主顾们的面口的？十三妹恶名大过文名，且不以恶为耻，岂是好惹之辈？"

樊善标在本书的"前言"说得好，十三妹恶形恶相、不留情面的话，只针对她瞧不起的行家。对一般读者，尤其是年青的学生辈她说话极其和蔼亲切。她对一位正在学琴的小读者说，别把我估计得太高，只要你不中断努力学习英文，"十年后你就将会发觉，世界上可读的好书与好作家，即使我们来世界上投胎十次百次也读不完。十三妹之流不过是在这儿混几个稿费的'龙套'。而十年之后你也必然不会再看得起我"。

十三妹已作古四十一年。如果二十年可算作一代，现今一代的青年是很难想象当年她讨论的话题怎会"风靡"香港学子一时的。也许我们从黄霑的话可找出一点头绪。黄霑在《悼十三妹》一文自问自答说："你为什么看她的文章？因为她使我知道有汤恩比，因为她使我知道有弗洛依德。"除非你外语根底好，可以看原版西方文史哲的经典，否则她在专栏报道的西方文化讯息，对你说来都是"新知"。樊善标所引的资料中，有一条足以说明她不骂人的文章对五六十年代的大学生和"自修生"的影响有多大：香港专栏作家十三妹逝世后，《中国学生周报》转载及刊登了几篇悼念文章，编辑的引言说："最近逝去之著名女作家十三妹女士，实为本港以'×××专栏'形式写作之第一人，专栏是初出现在十年前之《新生晚报》，手挥五弦，目送飞鸿，能说人之所不能说，敢言人之所不敢言，启蒙青年读者无数，本报现存编者及大部分老作者，在求学时期均曾是十三妹女士之忠实读者，所受影响，不云不深。"（《中国学生周报》第 953 期，1970 年 10 月 23 日）

　　十三妹再生，还要卖文的话，大概不能再以转述西方文化作"卖点"了，因为西方学术的研究早已成专业，今天在大陆和台湾，各种科目都有自己的学报来引导研究，远远抛离几十年前宇宙洪荒的不毛日子。"此一时也，彼一时也"，十三妹流落香港期间，意外地扮演了一个特定时代的特定角色。《中国学生周报》的编辑按语，是对她的贡献最得体的礼赞。

十三妹生前拒绝跟同行见面，我们在她文稿中也没看过她提及她在香港有没有不是文化界的朋友。包租婆或包租公不算作朋友的话，那么她在香港真的是伶仃孤苦了。据说她在跑马地家写稿时心脏病发，由大厦管理员发现，送往玛丽医院，终于不治。设想她昏倒后醒来，要打一通电话请朋友帮忙，恐怕也想不起哪一位会把她看作朋友。金圣叹（1608—1661）临刑前突然涌起"黄泉无客店，今夜宿谁家"的悲伤。单从她公开发表的文字看，十三妹大去前是不会有金圣叹这种近乎自怜自叹的哀伤的。因为她是一条砸掉门牙和血吞的"汉子"。但这只是一种毫无学理根据的推想。其实她夜阑人静时可能常常哭断肝肠。

依常理推测，十三妹（1923—1970）流落香港，最教她难受的不是因无固定收入，随时有断炊的可能的精神负担。而是迫于现实，不得不在她最瞧不起的行业中去找生活。早在1959年她初"入行"时就对一位小读者说："我以为这一行是最不足道的勾当营生。我若非生病不能再外出打工，决不屑也不敢于来干这种说白道黑的勾当的。"这位"扬眉女士"真会吃里扒外，bites the very hand that feeds her，但亦因此而建立独有的声名。在五六十年代的中文媒体世界中，亦只有香港这块福地能容得下了她。

懵懂是福

张咏梅编选的《醒世懵言——懵人日记选》的编排有一特色，就是新闻图片与日记内容互相呼应。《日记》自1955年8月1日起在香港《大公报》副刊连载。同年11月25日的日记我们看到日记主人"懵人"朋友白霍强清早到访，一面风尘，说是刚从澳门搭夜船回港。客人拿了两包番薯干作"手信"，懵人觉得实在寒酸。谁料白霍强郑重地跟他说："呢两包番薯干，正式广州地道货，香甜软滑，零舍唔同。"

接着白霍强告诉懵人别相信外间报纸有关广州怎么坏怎么坏的报道，要亲眼见过才算真。"我劝你，"客人说："无论如何，必须返广州一行。我在香港长大，唔怕讲，正式香港仔，从来无想过返祖国，呢次跟回去参观下，方知祖国可爱，零舍有一种亲切感也。"

懵人回应说自己正有此意，过几天就动身。跟着白霍强又告诉他，比起国内其他大城市，广州市的进步，其实不算什么。"中国城市，越北上越见进步，例如去到大连旅顺等地，讲城市清洁，真系一尘不染咁交关，讲工业发达，真系发达得惊人，入工厂参观，哗，如入大人国，只见机器一座座山咁，机声雷响，火花四溅，令人惊心动魄咁讲，广州未有耐也。"

　　其实白霍强只去过广州，并未北上，但他有姑丈是印尼侨领，到北京参加国庆后回来告诉他的。姑丈又告诉他在内地做机器工人，舒服过在香港做大班，在高热处开工，有冷气。在冷处干活，有暖气。懵人在日记结尾时还补充说，自白霍强去过广州后，"连铺沙尘白霍都冇埋，讲话淡淡定定，确确实实，冇以前咁轻挑。"

　　这一节日记书于 1955 年 11 月 25 日。四天后（11 月 29 日），《大公报》的港闻版便看到"便利领证回穗参观／总商会公布新办法"的相关新闻。五十年代内地鼓励港澳同胞回国观光，这是中共的国策。《大公报》既然是左派报纸，《日记》内容的政治取向当然得配合北京对爱国同胞"统战"的政策。张咏梅在附录二《试以〈懵人日记〉为例讨论香港左翼报章连载通俗小说如何"与世俗沟通"》一文引用了多个例子来说明文学作品如何实践统战的功能。

1967年夏天,"战无不胜的毛泽东思想万岁"的"文革"浪潮波及香港,港共的宣传机器把港人分为港英集团与"爱国同胞"两类。港英的成员是"白皮猪"和"黄皮狗"。跟他们对着干的是懵人这类爱国分子。他在1967年6月4日的日记说,"中国人今时唔同往日",港英血腥镇压爱国同胞的爱国行为,绝不会得逞,因为"反迫害委员会一早就声明,阁下喜欢文斗,得,同你文斗;喜欢武斗耶?亦得,陪你武斗;长斗短斗,悉随尊便,爱国同胞实行奉陪到底,冇研究"。

白皮猪黄皮狗集团跟爱国同胞的冲突持续了多少天,《日记》的内容也因应唱和了多少天。8月23日《大公报》披露了"地下突击队锄奸/败类林彬受重伤"的消息。四天后《日记》就有评说:"那个反华小丑林彬,被地下锄奸团烧死,……呢条友都抵死有余矣,牙擦过头。本来牙擦都唔拘,佢做广播员,牙擦几句无所谓,佢最乞人憎是时时侮辱毛主席,拿毛主席语录来开玩笑。"

张咏梅拿范伯群对通俗小说定位的标准来衡量《日记》的得失。《日记》的人物清一色是寻常百姓,大家沟通的语言又是混杂文言白话加方言俗语的"三及第",绝对符合"浅显易懂"的标准。大可商榷的是《日记》是否有"娱乐消遣"

的功能。我们上面看过有关白霍强行状的描述，实难看到他的一言一行有什么娱乐与消遣的作用。1955 年 12 月 20 日懵人到佛山探访大姨妈，发觉"佛山解放之后，大姨妈成个变左，不但摒弃一切陋习，而且参加街坊工作添，工作表现得非常积极，而家做左街坊小组组长"。

要是我们看了上面这种教化文字半信半疑，那是因为我们的思想可能有问题。《日记》是给"北望神州"的信徒和异教徒传播的福音。1967 年 11 月 6 日："总而言之，英国佬绝对不会对我地中国人好者。……其实有边个唔闹衰英国佬，对于呢场斗争，即使那些自命'中立'的同胞，亦对英国佬冇好感……只有民族败类奴才走狗，然后替英国人讲好话，托英国人大脚。……反华文丑，自称'香港人'而沾沾自喜。分明自己是中国人，有中国人唔做而甘为'香港人'，真系唔知丑字点写。"

这种调调，信徒听来该像行"坚振礼"（confirmation）时神父念的经文。这类书写，横看竖看都看不出有什么娱乐与消遣的价值。《日记》为求通俗，因此不时出现张咏梅所说的"软性爱情传奇"和"插科打诨人"的插曲。1955 年 8 月 13 日，也是《日记》的懵人上场的第十三天，陆伯的九九九饭店开张在即，决定请懵人替他管钱，但现款不会过他手，免他伤脑筋。以后凡有人上门讨债，都由阿懵应付,随他以各种借口推搪。懵人听了满心欢喜,拍心胸曰:"咁容易,我一定胜任愉快。"陆伯最后还补充说:"现在我当然系你事头,你系我伙计;但在债主面前,我会称你做事头,你不必谦辞。"

懵人的"老妻"听说后,恭贺他"大权在手",高高兴兴地给他三十元,吩咐他买只手表。懵人跑了多家钟表店,总找不到定价二三十元的牌子,正打算作罢时,在窝打老道火车桥脚看到一班人围着一个"麻甩佬"和一个"阿飞"在为一只手表所值讨价还价。懵人看到手表是大三针、十四k玫瑰红,自动、游水、避磁避震,"冚扮烂齐晒者矣"。

麻甩佬卒以三十元跟阿飞成交,只是挖穿荷包也只得二十五元,请阿飞等他回家取款。阿飞"撇档"。懵人觉得机不可失,上前交给阿飞三十元买下这个"联合国"表。阿飞对他说,"此乃自动表,不用上链。自动者,佢自己想动就动,佢自己唔想动就不动,架势在呢度。"

谁料"联合国表"戴回家后即不动。懵人的解释是:"无他,两个原因,一是呢个表唔服水土。一个原因系佢自己今日唔想动。盖今日礼拜,应该休息也。"听他语气,并非自嘲自讽。懵人似乎真的相信市面确有"联合国"牌子这种表,而这种表的自动功能会因水土不服而怠工,或因星期天而休息。

从上面所引有关懵人如何被陆伯蒙骗的过程可以看出，懵人纵使不是白痴也是"弱智"。《日记》作者为了反映香港资本主义社会中下层的生活，特意安排懵人到各行业的领域去"找生活"，因此懵人卖过"飞机榄"、开过"大排档"、当过黑灯舞厅院的打杂和反动报馆的"总务主任"。宅心仁厚、品性纯良的懵人混迹于资本主义社会的鳄鱼潭中，每被各式各样的牛鬼蛇神伤害得体无完肤。懵人居然认识到坚持待人以诚的原则处世会处处吃亏，但他"觉得自己终生冇得改变者矣。虽然曾吃过几次亏，我想将自己改得稍为圆滑一点，想学人滑头，但结果往往弄巧成拙；而且每做滑头之事，每讲滑头之话，总觉得问心有愧"。

　　懵人如果不"懵"，他接二连三受骗的故事就难取信于人。在道德上，他因"智障"才能在巧取豪夺的资本主义社会中保持了清白之身。1978年诺贝尔文学奖得主犹太作家以撒·辛格（Isaac Singer）传世小说《傻子金宝》（*Gimble the Fool*）开头这么说："我叫傻子金宝。我不认为我自己是傻子。其实我一点也不傻，但人家就爱这么称呼我。……我傻在哪里？容易受骗！他们说：'金宝，牧师太太快临盆啦，你知不知道？'我就逃课去看她。唉，原来他们骗我。我怎知道的？因为她根本没有大肚子。但我从未看过她肚子，这是不是真的很笨呢？"

金宝一生就是个因纯良忠厚而受尽欺凌的故事。他是个虔诚的教徒，相信有来生。小说结尾时他快离开人世了。"坟墓在等着我。蛆虫已经饿了。我的寿衣也准备好——时间一到，我就欣然就道。不管第二个世界里有什么东西，但最少会是真的、单纯的、没有人欺骗我，揄弄我。感谢上帝，因为在那里即使痴呆如金宝也不会受骗了"。

我1972年翻译了《傻子金宝》这中篇小说，交由台湾大地出版社出版，1982年再版。张咏梅编选的《醒世懵言》今年暑假面世后，我一边读着懵人的事迹，一边想着傻子金宝。纯良忠厚的人有福了，因为天国是属于他们的。

苏青的床边故事

张爱玲在《我看苏青》一文说，如果别人拿她跟冰心和白薇来比较，她是不会引以为荣，"只有和苏青相提并论我是甘心情愿的"。这显明是客气话。苏青和张爱玲除了同属"海派作家"外，思想和文风各自风马牛。《结婚十年》（1944）正续两集是苏青的代表作。张爱玲说她这部半自传体的小说初上市时，"对于文艺本来不感兴趣的，也要买一本看看里面可有大段的性生活描写。我想他们多少有一点失望，但仍然也可以找到一些笑骂的资料。"

黑龙江人民出版社1999年印行了《结婚十年正续》。在这海派作家作品精选系列出现的作品还有徐訏的《风萧萧》。北京大学教授吴福辉在序言劈头就没好话说："海派的名声从来没有好过。"幸好一转眼就作了补充，认为海派作品"无论从负面、正面，都有存在的价值"。

究竟《结婚十年》有什么"存在"的价值？张爱玲说她"甘心情愿"跟苏青相提并论，半个世纪多以前，这句话不会让人想到有"言外之意"，因为那时她还不是"祖师奶奶"。实际上苏青的句子也实在太文艺腔了。"月儿已经悄悄地躲到云幕中哭泣去了，我也不敢看湖中的双影，只惨然让他扶上了岸，送到了车站，一声再会，火车如飞驶去，我的手中还不自主地捏着这两颗樱桃。"月儿躲到云中"哭泣去了？"张爱玲受不了冰心，怎受得了苏青？

文字无足观，《结婚十年》总得有些特别之处才会吸引读者。小说的架构是一段不幸的婚姻，苏青这个叙事者跟丈夫之间的恩恩怨怨，处身事外的读者不会有兴趣。依故事的陈述，离婚后的苏青身边不乏异性朋友，其中一些密友更常在她闺房走动。当年存心购买这本小说要看性生活描写的人大感失望，因为闺房内春光，从不外泄。

闺中密友有一位叫谈维明的，在苏青眼中是个十足像男人的男人，脾气刚强，说话率直，但态度诚恳，又有艺术趣味。"他是个好宣传家，"苏青说："当时我被他说得死心塌地地佩服他了。我说他是一个宣传家，那是五分钟以后才发觉的。唉，我竟不自主地投入了他的怀抱。"后事如何？只见苏青"闭了眼睛，幻想着美丽的梦，美丽的梦是一刹那的，才开始，便告结束"。结束后，谈维明抱歉地问她:"你满意吗?"见她没答腔,又讪讪地说:"你没有生过什么病吧?"

蔡登山在《从一篇佚文看姜贵与苏青的一段情》说到黄恽为《续结婚十年》的人物原型做了些考证,点出谈维明者,胡兰成是也。《续结婚十年》因此可以归类为 roman à clef,一本你先得为故事中人的真实身份一一解码后才看得下去的小说。"此中有人、呼之欲出"的布局给读者提供了试着对号入座的乐趣。敌伪时期的上海,胡兰成这家伙大概还没有成为"话题"的分量,但陈公博是谁,该尽人皆知了。在《续结婚十年》中他以金总理(金世诚)的面目出现。

在一次"统战"上海文化界的聚会中,金总理初识在文坛上小有名气的苏小姐,别后念念不忘,终于安排了她到公馆晚饭。两人对酌时,总理跟她交浅言深,告诉她自己童年失怙、苦读、参加革命、希望幻灭,"但是他爱他的领袖,一个提拔他的革命前辈,如父兄、如师友,情同骨肉,他得永远追随他,知其不可为而为之"。这位呼之欲出的"领袖"该是汪精卫吧。

苏青告诉他自己离婚后寄人篱下的苦况,总理问她该怎么帮忙,她说要找一份可以供养自己的工作。总理说可以做他的私人秘书,不用名义也可以。第二天她接到一张专差送来的十万元支票——"这十万元钱加上利息足足可以维持二三十年的生活。"

台湾名小说家《旋风》的作者姜贵一度也是苏青的"闺中密友"。1957年他化名"谢九"写了《我与苏青》一文，内中提到陈公博正法后，尸体刊印在报纸上，苏青吓坏了，断断续续地告诉谢九她银行的保险柜里还藏着三十多封陈公博写给她的信。陈公博还给了她一本复兴银行的支票簿，每张都签了字盖了章。

登上苏青交游榜的人总应有些来头，虽然此一时也、彼一时也，当年她笔下的风流人物，事过境迁，在隔了两三代的读者看来，遥远有如三皇五帝。如果胡兰成不是因为张爱玲而出了大名，魅力至今不衰，谈维明跟苏青的闺房"秘史"即使公开出来也不一定有人要看。在《续结婚十年》以鲁思纯姿态出现的陶亢德，曾是中国出版界的传奇角色。1931年他到了上海，参加了邹韬奋发行量高达近十六万份的《生活》周刊，后得邹韬奋之介，接编林语堂的《论语》，也创出新气象。上海全面陷敌后，陶亢德成了"落水文人"，主持日资背景的太平书局。抗战胜利后，命运与周作人相同：定名"文化汉奸"。

今天七老八十的中国人，大概还会记得"接收大员"这名称。1945年抗战胜利，日本投降，汪政府在沦陷区占领过的房产物业得交还国民政府。接收工作是一份肥缺，以权谋私者多的是骗财骗色的机会。老百姓敢怒不敢言，暗里骂这些国民党官员为"劫收大员"。《续结婚十年》快结尾时，我们终于看到化名谢九的《我与苏青》的作者出现。谢九和小说中的谢上校原来是姜贵，跟苏青认识时是国民党汤恩伯将军部下的一员上校，派到上海来接收。

谢上校情迷已为人母的女作家苏小姐，送上两首七律寄意，其中有云："鬓装银凤飞还在。步作金莲去未残。梦里花枝多绰约。小姑居处有谁怜。"看来接收大员的生活相当风光。一天，谢上校忽然对苏青说，有人送给他一幢接收下来的房子，他是不久要回部队去的，房子空着没有用，不如送给她去住了吧。"女人大都是贪小利的，我也自然不能例外，嘴里尽管说：'这怎么好意思呢？'心里也不免觉得高兴"。

就像上海人的"闲话一句"，这幢接收过来的房子就送给苏小姐了，家居杂物一应俱全外，还有一位"东洋娘姨"近身服侍。谢上校最后还补充说："这个区域里都是很清静的，你如觉得出去不便，将来我还可以设法弄一辆汽车给你。"

如果《续结婚十年》今天还有一看的价值，因为书中的自传成分映照了当年上海从"沦陷"到"光复"过渡期间众生相的点点滴滴。新旧官爷你方唱罢我登场后不久的一天，苏青到报馆去找鲁思纯和潘子美，两人都不在。有一位曾是"地下工作人员"的宓先生递交了她一张"敌逆分子调查表"，要嫌疑分子交代"附敌或附逆经过"。"敌"是日本人，"逆"是汉奸。改朝换代，不表态便难以立足于"新社会"，苏青看报纸，满眼都是歌功颂德的文章，"就是小报也不害臊的，仿佛抗战胜利也与惨绿馆主、云太郎及桃姐儿等等作家有关，连平日好做哭派文章或香艳肉感文章的人都正义起来，大家吹了一番，相当有趣"。

在《续结婚十年》的记述中，苏青平日交游，见面最多的，除鲁思纯外，要算潘子美了。潘子美是汪政府的文化红人，鼓吹中日亲善，推动"大东亚文学"不遗余力。苏青对这位"眉清目秀、身长玉立"的书生一见钟情，会场上潘子美给她一一介绍文坛知名人士，她听不进去，"我对他们的印象是一片模糊，只有潘子美是太漂亮了，他的声音悠扬在我耳中，荡气回肠使我久久不能忘去"。

在黄恽的原型人物对照表中，潘子美是柳雨生的化身。柳雨生就是1946年到香港、日后成为国际知名学者的柳存仁。柳教授于去年在澳洲逝世，享龄九十二岁。因编务的关系，上世纪九十年代中上海古籍出版社的高克勤跟柳先生有一段交往，在他印象中"柳先生是一个非常儒雅的长者"，而且还是个非常"笃于故人之谊"的人。然而高先生认为，柳存仁是杰出学者，柳雨生是汉奸文人，两者是不能割裂的，这就是他撰写《从柳雨生到柳存仁》这篇文章的原因，因为2006年在香港举行的"饶宗颐教授九十华诞国际学术研讨会"时，有一位台上致辞的"达官学者"把柳存仁与饶宗颐相提并论，誉为"二十世纪中国知识分子的代表"。如果这位"达官学者"知道柳存仁就是抗战胜利后国民党通缉的柳雨生，就不会闹这笑话。

苏青笔下那位"秀美书生"潘子美，果然是个多情种子。苏小姐因事离家几天，子美替她看管房间。回家后向他道谢，子美说："那也没有什么，连你离开那天换下来的旧袜子，我都替你洗干净了，人不知鬼不觉的。"《续结婚十年》对当时上海读者的吸引力，靠的恐怕就是这些人物原型的"外传"。本来小说家言不足信，但如果没有名人的风流八卦来穿插，苏青的小说就变成味同嚼蜡。"翩翩的燕子，去了又回来的，因为这里有它们的巢，几根草，一些泥，辛苦筑成的巢呀，人们也是离不开家的，这静静的公寓房间，我又回来了。"这是第十四章《孤星泪》的第一段。苏青居然靠这种"呀"、"啊"、"吗"的文字赢得与张爱玲"齐名"的美誉，真不知从何解释。张爱玲笔下的七巧、白流苏和范柳原这等角色，背后容或有其"原型"，究竟是谁，不必深究，因为他们本身充满原动力，不必依靠什么原型人物的投射来发光。反观苏青的小说中人如金总理、鲁思纯和潘子美，如不联想到他们背后呼之欲出的真身，看来面貌平庸有如街头上的张三李四，谁有耐心看下去？这就是张爱玲和苏青作品层次不同的地方。

民国女子

也许因为我跟张爱玲有一面之缘（此生因此没有白活），选修我中国现代小说课的同学，间或"八卦"性起，闲谈时会出其不意地问我：张爱玲长得好不好看？发问的倒不一定是男同学。其实应该说对祖师奶奶长相感兴趣的，女生比男生多。中国现代文学除了张小姐外，还有别的女作家，但历来我班上的后生从没有一个对冰心或丁玲的容颜有半丝儿兴趣。

张爱玲不同。她的作品和身世尽是传奇。同学的问题，我难以作答，说一言难尽，听来有点滑头，但实情如此。怎么说呢？我是在上世纪六十年代中幸会张爱玲的，那时她已年过四十，一脸风霜，因为在精神上和经济上需要照顾因中风而不良于行的美国丈夫。如果我早生些年，在1949年前的上海得见她一面，说不定我对同学就有交代。那年头的祖师奶奶，真有 glamour。当然，这感觉是从她自己的文字、别人的记载和她在摄影机前留下的"倩影"凑合起来的。

其实同学要知张爱玲长相如何，大可打开《对照记——看老照相簿》看个饱。但后生认为相片中的人像，只是人像，一个人的气质如何，不能用图片衬托出来。说着说着，难免扯到胡兰成笔下的"民国女子"。"照花前后镜"、"临水照花人"，这种才子佳人的腔调，听来跟"惊才绝艳"套语一样空虚。胡某应是张小姐一生曾经最亲近的男子。他饱读诗书，亦应是最有修养欣赏身边女人韵味的人。奈何此人弃家叛国，心术不正，言何足信？"我与爱玲亦只是男女相悦"，他说："子夜歌里称'欢'，实在比称爱人好。两人坐在房里说话，她会只顾孜孜的看我，不胜之喜，说道：'你怎这样聪明，上海话是敲敲头顶，脚底板亦会响。'……'你的人是真的么？你和我这样在一起是真的么？'"

如果记忆没错，张小姐小说的女角，都不撒娇。范柳原爱在嘴巴上讨流苏的便宜，流苏口齿不灵，答不上话时本可撒娇，但这位上海姑娘只晓得低头傻笑，怪不得轻薄男人说："你知道么？你的特长是低头。"列位看官若把胡某引张爱玲的话再念一遍，会不会觉得语气像撒娇？如果张爱玲小说的角色从不撒娇，她怎好意思自己撒起娇来？

胡兰成自己"臭美",真不要脸,幸好他没有下作到添盐添醋,胡乱凭空加插"爱玲紧紧的搂着我,娇滴滴的说"这种肉麻话。因此要识张小姐气质神韵,宁看她的老相片,决不可轻信附逆文人"臭美"之言。

> 苏二小姐抿一口清茶绾一绾秀发领我们到苏老先生的书房看那批东西。……苏二小姐静静靠着书架蹙眉凝望窗外几棵老树,墨绿的光影下那双凤眼更添了几分古典的媚韵。

以上是董桥《故事》一段。小董当年若有缘认识张爱玲……唉,难说,他可能不是"张迷",不过清冷的"董桥体"文字最适合为这位民国女子造像,这话错不了的。

私语亲疏有别

张爱玲平生惜墨如金，不轻易跟别人书信往来。她一生通信最繁密的是宋淇和邝文美（Mae）夫妇。其次是夏志清先生。最近宋家公子以朗把爱玲和他父母往还近六百多封的信件整理出来，合成其他资料以《张爱玲私语录》为题出版。

张爱玲1952年从上海到香港时，前路茫茫，寄居于女青年会，靠翻译为生。宋氏夫妇对她的照顾可说无微不至。后来爱玲从女青年会搬到宋家附近的一间"斗室"，房子异常简陋，连书桌也没有，害得她只好弯着腰在床侧的小几上写稿。宋氏夫妇有空就去看她。Stephen 事忙时 Mae 就独自去。两人很投缘，碰在一起总有谈不完的话。事隔四十年，爱玲还在一封信跟宋太太说："我至今仍事无大小，一发生就在脑子里不嫌啰嗦——对你诉说，暌别几十年还是这

305

样，很难使人相信，那是因为我跟人接触少，（just enough to know how different you are〔可知你如何与众不同〕）。在我，你已经是我生平唯一的一个 confidante〔知己〕了。"（注：英文引文的中译是宋以朗手笔）。Confidant 不是普通的"知己"，其地位有如听天主教徒告解的神父，听来的秘密，一生不能外泄。

由此看来，以了解张爱玲私隐世界的角度看，张爱玲给 Mae 的信和对她吐露的心声，要比她给夏志清的信更有"发隐"的价值。有一次爱玲给 Mae 写信，说到他们夫妇真是天造地设的一对，"他稍微有点锋芒太露，你却那么敦厚温婉"。听语气，夫妇二人在她眼中还是"亲疏有别"的。大家都是女人，说话比较容易。爱玲跟 Mae 较亲近，是很自然的事。

《私语》中的"语录"多是三言两语。"人生不必问'为什么'！活着不一定有目标"。"'人性'是最有趣的书，一生一世看不完"。这类对人生观察的"隽语"，内容自身饱和。文字浅白，没有什么草蛇灰线，一目了然，用不着注释。但语录中也有非但要注，还得要"疏"的例子。

听见我因写"不由衷"的信而 conscience-stricken（于心有愧）——人总是这样半真半假——

拣人家听得进的说。你怕她看了信因你病而担忧，可是我相信她收到你的信一定很高兴，因为写得那么好，而且你好像当她是 confidante（闺中密友）——，这样一想，"只要使人快乐就好了。"例如我写给胡适的信时故意说《海上花》和《醒世姻缘》也是有用意的。

依我猜想，这条语录需要注释而没有注释，因为说不定宋以朗也弄不清其中的人际关系。"我"是张爱玲、"你"是 Mae，那么"她"是谁？但虽然没有 context，以上引文仍有珍贵的参考价值。"人总是这样半真半假——拣人家听得进的说"。《秧歌》出版后，作者寄了一本给身在美国的胡适先生，胡适大为欣赏，不断向朋辈推荐。张爱玲给适之先生写信时"故意"提到《海上花》和《醒世姻缘》，因为知道他听得下去。

五十年代宋淇先生替国际电影懋业公司编审剧本，张爱玲曾给他写过几个剧本，其中《情场如战场》打破国语片卖座记录。1962 年 1 月张爱玲自美抵港，应宋先生之邀替电懋编剧。从她 2 月 20 日给丈夫赖雅（Ferdinand Reyher）的信中，可知她留港赚钱养家的打算遇到不少波折。且引高全之在《张爱玲学》的译文："……我提前完成了新的剧本，……。宋家认为我赶工粗糙，欺骗他们，每天有生气的反应。宋淇说我行前会领到新剧本的稿酬，意味他们不会支付另外两个剧本，《红楼梦》上下两集……。我在此地受苦，主因在于他们持续数月的迟疑不决……。宋淇标准中国人，完全避开这话题，反要我另写个古装电影剧本。……我全力争取的一年生活保障，三个月的劳役，就此泡汤。我还欠他们几百元生活与医药费用，还没与他们结算，原计划用《红楼梦》剧本稿酬支付……。元宵节前夕，红红满月，我走到屋顶思索。他们不再是我的朋友了……。"

高全之落了五条注，可惜无助我们对"宋家认为我赶工粗糙，欺骗他们"这句重话的了解。这句话需要"注疏"，但想来宋以朗也帮不上忙，因为1962年他才十三岁。张爱玲给赖雅的信这样作结："暗夜里在屋顶散步，不知你是否体会我的情况，我觉得全世界没有人我可以求助。"

爱玲"原罪"说

张爱玲以小说和散文知名。有一段时期为了生活，也做过翻译和编写电影剧本的工作。就我们所知，《中国的日夜》（1947）应该是张爱玲生平唯一发表过的诗作。如果作者不是张爱玲，这样的一篇新诗实在没有什么看头：

> 我的路
>
> 走在我自己的国土。
>
> 乱纷纷都是自己人；
>
> 补了又补，连了又连的，
>
> 补钉的彩云的人民。
>
> 我的人民，
>
> 我的青春，
>
> 我真高兴晒着太阳去买回来

沉重累赘的一日三餐。

谯楼初鼓定天下；

安民心，嘈嘈的烦冤的人声下沉。

沉到底。……

中国，到底。

　　这首诗其实是散文《中国的日夜》的结尾。文章开头说"去年秋冬之交我天天去买菜。有两趟买菜回来竟做出一首诗，使我自己非常诧异而且快乐"。在市场内她看到上海小市民的众生相。她看到一个抱在妈妈手里的小孩，穿着桃红假哗叽的棉袍，"那珍贵的颜色在一冬日积月累的黑腻污秽里真是双手捧出来的、看了叫人心痛、穿脏了也还是污泥里的莲花。……快乐的时候，无线电的声音，街上的颜色，仿佛我也都有份；即使忧愁沉淀下去也是中国的泥沙。总之，到底是中国"。

　　熟悉张爱玲作品的读者看了上面引文，一定也会觉得"诧异"。这太不寻常了，这位在胡兰成眼中"从来不悲天悯人，不同情谁，……非常自私，临事心狠手辣"的作家，怎么写出漾着"民胞物与"、迹近"爱国宣言"的表态文章来？胡兰成败德，他的话我们很难不以人废言。不过，张爱玲"清坚决绝"、不近人情的性格，倒是有案可考。最少她自己就说过："我向来很少有正义感。我不愿看见什么，就有本事看不见。"(《打人》)她在美国因职务关系多次搬迁。有一次要从柏克莱移居洛杉矶，房子是我老同学庄信正帮她找的，一进公寓的大门，她就一本正经地对女管理员说："我不会说英文。"信正夫妇帮她把细软安顿好后，"临别时，她很含蓄地向他们表示，尽管她也搬到洛杉矶来了，但最好还是把她当成是住在老鼠洞里，她的言外之意就是'谢绝往来'。"

以张小姐这种脾气，很难想象她会写出《中国的日夜》这样的文章。身居敌伪时期的上海固然是不能写。1947年国土重光，如果不是发生了一些特别事故，"我真快乐我是走在中国的太阳底下"——这种话听来实在有点做作。《中国的日夜》因此得跟《有几句话同读者说》参照来看。这篇用作《传奇》增订本（1946）序言的短文开头就说：

> 我自己从来没想到需要辩白，但最近一年来常常被人议论到，似乎被列为文化汉奸之一，自己也弄得莫名其妙。我所写的文章从来没有涉及政治，也没有拿过什么津贴。想想我唯一的嫌疑要末就是所谓"大东亚文学者大会"第三届曾经叫我参加，报上登出的名单内有我；虽然我写了辞函去，（那封信我还记得，

因为很短，仅只是："承聘为第三届大东亚文学者大会代表，谨辞。张爱玲谨上。"）报上仍旧没有把名字去掉。

序文还说到她受到许多无稽的谩骂，有些甚至涉及她的私生活。她说私生活就是私生活，牵涉不到她是否有汉奸嫌疑的问题。除了对自己的家长，她觉得没有向别人解释的义务。话虽然可以这么说，不能否认的是，在"孤岛"时期的上海，胡兰成有一段日子是张爱玲"私生活"密不可分的一部分。对张爱玲来说，国家民族只是一个抽象的观念。难怪她回忆日本攻打香港时可以这么说："然而香港之战予我的印象几乎完全限于一些不相干的事。"（《烬余录》）漫天烽火中，她跟炎樱"只顾忙着在一瞥即逝的店铺的橱窗里找寻我们自己的影子——我们只看见自己的脸，苍白、渺小：我们的自私与空虚，我们恬不知耻的愚蠢——谁都像我们一样，然而我们每人都是孤独的"。

如果她不曾"附逆"，张爱玲的脾气再怪，谅也不会被刘心皇这种"政治正确"的史家贬为"落水"文人。刘心皇认为张爱玲虽然在文字上没有为汪伪政权宣传，"但从政治立场看，不能说没有问题。国家多难，是非要明，忠奸要分"（《抗战时代落水作家述论》，1974）。张小姐虽说没拿过什么津贴，在文字上也没有颠倒黑白、为虎作伥的记录，改变不了的是：她一度是胡兰成的老婆。在民族主义原教旨主义者的信念中，这就是"原罪"。要救赎，就得认罪、悔改。张小姐不吃这一套，也因此断断续续地承受着"原罪"的后遗症。过去十多年，台湾和香港分别召开了两个大型的张爱玲研讨会。事隔没多少年，陈子善教授等一批张爱玲"粉丝"学者也策划在大陆召开一个国际会议，名单、场地、日期等细节都安排好了，忽然"有关方面"出了刹车指示，理由想与张小姐的"原罪"有关。

高全之在《张爱玲学》有言，抗战胜利以后出版的《传奇》增订本序言《有几句话同读者说》，应该可以撇清汉奸嫌疑。"《中国的日夜》发表于《传奇》增订本，了解这篇散文出现的客观情势，我们或能体会作者借此强调自己的中国性，为抗战胜利兴奋与骄傲，也为抗战期间不能公然表态抗日而懊恼。"

这些话原教旨主义者显然听不进去。何满子生前曾对张兴渠说过，张爱玲虽有文才，"但她却失去了做人的底线。在那国难当头，有志之士奔走抗日救国之时，她却投入汪伪政权一个大汉奸，宣传副部长胡兰成的怀抱，卿卿我我，置民族大义于不顾。日本投降后，汪伪解体，在声讨汉奸罪行的声浪中，她不但不知悔改，在汉奸胡兰成逃往温州时，张爱玲亦痴情赶往温州，终因胡某另有新欢而被弃。如此

的张爱玲，在人格、气节都成问题，又怎能如此得到吹捧，岂不咄咄怪事？"（张兴渠，《忆何满子先生》，《万象》6月号）

抗战胜利后国民党通缉胡兰成，因为他是汉奸。如果他落网，命运会不会像陈公博一样判死刑？或周作人那样判十年徒刑？这些都不能瞎猜。可以肯定的是，上世纪七十年代"流放"日本的胡兰成时来运转。国民党为了拉拢"国际友人"的支持，居然在阳明山的中国文化学院（今中国文化大学）设了讲座，恭请汉奸到台湾讲学。由此可知"忠"、"奸"之辨，很多时候都是由谁掌握"话语权"来决定。张爱玲1955年赴美，后来嫁了美国人赖雅（Ferdinand Reyher）。以当时的国际形势来评说，台湾的"国府"应说她在"友邦"找到夫婿。但那年头，美国却是大陆政权的"美帝"、"纸老虎"。

南方朔说得好，"在历史上，张爱玲选择的是偏离了主流的叉道。她不会被同时代的多数人所喜欢，但历史却也有它开玩笑似的残酷，当它的发展跳过了某个阶段，依附于那个时代的迷思也就会解体，一切事务将被拉到同一平面来看待，谁更永久，谁只是风潮，也将渐渐分晓。……许多人是时间愈久，愈被遗忘，张爱玲则是愈来愈被记得。"（《从张爱玲谈到汉奸论》）

几十年来，张爱玲的创作和私生活，"愈来愈被记得"。抗战期间"落水"的作家不单只张爱玲一人，但只有她一人教人念念不忘。她人不可爱，但作品确有魅力。不是盛名之累，不会有人一天到晚给她翻旧账。

该拿张爱玲怎么办？

在《印刻》读了蔡登山《从一篇佚文看姜贵与苏青的一段情》后，才知道《我与苏青》一文的作者谢九原是姜贵的化名。《我与苏青》（1957）原在香港《上海日报》以"奇文共赏"的标目连载。如果我们不知"谢九"的底蕴，很容易把此文看作上海"八卦"。但事实正如蔡先生所说，《我与苏青》是一篇"不可多得的文献，不应等闲视之"。苏青在汪政权时期的上海跟张爱玲时有往还。只要把这两个当年红极一时的女作家身世比对一下，就可看出《我与苏青》一文的历史价值。

姜贵（1908—1980）的长篇小说《旋风》1952年脱稿，先后得到胡适和高阳的赞赏。夏志清在《中国现代小说史》给予这样的评价：姜贵"正视现实的丑恶面和悲惨面，兼顾讽刺和同情而不落入温情主义的俗套，可说是晚清、

五四、三十年代小说传统的集大成者"。

姜贵行伍出身，是汤恩伯（1898—1954）将军部下的一名上校，大陆撤退时随国民政府迁台，经商失败后卖文为活。我在上世纪七十年代初跟台湾远景出版社的沈登恩一道到台南去看他。沈先生事先告诉我，姜贵的生活相当清苦，吃也吃不好。我们决定要好好地招呼老先生吃一顿。事隔多年，当天吃了些什么，不复记忆，只记得老先生善饮，啤酒一杯接一杯地喝着，可是话不多，满怀心事似的。看来作家的作品即使"负时誉"，如无经济基础，还要为衣食忧的话，一点也不"风光"。

《我与苏青》是这么开头的："民国 34 年 9 月间，我带着整整八年的大后方的泥土气，到了上海。我在虹口一座大楼里担任一个片刻不能离开的内勤工作。我的'部下'有六个打字员，恰好三男三女。"姜贵当时的身份，想是国民政府的一位"接收大员"。有一次上校跟他的"部下"闲聊，谈到沦陷期间上海的文艺出版物，问有什么作品值得看的。一位女打字员推荐了苏青的《结婚十年》，认为人生在世，不读此书，"真是天大的冤枉"。姜贵看后，印象深刻，觉得她"文笔犀利，而精于组织，把夫妇间许多琐事，写得那般生动，引人入胜，真是不容易"。另一方面，他不时在小报上看到对她的攻击，一说她"有狐臭"，一说她"缠过脚"。

张爱玲在《我看苏青》(1945)一文,谈自己的篇幅远比苏青的多。但有些话出人意表:"如果必须把女人作者特别分作一档来评价的话,那么,把我同冰心、白薇她们来比较,我实在不能引以为荣,只有和苏青相提并论我是甘心情愿的。……许多人,对于文艺本来不感到兴趣的,也要买一本《结婚十年》看看里面可有大段的性生活描写。我想他们多少有一点失望,但仍然也可以找到一些笑骂的资料。"

如果苏青不是跟陈公博等"问题人物"混上,她"狐臭"和"缠足"的私隐不一定够得上成为八卦新闻。依《我与苏青》所记,陈公博枪毙暴尸的照片在报上刊出来后,苏青看到吓破了胆。这时她跟姜贵已经同居了一段日子。她告诉姜贵,陈公博前后亲笔给她写了三十多封信,她都珍藏在银行保险柜里。现在这些"证物"当然得烧毁。陈公博掌权期间,她曾是"上海市府的专员"。"陈公博送给她的是一本复兴银行的支票簿,每张都已签字盖章,只等她填上数字,便可以支现"。

读姜贵的《我与苏青》,自然联想到张爱玲与胡兰成的关系。姜贵看了《结婚十年》后,虽然知道作者受到小报的攻击,出于"怜才"之念,最后还是写信安慰她,告诉她李清照生前死后，也曾受过不少的诋毁。姜贵在这阶段显然不知道苏青与陈公博的内情。如果知道，这位代表青天白日满地红的国民党军官跟"附奸"女子的往来会不会发展到同居关系？我们还是就事论事好了。一天晚上，姜贵和苏青暂住的寓所来了一个日本人，是他们的邻居。他抱着留声机和许多唱片来访：

> 他正襟危坐，老僧入定般一张一张唱给我们听。那局面也颇奇特。苏青注视那日本人，她恐怕我不喜欢他，便说："不管他们从前怎样，现在他们失败，他们内心痛苦，我们应当同情他们。"这句话，使我很受感动。可能因为她是有这般的伟大精神和丰富的情感，所以她才能写文章，她的文章才能动人。

抗战胜利，日本投降，蒋介石宣布对日本人"以德报怨"。大概因为陈公博不是日本人，所以血溅法场。周作人在敌伪时期的北京任过职，可能因为官位不像陈公博那么"显赫"，免了一死，判刑十年。虽然苏青的名气在敌伪时期的上海跟张爱玲平起平坐，今天大概只有"学者"才看《结婚十年》了。《金锁记》和《倾城之恋》的名气却不断冒升。张氏的身世和著作近年已成"显学"。如果不是盛名之累，她跟胡兰成相处那段日子不会一再被抖出来算账。何满子不原谅她在国难当头时投入大汉奸的怀抱，"卿卿我我，置民族大义于不顾"。张爱玲遇人不淑，如果 guilty by association 的罪名可以成立，她绝无可能拿着到香港大学"复学"的证件离开上海到香港来。这样说，张爱玲既没"狐臭"，也没缠过脚。

南方朔在《从张爱玲谈到汉奸论》说，"而一讲到'忠'、'奸'，只要是中国人，就难免多多少少会有点手足无措的尴尬。……战争的野蛮会让一切不合理都被歌颂，抗日时的杀汉奸、后来的惩治汉奸，以及到了后来在文化上的刨除汉奸，这不是中国多汉奸，而是人们用汉奸的标准，塑造出大量汉奸"。苏青有一次问张爱玲将来会不会有一个理想国家出现。张爱玲回答说："我想是有的。可是最快也要许多年。即使我们看得见的话，也享受不到了，是下一代的世界了。"

张爱玲的甜言蜜语

以小说 *Middlemarch* 传世的乔治·艾略特（George Eliot, 1819—1880）原来是女儿身。这位本名 Mary Ann Evans 的闺女,出身于规矩严明的循道会（Methodist）家庭,但二十岁后对宗教热忱日减,改以科学的眼光和客观的态度看待人生问题。初现文坛时写的是书评和政论,对妇女问题尤其关心。但她不是"妇运分子"。她的见解是开明的、包容的。她在一篇书评说过这么一句识见过人的话:"男人如果不鼓励女子发挥自助精神和独立自足的能量,是一大损失。"

维多利亚时代社会对女人的偏见,可从当时流行的一个"伪科学"说法看出来: Average Weight of Man's Brain 3½ lbs; Woman's 2 lbs, 11 oz（一般男人的脑袋瓜重三磅半;女的重两磅十一安士）。"妇道人家" Mary Ann 写的既然不是闺秀小说，化名"乔治"显然是为了增加分量。

胡兰成在《民国女子》记述跟张爱玲在闺房相处时，这么说："两人坐在房里说话，她会只顾孜孜的看我，不胜之喜，说道：'你怎这样聪明，上海话是敲敲头顶，脚底板亦会响。'"张爱玲有没有真的说过这句话，只有胡某知道。对胡的"聪明"恭维过后，她追问："你的人是真的么？你和我这样在一起是真的么？"隔了大半个世纪，我们做观众的，还可以在想象空间看到爱玲扯着胡某的衣角，撒娇道："说嘛！说嘛！"

《金锁记》冷眼看红尘的说话人，在胡某笔下成了千娇百媚的小女子，跟大男人说话，动口又动手。"她只管看看我，不胜之喜，用手指抚我的眉毛说，'你的眉毛'。抚到眼睛，说，'你的眼睛'，抚到嘴上，说，'你的嘴，你嘴角这里的涡我喜欢'。她叫我'兰成'，当时竟不知道如何答应。我总不当面叫她名字，与人是说张爱玲，她今要我叫来听听，我十分无奈，只得叫一声'爱玲'"。

1961年底张爱玲到香港替电影公司编剧。留港的两个多月期间，她给洋老公赖雅（Ferdinand Reyher）写了六封信。赖雅不是汉学家。信是英文写的，有高全之的中译。五封信的上款都称对方为 Fred darling，只有一封加了个 sweet。张爱玲对赖雅的称呼和信内的 terms of endearment（甜言蜜语）如 sweet thing, I kiss your ear 和 a kiss for your left eye，尽管措辞甜甜蜜蜜，内容几乎字字辛酸。赖雅夫人忙着生计，穷得连一双新鞋子也要等 on sale 时才买。但既是洋人太太，给丈夫写信，总不合赖雅赖雅这样开头。

以 George 面世的 Mary Ann 和用外语跟洋人交往的张小姐，看似风马牛不相及，实有一共同点：身份的转移。一操外语，就变半个外人。只有洋妞才会甜心蜜糖挂满嘴的。那个热情洋溢得要 kiss 人家耳朵的小女子会不会是张爱玲的"本色"？

张爱玲的英文家书

张爱玲为了生计，1961年底应宋淇之邀到香港写剧本。张爱玲这时已是美国"过气"作家赖雅（Ferdinand Reyher，1891—1967）的眷属。她不得不"抛头露面"出来讨生活，因为养家的担子落在她身上。赖雅在二、三、四十年代活跃美国文坛，一度曾为好莱坞写剧本，周薪高达五百美元。张爱玲在1956年跟他结婚时，他的写作生涯已走下坡，再难靠笔耕过活了。六十年代中赖雅中风瘫痪，顿使"小女子"的重担百上加斤。

留港期间，张爱玲给赖雅写了六封"家书"，早有中译，但高全之拿原文来比对后，发觉失误不少。这时张爱玲跟赖雅结婚已四年多，双方的牌气、兴趣和生活习惯都摸得清楚。写信时，只消露眉目，对方已看到真相，不必事事细表。

这六封信的英文显浅如我手写我口，要译成中文亦举手之劳。先前的译文有"失误"，是因为那些张爱玲认为不必向赖雅"细表"的关节，非经"考证"难知究竟。她在2月10日的信中向赖雅诉苦说："自搭了那班从旧金山起飞的拥挤客机后，我一直腿肿脚胀（轻微的水肿病）。看来我要等到农历年前大减价时才能买得起一双较宽大的鞋子。……我现在受尽煎熬，每天工作从早上十时到凌晨一时。"

信末有这么一句：Sweet thing, you don't tell me how things are with you but I know you're living in limbs like me.

高全之新书《张爱玲学》是《张爱玲学：批评·考证·钩沉》（2003）的增订版。在《倦鸟思还——张爱玲写给赖雅的六封信》一文，他重译了这六封信，并附上了原文。更难得的是，他把原件"晦隐"和没有"细表"的段落一一加了注疏。

先说上面的英文引文。高全之译为："甜心，你不告诉我你的近况，但是我知道你和我一样活得狼狈不堪。"高全之最见功夫的是在有关 living in limbs 注疏上的"钩沉"功夫。他说译为"狼狈不堪"是为了避免"躯体衰弱（形同枯槁）"的种种联想。Living in limbs 亦有丧失生存意义的隐喻，因为卡缪（Albert Camus, 1913—1960）说过：To put it in a nutshell, why this eagerness to live in limbs that are destined to rot? 高全之译为："为何如此热切在这终究会腐朽的躯体里面活着？"

张爱玲在信中用了 living in limbs 这种字眼，就她当时的处境看，用高全之的话说，反映了她"灰头土脸"的落魄心情。为了赶写剧本，害得眼睛出血。美国出版商不早不晚，这时来了退稿通知。经济大失预算，迫得接受"痛苦的安排"：向宋淇夫妇借钱过活。恐怕对她打击最大的是她提前完成了新剧本时，"宋家认为我赶工粗糙，欺骗了他们"。这封2月20日发出的信这么结尾："暗夜里在屋顶散步，不知你是否体会我的情况，我觉得全世界没有人我可以求助。"

"传奇"作家腿肿脚胀，却要忍痛穿着不合大小的鞋子走路，苦命如斯，真的是 living in limbs。这六封英文写的家书，让我们看到张爱玲"不足为外人道"的一面。

爱玲五恨

人生恨事知多少？张爱玲就说过，一恨海棠无香；二恨鲥鱼多骨；三恨曹雪芹《红楼梦》未完；四恨高鹗妄改——死有余辜。人生恨事何只这四条？在近日出版的《张爱玲私语录》看到，原来张小姐"从小妒忌林语堂，因为觉得他不配，他中文比英文好。"我们还可以在《私语》中看到她"妒忌"林语堂的理由："我要比林语堂还要出风头，我要穿最别致的衣服，周游世界，在上海有自己的房子。"

张爱玲跟宋淇、邝文美夫妇认交四十余年，互通书信达六百多封。有一次，爱玲跟他们说："有些人从来不使我妒忌，如苏青、徐訏的书比我的书销路都好，我不把他们看做对手。还有韩素英。听见凌叔华用英文写书，也不觉得是威胁。看过她写的中文，知道同我完全两路。"

《私语》发表于1944年，爱玲二十四岁。林语堂的成

名作 *My Country and My People*（《吾国与吾民》）1935 年在美国出版，极受好评。第二年出了英国版，也成为畅销书。林语堂名成利就，羡煞了爱玲小姐。如果她是拿林语堂在《论语》或《人间世》发表的文字来衡量他的中文，再以此为根据论证他的中文比英文好，那真不知从何说起。林语堂的英文畅顺如流水行云，开承转合随心所欲，到家极了。

张爱玲"妒忌"林语堂、觉得他"不配"，或可视为酸葡萄心理的反射。除了海棠无香鲥鱼多骨外，张爱玲终生抱憾的就是不能像林语堂那样靠英文著作在外国领风骚。她从小就立志当双语作家。十八岁那年她被父亲 grounded，不准离开家门。病患伤寒也不得出外就医，如果不是女佣使计帮她脱险，可能早丢了性命。康复后，爱玲把坐"家牢"的经过写成英文，寄到英文《大美晚报》（*Shanghai Evening Post*）发表。编辑给她代拟的题目是："What a life! What a Girl's Life!" 四年后爱玲重写这段经历，用的是中文。这就是今天我们读到的《私语》。

张爱玲在上海念教会学校，在香港大学英文系修读了两年。移民美国后，除了日常的"语境"是英文外，嫁的丈夫也是美国人。这些条件当然对她学习英语大有帮助，但如果我们知道她英文版的《秧歌》（*The Rice-Sprout Song*）是 1955 年出版，而她也是在这一年离港赴美的，应可从此推断她的英文造诣全靠天分加上自修苦学得来。

张爱玲 1952 年重临香港，生活靠翻译和写剧本维持，同时也接受美国新闻处的资助写小说。英文本的《秧歌》和《赤地之恋》就是这时期的产品。2002 年高全之以电话和电邮方式访问了当时美新处处长 Richard M. McCarthy，谈到他初读《秧歌》的印象，说："我大为惊异佩服。我自己写不出那么好的英文。我既羡慕也忌妒她的文采。"

出版《秧歌》的美国出版社是 Charles Scribner's Sons，在出版界相当有地位。从高全之所引的资料看，《秧歌》的书评相当正面。其中《纽约前锋论坛报》的话对作者更有鼓舞作用。以下是高全之的译文："这本动人而谦实的小书是她首部英文作品，文笔精炼，或会令我们许多英文母语读者大为歆羡。更重要的是，本书展示了她作为小说家的诚挚与技巧。"

《时代》杂志这么说："如以通俗剧视之，则属讽刺型。可能是目前最近真实的、中国共产党统治下生活的长篇小说。"

我手上的《吾国与吾民》是英国 Heinemann 公司 1962 年的版本。初版 1936，同年四刷，接着是 1937、1938。1939 出了增订本。1941 和 1942 年各出二刷。跟着的 1943 和 1956 年都有印刷。三四十年代是林语堂的黄金岁月，畅销书一本接一本地面世，在英美两地都可以拿版税，不管他"配不配"，单此一点也够爱玲"妒忌"的了。

像林语堂这类作家，真的可以单靠版税就可以"穿最别致的衣服，周游世界"。爱玲也向往这种生活，但1952年离开大陆后，她追求的东西，衣服和旅游还是次要，每天面对的却是房租、衣食和医药费的现实问题。她的中文作品虽然继续有版税可拿，但数目零星，多少不定。要生活得到保障，只能希望英文著作能为英文读者接受。这个希望落空了。《秧歌》的书评热潮，只是昙花一现。1956年香港友联出版社出版了《赤地之恋》，版权页内注明：not for Sale in the United Kingdom, Canada, or the United States of America。"不得在英国、加拿大或美国发售"，张爱玲显然没有放弃总有一天在欧美国家出版商中找到伯乐的希望。

英美出版商对《赤地之恋》不感兴趣，或可解说因为政治色彩太浓，不是"一般读者"想看的小说。但 *The Fall of the Pagoda*（《雷峰塔》）和 *The Book of Change*（《易经》）这两本作品，说的是一个破落封建家庭树倒猢狲散的故事，却依样乏人问津。李黎在《雷峰塔对照记》（《中国时报》，2010年6月18日）开门见山说：

收到张爱玲的英文小说 *The Fall of the Pagoda*……

出于好奇立刻开始读，可是看不到两三章就索然无味地放下了，过些天又再勉强自己拾起来，如是者数回——做梦都没有料到阅读张爱玲竟会这么兴趣缺缺。原因无他：对于我，张门绝学的文字魅力仅限于中文；至于这本英文小说的故事，一是实在并不引人入胜，二是早已知之甚详毋须探究了。

同样的一个故事，用两种语文来讲述，效果会不会相同？李黎说英文版本的张爱玲因为没有她注册商标的那些"兀自燃烧的句子"，读起来竟然完全不是一回事，"就像同一个灵魂却换了个身体，那个灵魂用陌生的面孔与我说英文"。

李黎举了些实例。我耐着性子苦读，也随手录了不少。触类旁通，因此只取一两条示范。

"Just like him," Prosper Wong murmured. "A tiger's head and a snake's tail. Big thunder, small rain drops""虎头蛇尾。雷声大，雨声小"这几句话的原意，受过几年"你好吗？"普通话训练的中文非母语读者也不一定猜得出来。

"A scholar knows what happens in the world without going out of his door""秀才不出门能知天下事"。这是李黎贴出来的例子。其实，在电脑手机普及的今天，这句话不论是中

文原文也好，译成英文也好，已全无意义可言。英文书写忌用成语俗话，因为成语本身就是一种陈腔滥调。成语如果经常出现，这表示作者的思想已渐失去主导能力，开始断断续续地拾前人牙慧了。不幸的是《雷峰塔》和《易经》随处可见这种似通非通的句子："Really, if I were you, Mrs Chin, I'd go home and enjoy myself, what for, at this age, still out here eating other people's rice？"Sunflower said。

张爱玲的小说，写得再坏，也有诱人读下去的地方——只要作品是中文。《异乡记》有些散句，不需 context，也可兀自燃烧："头上的天阴阴的合下来，天色是鸭蛋青，四面的水白漫漫的，下起雨来了，毛毛雨，有一下没一下的舔着这世界。"张爱玲英文出色，但只有使用母语中文时才露本色，才真真正正地到家。她用英文写作，处理口语时，时见力不从心。我在 2005 年发表的长文《张爱玲的中英互译》特别谈到的是这个问题。《雷峰塔》不是翻译，但里面人物的对话，即使没有成语夹杂，听来还是怪怪的。第二十四章开头母亲对女儿说话："Lose your passport when you're abroad and you can only die," Dew said. "Without a passport you can't leave the country and can't stay either, what else is there but to die."

王德威是行内的好好先生，tolerant, indulgent and forgiving.

他在为《易经》写的序言内也不禁轻轻叹道：However, from a critical perspective *The Book of Change* may not read as compellingly as *From the Ashes*. 《易经》的故事和情节，不少是从《烬余录》衍生出来，但王德威认为英文《易经》不如中文的《烬余录》那么"扣人心弦"（compelling）。其实论文字之到家，《烬余录》哪里及得上《封锁》、《金锁记》和《倾城之恋》那么教人刻骨铭心。但结尾那百余字，虽然炽热不足，亦可兀自焚烧，是不折不扣"到家"的张爱玲苍凉文体："时代的车轰轰地往前开。我们坐在车上，经过的也许不过是几条熟悉的街衢，可是在漫天的火光中也自惊心动魄，就可惜我们只顾忙着一瞥即逝的店铺的窗橱里找寻我们自己的影子——我们只看见自己的脸，苍白、渺小；我们的自私与空虚，我们恬不知耻的愚蠢——谁都像我们一样，然而我们每一个人都是孤独的。"

《雷峰塔》和《易经》这两本英文创作未能在欧美出版人中找到"伯乐"，最简单的说法是语言障碍。中英文兼通的读者，一样为其中人物的名字"陌生化"。化名 Lute 的是爱玲。Dew 是她妈妈。Elm Brook 是爸爸。这也罢了。最陌生的是一些较次要的角色，如女仆 Dry Ho。Dry Ho? "Dry Ho was called dry as distinguished from a wet nurse." "奶妈"是 wet nurse。有一位叫 Aim Far Chu 的。初看以为 Aim Far

是名字拼音，后来才知是"向远"之意，Chu 是姓。

第一回快结尾时我们听到 Dry Chin 说"Keep asking. Break the pot to get to the bottom,""继续问吧。打破砂锅问到底吧。"李黎看了两三章才觉得趣味索然。不知有汉的洋读者，打开书才三两页，就给 Dry Ho 和 Prosper 这些人物搞昏了头，决不肯 break the pot 的。我们都因为张爱玲早期写出了这么多的传世之作而怀念她、偏爱她，甚至纵容她。只要是出于她的手笔的中文作品，我们一宜"追捧"下去。但看了《雷峰塔》和《易经》后，我们难免觉得心痛：如果她生活无忧，能把精神和精力全放在中文书写上，多好！

爱玲小馆

到市上一家以卖洋书为主的书店走动，一进门就看见张爱玲的《小团圆》高高堆在架子上。英国散文家兰姆（Charles Lamb, 1775—1834）用依利亚（Elia）笔名替 *London Magazine* 写了五年散文，名噪一时，粉丝辈出，各种活动应运而生，互相繁殖，竟然拓展成为一种文化"工业"——史称 the Elia industry。

张爱玲今天名牌效应十足，看来在华文地区 the Eileen Chang industry 已露端倪。因祖师奶奶之名抢先开业的应该是"爱玲小馆"。菜式的配搭可拿她《谈吃与画饼充饥》一文作参考。菜单上"大厨精选"一栏别忘把"鸭舌小萝卜汤"这一项列出来，因为爱玲是从这道汤学会了"咬住鸭舌头根上的一只小扁骨头，往外一抽抽出来，像拔鞋拔"似的。如果"爱玲小馆"店东能向皇冠出版社拿到版权，千万要把爱玲描写自己"吃相"这段文字录出来。接下来的一段话也怪趣得很:"与豆大的鸭脑子比起来,鸭子真是长舌妇,怪不得它们人矮声高,'咖咖咖咖'叫得那么响。"餐牌上印了爱玲原文,食客大饱口福之余,还可享受精神食粮,不亦乐乎。

"爱玲工业"这构想有魅力,新兴事业会应运而生。新旧粉丝辈当然看过《对照记——看老照相簿》。你有没有注意到这位"民国女子"对穿着多讲究? 1955 年她离港赴美前摄的那帧穿短袄的半身照(见该书图五十),看来真是风华绝代,怪不得老被媒体拿来做奶奶的"商标"。爱玲不爱随波逐流,现成衣服不合心意时,自己动手设计款式,这应该是一种商机,创意粉丝何不开一家 Eileen Boutique?

The Eileen industry 有利各式各样的衍生。台湾最近出了一本《胡兰成传》,尚未看到。论级数,胡某在汉奸的"阵营"中比起汪精卫来,只是个小头目。如果不是他"搭"上张爱玲,不一定会有人看他看得上眼。好了,现在《小团圆》出炉了,胡某这个在女人圈子的"惹火尤物",他哪里来的三头六臂,都可在这本自传体的小说"索隐"一番。胡某的"知名度"就是这样衍生出来的。

台湾在上世纪七八十年代就吹起"张爱玲热"。有戴文采女士受一报馆之托到美国访问奶奶。不得其门而入,心生一计，租住奶奶公寓隔壁一房间，方便窥其私隐。她每次看到奶奶出来倒垃圾，等她一离开后就倒出她盛在袋子里的东西细细端详一番。经戴文采报道后，现在我们知道奶奶爱用什么牌子的肥皂：Ivory 和 Coast。

张小虹曾用两个非常"学院派"的名词来分析张爱玲生前和死后出现的"文化现象"。一是"嗜粪"（coprophilia）。一是"恋尸"（necrophilia）。这两种执迷远离文学研究本义，可说是一种备差。阅读张爱玲"八卦化"后，大家不必看文本，单凭耳食之言，就可加入"百家争鸣"的行列。这正是"张爱玲现象"一个景观。从垃圾堆里发掘文本以外的隐蔽世界，无疑是一种 exercise in trivialization，就说是吹鸡毛求蒜皮的运作吧。

张爱玲在现在中国文学的声誉，是夏志清的《中国现代小说史》烘托出来的。夏先生识张爱玲于微时，因他当年在美国只能凭图书馆尘封的印刷品中去认识这个"小女子"。她那张"风华绝代"的照片是成名后才刊出的，因此夏先生没福气看到。他对 Eileen 的赏识，是她纸上的才气。要追本溯源，傅雷该是张爱玲第一个伯乐。他在 1944 年用迅雨笔名发表了《论张爱玲的小说》，毫无保留地推许《金锁记》为"我们文坛最美收获之一"。在意识形态当道的时代，傅雷独具只眼，肯定张爱玲在小说艺术上独特的成就。

他说得对,《金锁记》的人物"每句说话都是动作,每个动作都是说话,即在没有动作没有言语的场合,情绪的波动也不曾减弱分毫"。

数张爱玲论者的风流人物,最值得尊敬的是傅雷和夏志清两位老前辈。